Hans-Peter Mester

W0273047

Franziska

und der Kleingartenkrieg

Findorff-Krimi
Band 9

Kellner Verlag
Bremen Boston

Dieses Buch ist bei der Deutschen Nationalbibliothek registriert. Die bibliografischen Daten können online angesehen werden:
http://dnb.d-nb.de

Der Autor:

Hans-Peter Mester, Jahrgang 1954, in Bremen geboren und aufgewachsen, hat große Teile seiner Kindheit »auf Parzelle« verbringen dürfen. Für den langjährigen Leiter des Ortsamtes Bremen-West gehörte der lokale Blick auf die Stärken und die Abgründe des Stadtteillebens fast drei Jahrzehnte zu seinem Berufsalltag. Von 1985 bis 2000 war er stellvertretender Leiter, von 2000 bis 2012 Chef des Bremer Ortsamtes West.

Er quittierte den Dienst wegen seiner Parkinson-Erkrankung, die ihm anschließend die Gelegenheit bot, zu Hause über kuriose und alltägliche Besonderheiten zu schreiben. Zahlreiche Notizen bildeten die Grundlage für die raffinierten Kriminalromane rund um Stadtplanerin Franziska.

Ein besonderer, sozial engagierter Mensch ist nun nicht mehr mit uns. Er starb am 8. April 2016 im 63. Lebensjahr. Er wusste um seine radikal begrenzte Lebenszeit und schrieb die zehnbändige Krimi-Reihe »Franziska und ...«. Diesem neunten Band wird noch das Finale bis Ende 2018 folgen.

Verstorbene leben in den Gedanken der anderen Menschen weiter, Hans-Peter Mester wird zusätzlich durch seine Bücher präsent und noch sehr lange in Erinnerung bleiben.

IMPRESSUM

© 2018 KellnerVerlag, Bremen • Boston
St.-Pauli-Deich 3 • 28199 Bremen
Tel. 0421-77866 • Fax 0421-704058
sachbuch@kellnerverlag.de • www.kellnerverlag.de
Lektorat: Regina Konradi, Sebastian Liedtke, Klaus Kellner
Satz: Annika Nehl
Umschlag: Designbüro Möhlenkamp & Schuldt, Bremen

ISBN 978-3-95651-188-2

Die Akteure

Im Kleingartenmilieu

Franziska Morgenstern
Eigentlich Stadtplanerin, mit Sicherheit Kleingärtnerin, manchmal in kriminelle Vorgänge verstrickt.

Andreas Klapphorn
Musikpädagoge, Ehepartner von Franziska und Vereinsvorsitzender.

Julia und Johannes
Kinder von Andreas aus erster Ehe.

Paul
Freund von Julia.

Johanna Morgenstern
Schwester von Franziska; etwas geschwätzig, aber herzensgut.

Tatjana Knispel-Klingebiel
Tochter von Rudi aus erster Ehe, Ehefrau von Olaf und werdende Mutter.

Hermann Schilling mit Dackel Friedhelm
Parzellennachbar von Franziska und Andreas. Dienstältester Kleingärtner im Verein. Von seinem neurotischen Rauhaardackel Friedhelm nicht zu trennen.

Beamte

Kriminalrat Karl-Eberhard Strelitz
Erfahrungsgesättigter Chef des Morddezernats, hadert mit dem Älterwerden.

Oberkommissarin Konstanze Kannengießer
Loyale Oberkommissarin – das Rückgrat im Ermittler-Team.

Kommissar Olaf Knispel
Jüngstes Mitglied im Ermittlerteam, manchmal übereifrig, zuständig für Fettnäpfchen.

Isabel Graf
Volontärin. Sie begleitet die Arbeit des Ermittler-Teams.

Rudi Klingebiel und seine Frau Maria
Pächter des Landheims »Erntedank«. Rudi ist Gemütsmensch, verkörpert »Volkes Stimme« und ist mit seiner Gaststätte die kommunikative Drehscheibe des Kleingartenvereins.

Erwin und Trude Rübsam, Karl und Grete Flottbeck, Friedo und Elsbeth Bohnekamp
Finalisten des Wettbewerbs »Schönster Kleingarten«, die sich in einer ungesunden Konkurrenz zueinander befinden, aber mehr miteinander verbandelt sind, als offenkundig ist.

Markus Schneidewind
Lebensbegleiter von Isabel Graf.

Christian Schwalbach
Leiter des Drogendezernats,
Lebensgefährte von Konstanze Kannengießer.

Theobald Feinripp
Leitet Verkaufsveranstaltungen für Senioren im Landheim.

Alexander Weber, Krzystof Przyblynski, Thomasz Matuschewski
Dienstjüngste Kleingärtner. Weber ist direkter, neuer Nachbar der Teilnehmer zum Wettbewerb »Schönster Kleingarten«.

Marga Strelitz
Ehefrau des Kriminalrates, sorgt sich um seine Gesundheit.

Prolog

Vor 25 Jahren, am Karfreitag, abends. Drei Lichtkegel tanzten in einem Kleingartenverein unruhig über den grobkörnigen Belag eines Parzellenweges, der an beiden Seiten von dichten Hecken eingefasst war, deren Höhe die zulässige Obergrenze bereits deutlich überschritten hatte.

Die Gestalten, deren Schatten sich hinter den Taschenlampen bewegten, hatten jedoch keinen Blick für das überbordende Wachstum der Liguster- und Blutjohannisbeergewächse, die in diesem Weg die Einfassung der Parzellen dominierten und mit ihren ausladenden Trieben nach den nächtlichen Besuchern zu greifen schienen.

Jeder der drei trug außer der Taschenlampe einen Benzinkanister. Das Ziel dieser kleinen Expedition stand offenbar fest.

»Das wird eine nette Überraschung«, kicherte einer der drei Leisetreter.

»Pscht!«, wurde er gleich zweifach zur Ruhe ermahnt. Die drei bogen noch zweimal ab und gelangten an eine Freifläche, die während der Gartensaison unterschiedlichsten Zwecken diente. Höhepunkt war das große Sommerfest am jeweils letzten Augustwochenende. Heute, Anfang April, zeigte sich der Platz in ungewöhnlichem Zustand. Gegen den dunklen Himmel zeichnete sich ein hochaufgetürmter Stapel von Ästen, Zweigen und Stämmen ab, ein gigantischer Scheiterhaufen.

»Das ist ja gewaltig!«, raunte einer der dunklen Gestalten. »Und leider völlig vergebens«, kicherte der zweite Schatten. »Los jetzt«, befahl der Dritte. Die Benzinkanister wurden aufgeschraubt und der Inhalt über einen Teil des Brennmaterials entleert. Mit dem Rest wurde eine zehn Meter lange Spur gelegt. »So viel Sicherheitsabstand wird nötig sein. Der Stapel ist in den letzten Tagen zusammengetragen worden, und es hat über eine Woche nicht geregnet. Das Material ist knochentrocken. Ihr werdet sehen, das zündet so durch!«, prophezeite einer der drei Akteure. Er betätigte sein Sturmfeuerzeug, hielt es an das benzingetränkte Gras und behielt Recht.

Kapitel 1

25 Jahre später gelangte Erwin Rübsam zu der Überzeugung, dass er seinen Urlaubsort nicht sorgfältig genug gewählt hatte. Die Insel Spiekeroog war jedenfalls nicht entfernt genug, um ihn vor einem Rückruf in die Firma zu schützen. Mit einem markigen, keinen Widerspruch duldenden »Moin, Rübsam!«, hatte sich sein Chef per Handy in seinem rechten Ohr eingenistet. Rübsam versuchte, sich aus seiner Bettdecke zu schälen, und tastete nach dem Reisewecker. Sieben Uhr morgens. Er hatte schon lange den Verdacht, dass sein Chef im privaten Leben nicht ausgelastet war. Rübsams Frau reagierte auf die Störung mit einem gereizten, fast schon bedrohlichen Grunzen. Im Gegensatz zu ihrem Gatten kroch sie noch ein Stück tiefer unter ihre Decke.

Rübsam stöhnte. Er schätzte es nicht, wenn seine Frau derartige akustische Beiträge lieferte, und noch weniger schätzte er es, wenn sein Chef ihn wie einen Leibeigenen behandelte.

»Sie wird gar nicht realisieren, dass Sie mal eben kurz unterwegs waren.«

»Aber Chef, das ist mein Urlaub …«

»… ich weiß«, beschwichtigte der Allgewaltige, »… und ich weiß auch, dass es Ihr letzter Urlaub vor der Pensionierung ist. Aber wir anderen, wir müssen noch ein bisschen länger arbeiten, und da muss jede Weichenstellung stimmen. Das muss ich Ihnen als Dienstältesten doch nicht erzählen. Die Zentrale wird mir jedenfalls das Gesäß aufreißen, wenn ich jetzt eine falsche Entscheidung treffe!«

»Aber Chef, ich …«

»Nun machen Sie schon! Frühstücken können Sie auf der Fähre. Wie gesagt, grüßen Sie ihre Frau von mir, und dann will ich möglichst schnell Ihr Urteil hören!«

»Aber …«

»Nix aber, sagen Sie Ihre Wattwanderungen ab, setzen Sie sich an den Strand, und arbeiten Sie das Material durch. Sie kriegen das schon gewuppt. Ich verlass mich auf Sie. Ach ja – morgen Abend bitte einen telefonischen Vorab-Bericht!«

Das Gespräch wurde beendet. Rübsam schaute ratlos auf sein Handy und dann auf seine Frau.

Die brachte mit einem Spalt weit geöffneten Auge Schärfe in die Auseinandersetzung. »Wenn du jetzt aufstehst und nach Hause fährst, dann war's das! Dann werde ich nicht mehr hier sein, wenn du zurückkommst!«

Rübsam saß mittlerweile auf der Bettkante und gähnte. Die Zeit, in der solch drohende Sätze eine ernsthafte Gefährdung der häuslichen Harmonie oder gar eine grundsätzliche Bedrohung der ehelichen Gemeinschaft darstellten, lag lange zurück. Noch ein gutes halbes Jahr, und er konnte in den sogenannten Ruhestand eintreten – dann gehörten Momente wie dieser der Vergangenheit an.

Seine Frau öffnete ein Auge und sah Erwin ins Bad schlurfen. Ihr Urteil fiel vernichtend aus. »Du bist ein absoluter Waschlappen!« Damit drehte sie sich übellaunig die Decke über den Kopf und suchte Anschluss an ihren letzten Traum.

Sie konnte nicht ahnen, dass sie ihren »Waschlappen« zum letzten Mal lebend gesehen hatte.

Kapitel 2

Franziska besuchte an diesem Tag wieder einmal ihre Dienststelle. Sie war Stadtplanerin und als solche eigentlich für die Stadtgemeinde tätig.

Allerdings hatte sie eine Reihe von Reibungspunkten veranlasst, sich vor einigen Monaten für zunächst ein Jahr beurlauben zu lassen. Ein überheblicher Abteilungsleiter, mangelnde Perspektiven für einen beruflichen Aufstieg und zunehmende Fremdbestimmtheit ihrer Arbeitsinhalte hatten ihr die Bereitschaft genommen, jeden Tag unkritisch und weisungsgemäß zu funktionieren. Sie sehnte sich danach, wieder Kreativschübe ausleben zu dürfen, das scheinbar Unmögliche Realität werden zu lassen und Grenzen des Planungsrechts manchmal hilfreich zu überschreiten. Im Hinterkopf hatte sie den Verdacht verworfen, dass eine winzig bemessene Portion Midlife-Crisis eine Rolle spielen könnte. Mit Mitte 30 erschien es ihr deutlich verfrüht, auf diese gern genommene Universalentschuldigung für gestörte Befindlichkeiten zurückzugreifen.

Außerdem war es keinesfalls so, dass sie dem Müßiggang frönte. Mit ihrer Schwester Johanna hatte sie in der Münchener Straße ein Planungsbüro eröffnet, das sie unter dem Namen »Stadtplan & Wirkung« in Bürogemeinschaft mit einem Werbeunternehmen führen wollten. Diese Idee hatte sich jedoch zerschlagen, und nun hatten sie als Ersatzlösung das Arbeitszimmer von Franziska in ihrem Wohnhaus in der Torgauer Straße umgebaut. Andreas war damit einverstanden – schließlich hatte er diese Lösung schon zu einem frühen Zeitpunkt selbst ins Spiel gebracht.

Bis jetzt war die Auftragslage des Planungsbüros überschaubar. Auch das »Urlaubsjahr« war bereits zur Hälfte verstrichen, und in Kürze würde Franziska entscheiden müssen, ob sie für längere Zeit die eigenverantwortliche Lebensform einer freien Planerin bevorzugen sollte. Vielleicht war es doch klüger, den Weg zurück in die schützenden Strukturen eines stadtbremischen Beschäftigungsverhältnisses einzuschlagen. Bislang hatte sie diese Entscheidung erfolgreich verschieben können, aber bis Ostern würde sie den Daumen in die eine oder andere Richtung bewegen müssen.

Obwohl ihr noch ein paar Tage Zeit für die Entscheidung blieben, hatte ihr Abteilungsleiter Gesprächsbedarf signalisiert. Das war zumindest die Botschaft seiner Sekretärin gewesen. Für ein direktes Telefonat hatte er keine Notwendigkeit erkennen können.

Sie fand sich pünktlich bei ihrem früheren Abteilungsleiter ein und hatte ausreichend Zeitreserve eingeplant, um zuvor ihre Kollegen zu begrüßen.

Der Abteilungsleiter machte es kurz und kam direkt auf den Punkt.

»Guten Morgen, Frau Morgenstern. Nehmen Sie Platz, wenn Sie mögen.«

Angesichts dieser herzlichen Begrüßung zog Franziska es vor, stehen zu bleiben.

»Kennen Sie den Begriff ›Schröder-Ring‹?«, erkundigte sich der Abteilungsleiter und blätterte geistesabwesend in einem Stapel Vorgänge, der auf seinem Schreibtisch den wesentlichen Teil eines gut inszenierten Chaos bildete, das dem neutralen Beobachter den Eindruck einer völligen Arbeitsüberlastung vermitteln sollte. Für seine Mitarbeiter war es jedoch ein offenes Geheimnis, dass es sich um potemkinsche Dörfer handelte.

»Selbstverständlich«, bestätigte Franziska. »Es handelt sich um das von dem guten alten Baurat Schröder noch im 19. Jahrhundert entwickelte Straßenraster, mit dem er die Linienführung Waller Ring, Osterfeuerberger Ring, Utbremer Ring hinein in den Schwachhauser Ring festschrieb. Zwischen dem Utbremer Ring und dem Schwachhauser Ring fehlt jedoch ein Abschnitt. Er führt durch den Bürgerpark – zwar asphaltiert, aber für motorisierte Verkehrsteilnehmer nicht zugelassen. Diese Tatsache hat bislang einer Komplettierung der Ringstraße entgegengestanden.« Sie lehnte sich zurück und behielt den Abteilungsleiter im Blick. »Und hoffentlich auch weiterhin entgegenstehen wird«, setzte sie hinzu.

»Gemach, Frau Morgenstern, gemach«, wehrte ihr einstiger Vorgesetzte ab.

Er stieß sich mit seinem linken Fuß vom Schreibtisch ab, rollte mit dem Drehstuhl an einen im Hintergrund stehenden Aktenbock und versorgte sich dort mit einer Tasse Kaffee, ohne seiner Besucherin etwas anzubieten.

»Es gibt eine neue politische Setzung. Führende politische Kräfte diskutieren zurzeit, ob eine Straßenbahnverbindung durch den Schröder-Ring gelegt werden soll.«

Der Abteilungsleiter kostete jedes Wort aus.

Franziska war entsetzt. »Das wäre der kapitalste Fehler der Stadt- und Raumplanung seit dem Ersatz der alten Börse am Marktplatz durch das Bürgerschaftsgebäude! Eine Straßenbahn durch den Bürgerpark? Entschuldigung, aber geht's denn noch? Wer diese Tür auch nur ein Stück öffnet, wird sie nicht wieder zubekommen. Mit anderen Worten: Den Geist, den man da aus der Flasche lässt, wird man nicht wieder zurück …«

»Frau Morgenstern«, unterbrach ihr Gegenüber, »bitte! Es muss doch gestattet sein, über alles nachzudenken und zu debattieren. Ergebnisoffen, versteht sich. Es ist beabsichtigt, drei Planungsbüros zu beauftragen, um die Option einer Straßenbahnführung durch den Bürgerpark zu prüfen. Nach unseren Vorstellungen sollen Sie einer der Auftragnehmer sein. Beachten Sie bitte, dass sowohl Aspekte der Freiraum- als auch der Verkehrsplanung einzubeziehen sind. Mit anderen Worten: Ziehen Sie weitere Experten hinzu. Und scheuen Sie sich nicht, zu unpopulären

Ergebnissen zu kommen. Ich hatte ja bereits angedeutet, dass dieser Auftrag völlig ergebnisoffen angelegt ist. Entscheidend wird die Begründung sein, mit der Sie zu Ihrem Ergebnis gelangen.« Der Abteilungsleiter beugte sich über den unsortierten Schreibtisch. »Finanziell ist der Auftrag übrigens nicht uninteressant.« Er schob ihr eine Mappe zu. »Die Unterlagen des Wettbewerbs.«

Er setzte eine gönnerhafte Miene auf, und Franziska fühlte sich, als empfange sie in einer öffentlichen Suppenküche soeben die erste warme Mahlzeit dieser Woche. Sie verspürte einen Impuls, dem ihr gegenübersitzenden Herrn seinen Kaffee in den Schritt zu kippen, widerstand aber der Versuchung und nahm stattdessen die Mappe kommentarlos an sich. »War's das?«, fragte sie reserviert und machte Anstalten, sich zu erheben.

»Doch, ja, ich denke schon.« Ihr Gegenüber erhob sich ebenfalls. »Sie werden sehen, die Unterlagen sind sehr umfassend gehalten. Sollten Sie wider Erwarten noch Fragen haben, kennen Sie ja die kompetentesten Mitarbeiter unseres Stabes.«

»Keine Angst, ich käme nicht auf die Idee, Sie anzurufen«, lächelte Franziska mit umwerfendem Charme. »Ich meine, ich weiß ja, wie beschäftigt Sie sind.«

Sie verließ mit einem kurzen »Man sieht sich!« das Dienstzimmer. Auf einen Händedruck legte sie keinen Wert, und es gelang ihr mit dem raschen Abgang, jeglicher Abschiedszeremonie aus dem Weg zu gehen.

Kapitel 3

Franziska hatte sich den Tag mit Andreas so eingeteilt, dass sie sich erst abends wieder begegnen würden. Franziska hatte noch den Besuch eines Elternabends übernommen. Dort standen Johannes' Leistungen auf dem Prüfstand. Man war sich einig, dass er durchweg sehr akzeptable Ergebnisse lieferte, wobei dieser Umstand sowohl den Pädagogen als auch Franziska und Andreas ein Rätsel blieb. Niemand hätte je behaupten können, Johannes beim Lernen oder aber einer annähernd vergleichbaren Tätigkeit beobachtet zu haben.

Andreas wiederum hatte die Sprechstunde des Vorstandes übernommen. Er war Erster Vorsitzender des Kleingartenvereins »Erntedank«, Franziska seine Stellvertreterin. Den Auftakt der heutigen Jammer- und Nörgelkultur, die in der Sprechstunde regelmäßig zu beobachten war, bildete eine Beschwerde über einen Nachbarn, der angeblich ständig mit der »chemischen Keule« arbeitete – selbst jetzt noch, Anfang März. Weitere Beschwerden gab es über Lärm und Müllablagerungen. Danach gab es Leerlauf, und Andreas hatte Gelegenheit, in alten Vorstandsprotokollen zu blättern. Schließlich war es 19 Uhr, und er konnte endlich die heutige Vorstandssitzung eröffnen. Alle Mitglieder waren pünktlich erschienen – ein Umstand, der von der Schriftführerin gewissenhaft notiert wurde.

Die Genehmigung des Protokolls der letzten Sitzung war ein Selbstläufer. Andreas hatte mit der Schriftführerin verabredet, dass er ihre Notizen lektoriert und in einfache Hauptsätze umarbeitet. Auf diese Art schrieb er die Protokolle im Grunde selbst, hatte damit abschließenden Einfluss auf den Inhalt und konnte gleichzeitig einen erträglichen Schreibstil sicherstellen. Er war zu sehr Lehrer, als dass er diese Aufgabe der netten, aber unbedarften Schriftführerin hätte überlassen können. Diese war wiederum für die Arbeitsentlastung dankbar und setzte ohne Bedenken ihren Namen unter das Endprodukt.

In der weiteren Tagesordnung ging es zunächst um eine heikle Entscheidung. Der Landesverband der Kleingärtner hatte nämlich wie in den Vorjahren einen Wettbewerb ausgeschrieben, um die zehn schönsten Bremer Kleingärten zu küren. Jeder Bremer Kleingartenverein konnte für die Endauswahl drei Parzellen anmelden.

Nach langer Diskussion fasste Andreas zusammen, dass es wie in den Jahren zuvor nur drei ernsthafte Kandidaten gab. Der Zufall wollte es, dass diese Gärten im Bickbeerweg direkt nebeneinander lagen.

»Karlchen Flottbeck, Friedo Bohnekamp und Erwin Rübsam – das sind damit wieder unsere drei Vertreter. Leider völlig zerstrittene, unversöhnliche Rivalen«, bedauerte er, »aber deswegen kann man sie ja nicht aus dem Wettbewerb kicken.«

Zustimmendes Gemurmel.

»Also gut, Abstimmung«, verkündete Andreas. »Wer ist dafür, die drei wieder ins Rennen zu schicken?« Er sah über den Rand seiner ausnahmsweise im Einsatz befindlichen Lesebrille hinweg. »Bei einer Enthaltung zugestimmt«, stellte er fest.

Die Enthaltung war keine Überraschung – sie kam von einer Beisitzerin, die sich bei fast allen Abstimmungen enthielt und dazu regelmäßig ein angestrengtes, von Zweifeln durchsetztes Mienenspiel präsentierte.

»Gut, unsere Meldung geht gleich morgen raus. Die Jury wird sich freuen – keine langen Gepäckmärsche, sondern drei Gärten, wie an der Perlenschnur nebeneinander aufgereiht.«

»Wieso muss das eigentlich so früh im Jahr sein?«, meldete sich ein Beisitzer zu Wort. Er besaß eine Begabung dafür, Themen aufzugreifen, die gerade mit Erfolg abgeschlossen worden waren.

»Weil die Konturen eines Kleingartens schon zu diesem Zeitpunkt erkennbar sind und den Kandidaten Gelegenheit gegeben werden soll, diese bis zum August intensiv zu veredeln.«

»Aha«, machte der Beisitzer. Andreas hatte ihn mit Erfolg ruhiggestellt. Die nächsten zehn Minuten würde der Vorstandskollege damit beschäftigt sein, die Antwort des Ersten Vorsitzenden geistig zu verdauen.

Andreas wiederum atmete tief durch. »Kommen wir zum nächsten Tagesordnungspunkt: Vergabe von brachliegenden Parzellen. Wir haben in unserer letzten Sitzung drei Bewerber kennen gelernt. Erinnert ihr euch? Ich habe inzwischen mit den drei Interessierten Ortsbegehungen durchführen können. Herr Matuschewski, Herr Weber und der dritte Kandidat, dessen Namen ich noch ein wenig üben muss, sind bereit, Mitglieder in unserem Verein zu werden und die ihnen angebotenen Parzellen zu bewirtschaften. Zwei haben Familien mit kleinen Kindern; Herr Weber hat eine Lebensgefährtin an seiner Seite. Besonders spannend finde ich, dass er den völlig verwilderten Garten neben unseren drei Vorzeigeparzellen im Bickbeerweg übernehmen will.«

Andreas schaute wieder in die Runde, die inzwischen überwiegend aus teilnahmslosen Blicken bestand. Es war offensichtlich zu spät für geistige Akrobatik.

Andreas trug dieser Situation Rechnung und beschleunigte die Aussprache. »Abstimmung – wollen wir die drei Parzellen an die Bewerber geben? Bei einer Enthaltung so beschlossen, danke.« Ein Blick zur Schriftführerin zeigte ihm, dass auch dort ein Dämmerzustand eingetreten war. Der gesamte Vorstand schien sich in einer komatösen Verfassung zu befinden – das war zwar nicht ungewöhnlich, aber in dieser Ausprägung doch irritierend. Möglicherweise lag es an der Heizung – Rudi hatte angesichts der Wetterkapriolen für ausgesprochen mollige Temperaturen gesorgt.

Er legte die Unterlagen beiseite. »Kommen wir zu ›Verschiedenes‹. Ich hatte in der Sprechstunde zeitweise Leerlauf und habe mal ein bisschen in den Ordnern mit den alten Protokollen geblättert. Wusstet ihr, dass der Verein ›Erntedank‹ früher jedes Jahr ein großes Osterfeuer veranstaltet hat?«

»Was heißt ›früher‹?«, wollte der Kassenwart wissen.

»Oh, vor über 20 Jahren. 25, um genau zu sein, danach hat nichts dergleichen mehr stattgefunden. Es fehlt auch ein Protokoll. Ich hab den alten Hermann Schilling angesprochen, der saß nämlich vorhin in der Gaststube. Zuerst war das überhaupt nicht sein Thema. Er war wortkarg wie sonst selten. Aber egal – was haltet ihr denn davon, wenn wir diese schöne alte Tradition wieder aufleben ließen? Das scheint mir nicht sehr aufwändig zu sein. Ein Aufruf an unsere Mitglieder, eine Absprache mit dem Revier und der Feuerwehr. Als Ort nehmen wir wie damals die Freifläche in der Nähe des Landheims. Der Abstand ist groß genug. Für unseren Wirt, Rudi Klingebiel, wäre das ein schöner Einstieg in die neue Saison, und für unsere Mitglieder ist es eine gute Gelegenheit, das Gestrüpp des Vorjahres zu entsorgen, denn darum geht es eigentlich!«

Rudi Klingebiel war der Pächter des Landheims »Erntedank e. V«. Mit seiner Frau Maria, Tochter Tatjana und dem Schwiegersohn Olaf Knispel, Kommissar bei der Bremer Kripo, bewohnte er die Räume über der Gaststätte. Rudi war die Seele des Vereins. Seine Gaststätte funktionierte als Drehscheibe für Information und Kommunikation aller Art.

Der übrige Vorstand zeigte sich mäßig interessiert. »Hört sich gut an. Ja, mach mal!«, gähnte einer der Beisitzer und schlug vor, endlich mal zu lüften.

»Gut, dann schieb ich das mal an.« Andreas machte sich eine neue Notiz. »Man muss ja nicht das Rad neu erfinden, wenn man gute, alte Ideen reaktivieren kann. Sind wir dann durch?«

»Wenn du in den alten Ordnern nichts weiter Aufregendes gefunden hast, können wir jetzt schließen«, meinte die Schriftführerin und spähte auf die Armbanduhr, um den Zeitpunkt des Sitzungsendes festzuhalten.

Kapitel 4

Eine halbe Stunde später saßen Andreas und Franziska zu Hause und brachten sich gegenseitig auf den neuesten Stand der Dinge. Während ihres Informationsaustausches saßen die beiden in der Küche, inspizierten zuvor den Kühlschrank, stellten sich einen kleinen Imbiss zusammen und setzten sich an den Küchentisch. Andreas öffnete zwei Bierflaschen.

»Wie war es bei dir?«, erkundigte er sich und bearbeitete eine Brötchenhälfte mit dem Margarinemesser.

»Oh, nicht viel. Johannes tut nichts, hat aber hervorragende Zensuren und Aussichten auf ein vorzügliches Zeugnis, und ich plane eine Straßenbahn durch den Bürgerpark.«

Andreas war tief in seine Gedankenwelt verstrickt und hatte noch nicht auf den Zuhörmodus umgeschaltet. Entsprechend irritiert schaute er jetzt von seinem Käsebrötchen auf, und die andere Hand, die gerade im Begriff stand, die Bierflasche an den Mund zu führen, verharrte auf halbem Weg.

»Was war das eben? Du planst eine Straßenbahn durch den Bürgerpark? Testest du mich, ob ich zuhöre?«

»Leider nein«, kam Franziskas verbitterte Antwort. »Es gibt einen begrenzt ausgelobten Wettbewerb, mit dem die Sinnhaftigkeit einer ÖPNV-Querung über den Schröder-Ring geprüft werden soll.«

»Also eher eine Machbarkeits-Studie? Das ist doch … ich meine, da kannst du doch gut herausarbeiten, welch grober Unfug diese Idee ist.«

Franziska konnte sich eines Schmunzelns nicht enthalten. »So funktioniert wissenschaftliches Arbeiten aber nicht, Herr Klapphorn«, tadelte sie ihren Ehemann. Beide waren übereingekommen, trotz Heirat ihren ursprünglichen Nachnamen zu behalten. »Du stellst das Ergebnis an den Anfang der Recherche – das ist nicht professionell!«

»Wenn es dazu beiträgt, schwere Fehler zu verhindern, dann wäre ich bereit, unwissenschaftlich zu arbeiten, Frau Morgenstern«, gab er zurück.

»Aber dann machst du dich zum Maßstab – du entscheidest nach Bauchgefühl, was richtig und was fehlerhaft ist. Und das geht nicht.«

»Wieso«, wehrte sich Andreas, »die Auslober machen doch das Gleiche. Sie haben eine abenteuerliche Idee, hinter der vermutlich – wie üblich – handfeste Interessen stehen, verpacken das Ganze in einem netten kleinen Wettbewerb …«

»Nein, sie erklären die Idee ja nicht von vornherein zum unabdingbaren Ergebnis. Und nachdenken muss man dürfen – über fast alles. Das war zumindest die Botschaft, die ich heute empfangen habe.«

Andreas wollte widersprechen. Aber eigentlich lag ihm nichts an einem politischen Exkurs. Nicht so spät, und nicht an einem solchen Tag.

»Solange der Wettbewerb dich nicht in deiner Entscheidung zu deinem weiteren beruflichen Werdegang beeinflusst«, meinte Andreas entspannt, räumte die Reste seines Imbisses weg und legte seine Arme um ihre Schultern.

Sie ließ sich diese Nähe gern gefallen, konnte das Thema aber noch nicht fallen lassen. »Es beeinflusst mich durchaus, weil ich denke, dass man mich mit solchen Themen vergraulen will. Ich glaube, die wollen sichergehen, dass ich nicht wieder zurückkehre. Die setzen darauf, dass ich nicht in einer Dienststelle beschäftigt sein will, die solche Planungen anschiebt.«

»Da könntest du richtig liegen.« Andreas schaute nachdenklich auf die zweite Hälfte seines Käsebrötchens. »Ich muss etwas beichten, bevor ich es vergesse.« Andreas setzte eine schuldbewusste Miene auf. »In der Sprechstunde war nicht viel los. Da hab ich mir die alten Protokolle vorgenommen. Unser Verein hat bis vor 25 Jahren ein Osterfeuer veranstaltet. Dann riss diese Tradition plötzlich ab. Ein paar

Seiten der alten Protokolle fehlen. Dann gibt es nur eine kurze Notiz:

Auf Vorschlag des Ersten Vorsitzenden wird von einer weiteren Durchführung des alljährlichen Osterfeuers abgesehen. Der Beschluss erfolgte einstimmig.

Keine Begründung, nichts. Ich hab Hermann Schilling gefragt, aber der hatte irgendwie schlechte Laune. Aber er ist der Einzige, der damals schon im Verein war. Vielleicht kannst du ihn ja noch mal darauf ansprechen.«

»Toll«, beschwerte sich Franziska, »für mich bleiben immer die Himmelfahrtskommandos.«

»Auf jeden Fall habe ich den Vorstand überzeugt, das Osterfeuer wieder einzuführen«, verkündete er stolz.

Sie spendierte ihm einen Kuss. »Ich rieche Arbeit. Arbeit, die an mir hängen bleiben wird.«

In diesem Moment ging die Küchentür auf.

»Oh, guten Abend«, meinte Julia, die 17-jährige Tochter des Hauses, und zog ihren Freund Paul hinter sich her. »Wir wollen uns noch eben eine Pizza machen. Irgendwie haben wir heute noch nichts Vernünftiges gegessen.«

»Mit Thunfisch«, erläuterte Paul, für den Fall, dass die ältere Generation über die Variationsmöglichkeiten einer Pizza nicht genau aufgeklärt sein sollte.

»Pizza ist was Vernünftiges, und um 22 Uhr?«, erkundigte sich Andreas.

Die beiden jugendlichen Hoffnungsträger zuckten mit den Schultern. Tageszeiten hatten für sie nicht nur hinsichtlich der Nahrungsaufnahme eine allenfalls beratende Funktion.

Franziska löste sich von Andreas. Nachdem Julias Freund vor einem Monat nach intensiven, teilweise recht aufreibenden Diskussionen in ihr Haus mit eingezogen war, zeigten die Tagesstrukturen etwas verschwommene Konturen. »Guten Appetit bei eurer Pizza funghi«, wünschte Franziska. »Wir treten den Rückzug an. Gute Nacht.«

»Pizza tonno!«, kam prompt die zweistimmige Antwort.

Kapitel 5

Am folgenden Tag verlief die Morgenrunde im Dienstzimmer des Kriminalrates Karl-Eberhard Strelitz ungewöhnlich entspannt. Selbst die Kaffeemaschine Rudolf, benannt nach dem gleichnamigen Rentier und für ihre akustischen Einlagen berüchtigt, blubberte friedlich vor sich hin.

Strelitz referierte über sein Lieblingsthema – das Älterwerden. Als in der zweiten 50er-Hälfte befindlicher Vorgesetzter ließ er seine jüngeren Mitarbeiter, Konstanze Kannengießer und Olaf Knispel, immer wieder gern an den Lasten des Alterungsprozesses teilhaben.

»Älterwerden ist nichts für Feiglinge«, dozierte er. »Das passiert ja meistens nicht von heute auf morgen. Vielmehr handelt es sich um einen allmählichen Vorgang, den man am ehesten wahrnimmt, wenn man die aktuelle Leistungsfähigkeit mit dem vergleicht, was man noch vor fünf Jahren geschafft hat.«

Strelitz hatte den Zeigefinger erhoben und schaute seine Mitstreiter bedeutungsvoll an.

»Manchmal hilft schon der Abgleich von Fotos«, meinte Konstanze Kannengießer mit einem feinen Lächeln.

Der Kriminalrat war einen Moment irritiert. »Wie kommen Sie jetzt darauf?«

»Nun ja, man sieht, ob die Haare seitdem grauer geworden oder sogar ein Stück weiter zurückgegangen sind.«

Strelitz tastete nach seinen Geheimratsecken. »Ein gut aussehendes Gesicht benötigt eben etwas mehr Platz«, konterte er.

»Meine Haarfarbe ist noch echt!«, verkündete Olaf Knispel nicht ohne Stolz.

»Sie sind ja auch noch keine 30«, murrte der ergraute Beamte.

»… und im Mund habe ich noch die komplette dentale Grundausstattung.« Knispel lehnte sich zufrieden zurück. »Wie sieht es da bei Ihnen aus, Chef? Wie geht's den Beißerchen?«

»Keine Ahnung, wir schlafen getrennt«, brummelte Strelitz. Er begann zu bedauern, dieses Thema angeschnitten zu haben. Aber er war jetzt richtig in Fahrt und kam auf die Medikamente zu sprechen. »Ich hab nie Pillen nehmen wollen – den pharmazeutischen Unternehmen und den Apotheken blas ich doch nicht mein Geld ins Gesäß!«

Der Kriminalrat lehnte sich zurück.

»Das hatte ich zumindest bis zum 40. Lebensjahr gedacht. Und dann kommt eins zum anderen – und ich spreche ausdrücklich nicht von Viagra! – und schon hat man morgens den Tablettenschuber zur Hand und befüllt ihn mit kleinen bunten Helferlein. Mein neuester Mitarbeiter ist klein, rund, weiß und hört auf den Namen ›Beta-Blocker‹!«

»Chef!« Konstanze Kannengießer wurde ernst. »Irgendwelche koronaren Defizite?«

Olaf Knispel stutzte. »Koro … was?«

»Koronare Probleme. Das Herz, die Pumpe«, erläuterte Konstanze.

»Oh, ich wusste nicht, dass du Medizin studiert hast«, meinte Olaf verdrossen.

»Können wir uns mal wieder auf den älteren Herrn in unserer Mitte konzentrieren?«, beschwerte sich Strelitz. »Ich hab das nämlich alles nur erzählt, weil erstens mein Rücken vom Hecke-Schneiden schmerzt und ich zweitens zur Kur fahren werde.«

Einen Moment herrschte Stille.

Dann sagte Knispel: »Wegen der Hecke?«

»Nein, wegen der Pumpe. Da ist zwar nichts Ernstes, aber einfach prophylaktisch, verstehen Sie?«

»Nicht so ganz.«

»Prophylaktisch, Olaf, vorbeugend!«

»Ach so.« Knispel wirkte beruhigt und beugte sich vor.

»Nicht du, Olaf«, stöhnte Konstanze.

Im selben Moment klopfte es an der Tür, und bevor jemand zum Eintreten auffordern konnte, betrat eine junge Dame das Zimmer. Karl-Eberhard Strelitz vergaß mit einem Schlag die Beschwernisse des Älterwerdens, Olaf Knispel versäumte es, den Mund zu schließen, und Konstanze Kannengießer zog die Augenbrauen hoch.

»Guten Morgen, ich bin Isabel Graf. Sie können mich gern Isabel nennen. Es tut mir leid, aber ich bin ein kleines bisschen zu spät ...«

Der Kriminalrat war aufgesprungen, ohne zu ächzen, und seine obligatorisch knackenden Gelenke verhielten sich diesmal geräuschlos. Für seine Verhältnisse war er geradezu elastisch auf die Beine gekommen.

»Strelitz ist mein Name«, verkündete er mit geradem Rückgrat und drückte mit ausgesuchter Herzlichkeit die Hand der Besucherin. »Ich bin hier der Chef. Oder wenigstens versuchen meine Mitarbeiter, mir diesen Eindruck zu vermitteln.« Er streute ein leutseliges Lachen ein. »Kommen Sie in unsere Mitte, nehmen Sie Platz, ziehen Sie sich aus ... ich meine, legen Sie doch Ihren Mantel ab.«

Strelitz stand kurz davor, in eine Endlos-Schleife abzurutschen. Er war völlig außer sich. Solch ein bezauberndes Wesen war ihm schon lange nicht mehr untergekommen. Dabei schien sie sich ihrer Wirkung auf ihre Umgebung überhaupt nicht bewusst zu sein. Sie strahlte eine unbekümmerte Natürlichkeit aus und konnte es sich erlauben, auf den Einsatz irgendeines Makeups zu verzichten.

»Darf ich vorstellen?« Strelitz blieb am Ball. »Dies ist Oberkommissarin Kannengießer, eine der Experten meines Teams, und der junge Mann dort, der gerade Schnapp-Atmung zu haben scheint, ist Kommissar Knispel. Ebenfalls ein wertvoller Mitarbeiter – zumindest in den Zeitfenstern, die ihm ein regelmäßiges Atmen erlauben. Und dieses ist unsere Kaffeemaschine Rudolf.«

»Rudolf?«

»Ja, Rudolf.«

»Wie das Rentier in dem Weihnachtslied? Macht das Gerät denn solche Geräusche? Es wirkt doch recht friedlich!«, stellte Isabel Graf fest.

In diesem Moment ersetzte Rudolf sein friedliches Blubbern durch ein bedrohlich klingendes Gurgeln, fauchte schließlich und schien sich zum Abschluss des Arbeitsprozesses übergeben zu wollen.

»Oha!«, kommentierte Isabel den ungewöhnlichen akustischen Beitrag und rückte unwillkürlich etwas ab.

»Sehen Sie, was ich meine?«, fragte der Kriminalrat stolz, als hätte sein Enkel soeben das kleine Einmaleins fehlerfrei vorgetragen. »Rudolf ist seit vielen Jahren unser freier Mitarbeiter.« Strelitz tätschelte Rudolfs Glaskanne und verbrannte sich fast die Finger.

»Ungefähr seit der Zeit, als die Farbfernseher aufkamen«, vermutete Isabel. Sie beschloss, das Gerät nicht mehr aus den Augen zu lassen.

»Wir hatten Sie schon erwartet – es ist ja nicht so, dass Sie völlig überraschend dieses Zimmer betreten. Es war immerhin der PP, also der Polizeipräsident, der mir Ihr Kommen persönlich angekündigt hat«, betonte Strelitz, der damit seine Nähe zum PP herausstellte. »Sie werden ihn nicht kennen …«

»Er ist mein Onkel.«

Diese Antwort, mit Ruhe und Gelassenheit vorgetragen, kam ohne einen überheblichen oder anmaßenden Tonfall aus. Für einen Moment war es im Dienstzimmer still.

»Naja, ich … äh … wer kann schon was für seine Verwandten? Wir lassen uns davon jedenfalls nicht irritieren«, äußerte Strelitz, der sich zu der Besucherin vorgebeugt hatte. Beinahe hätte er wohlwollend ihr Knie getätschelt.

Meine Güte, Karl-Eberhard, jetzt reiß dich mal zusammen!, dachte er und blickte zu Olaf Knispel. Dessen Unterkiefer stand immer noch auf Halbmast.

»Naja«, entgegnete Isabel, »das Gerücht, letztlich doch nur ein Protegé zu sein, wird sich schnell verbreiten. Deswegen mache ich gleich reinen Tisch.«

»Das spricht für Sie, Isabel. Wenn ich Ihre Mission richtig verstehe, streben Sie eine Ausbildung als Journalistin an, und dabei wollen Sie sich auf den Bereich ›Innere Sicherheit und Justiz‹ konzentrieren, richtig?«

»Ja, so kann man das wohl beschreiben.«

»Also eine Art Volontariat in unserem Team. Herzlich willkommen. Ich fürchte nur, dass wir Ihnen keine aktuellen Fälle anbieten können – im Moment ist es ziemlich ruhig bei uns« – er schaute auf Rudolf – »von unserem kleinen Freund einmal abgesehen.«

Strelitz' Telefon klingelte.

»Gehen Sie eben ran, Konstanze? Danke. Wo war ich stehen geblieben? Richtig – Sie werden wohl vorerst Aktenstudium betreiben müssen, und vielleicht erzählen Sie uns ein wenig über den bisherigen Verlauf Ihrer Ausbildung, und Sie, Olaf, gucken nicht mehr so unglücklich – ich erzähle Ihnen nachher in der Kantine, was ein Protegé und ein Volontariat sind ... ja, Konstanze, was gibt's denn?«

Die Oberkommissarin hatte während Strelitz' Ansprache versucht, durch Winken mit dem Hörer seine Aufmerksamkeit auf sich zu ziehen.

»Chef, wir haben eine Leiche!«

Kapitel 6

Zur selben Zeit begab sich die Familie um Andreas an ihr Tagewerk. Julia und Johannes hatten sich mit der handelsüblichen Begeisterung stundenplankonform in ihre Klassenverbände eingefädelt.

Paul gewann in der Buslinie 28 den Kampf um einen Sitzplatz und stöpselte sich für den Weg zur Uni die Ohrhörer seines iPods in die Ohren.

Andreas tauchte in den Alltag seiner Schule ein, an der er den stellvertretenden Rektor gab.

Franziska hingegen befasste sich mit den Unterlagen für den Wettbewerb, der eine mögliche Straßenbahnführung über den Schröder-Ring zum Thema hatte. Dabei wurde sie von ihrer Schwester Johanna abgelenkt – sie wollte sich ursprünglich mit einigen Aufgaben aus dem Arbeitsfeld »Büroarbeit« beschäftigen, kam aber ins Schwatzen und lenkte Franziska von ihrem Aktenstudium ab.

Als sie merkte, dass ihre große Schwester entschlossen war, den gesamten Vormittag zu zerreden, klappte sie ihre Mappe mit den Unterlagen zu. »Ich bin dann mal vor Ort, ein paar Einzelheiten überprüfen und … ja, äh, Eindrücke sammeln.«

»Oh fein, ich komm mit«, strahlte Johanna und wollte sich ihre Jacke überstreifen.

»Nein«, kam es sehr bestimmt von Franziska, die jetzt ihrerseits eine Jacke überzog und begann, sich mit der Grundausstattung für Radfahrer auszustatten: Mütze, Schal, Handschuhe. Der März hatte sich bislang von seiner ungemütlichen Seite gezeigt. »Du bleibst bitte hier«, sagte sie mit einer gewissen Festigkeit, »und übernimmst ein bisschen Schriftverkehr für mich. Der hat zwar weniger mit unserem Planungsbüro und mehr mit meiner ehrenamtlichen

Tätigkeit als Zweite Vorsitzende des Kleingartenvereins ›Erntedank‹ zu tun, aber auch dieser Schriftverkehr erledigt sich nicht von selbst.«

Mit diesen Worten schob sie Johanna einen Zettel zu, auf dem Andreas mehrere Arbeitsaufträge notiert hatte.

»Ach, der Erste Vorsitzende von ›Erntedank‹ hat dir das Tagesprogramm vorgegeben?«, stellte Johanna fest und hielt den Zettel mit spitzen Fingern und langen Armen vor sich, als sei sie extrem weitsichtig.

»Richtig, und nun landen die Aufgaben über die interne Hierarchie-Treppe auf deinem Schreibtisch. Es handelt sich um drei Zusagen für eine Parzellenpacht, ein Schreiben an die drei Wettbewerbsteilnehmer ›Schönster Kleingarten des Vereins‹, verbunden mit einer Einladung für diese drei Herren zur nächsten Vorstandssitzung, ein Telefonat mit Revier und Feuerwehr wegen des Osterfeuers – die sollen dir sagen, ob es dafür ein Antragsformular gibt und was wir sonst noch beachten müssen. Und dann kannst du kreativ werden: Entwirf doch mal ein lockeres Anschreiben für die Vereinsmitglieder, in dem wir ankündigen, dass es nach 25 Jahren Pause wieder ein Osterfeuer geben wird. Alle sind aufgerufen, geeignetes Material von ihrem Kleingarten zum Abbrennplatz zu schaffen!«

Franziska hatte sich gegen die Mütze entschieden und griff zum Stirnband.

»Du weißt schon, dass ich hier nur halbtags arbeite?«

»Ich weiß vor allem, dass du bislang nicht allzu viel zu tun hattest«, konterte Franziska. Sie brachte den Schal in Position. »Alles in allem sollte dich dieses kleine Aufgabenpaket nicht länger als eine Stunde in Anspruch nehmen.«

»Aber das hier hat nichts mit der Arbeit des Planungsbüros zu tun«, protestierte Johanna.

»Du wirst trotzdem dafür bezahlt«, verkündete Franziska in gönnerhaftem Ton.

Johanna brummelte etwas Unverständliches – es klang nach Rückzugsgefecht.

Franziska dehnte das Aufbruchritual genussvoll aus, indem sie den Schal noch einmal neu drapierte.

»So, ich bin dann mal weg.« Die Tür klappte, und Franziska war verschwunden – gerade noch rechtzeitig, bevor sie von der älteren Schwester in ein neues Gesprächsthema verwickelt werden konnte.

Ihre Feldstudien hatte sie recht bald abgeschlossen, denn sie kannte die Örtlichkeiten in- und auswendig. Dennoch hätte sie sich gern ein paar Notizen gemacht. Zu Hause machte das allerdings wenig Sinn; schließlich hatte sie Gründe gehabt, das Weite zu suchen. In der ungeheizten Gartenlaube erschien ihr der Aufenthalt ebenfalls sinnfrei. Erst mal müsste der Wintermief, wie sie den Luftstau des Winterhalbjahres nannte, rausgelüftet werden. Ob Rudi geöffnet hatte? Ein Latte macchiato von Maria würde jetzt sicher guttun.

Sie staunte nicht schlecht, als sie in die Gaststube eintrat und dort etliche Gäste gewahrte, die sie vorher noch nie gesehen hatte.

»Eine Reisegesellschaft«, raunte Rudi ihr zu. »25 Personen mit Mittagessen!«

Ein aufgekratzter Enddreißiger hatte gerade die Begrüßung übernommen. Er informierte über das Tagesprogramm und wünschte einige fröhliche, entspannte Stunden.

Franziska hörte gar nicht richtig zu. »Sag mal, hast du nebenbei noch Zeit für ein Heißgetränk?«

»Klar, setz dich dahinten an euren Stammtisch. Der ist frei geblieben. Magst du einen Latte macchiato?«

»Ich sehe, du kennst mich«, lachte Franziska und breitete ihre Unterlagen aus, um sich Notizen zu machen. Doch es schien nicht ihr Tag zu sein – erneut stellte sich ein Hindernis ein, das der Weiterbearbeitung des ungeliebten »Straßenbahn-durch-Bürgerpark-Themas« entgegenstand. Diesmal war es Hermann Schilling, der mit Dackel Friedhelm das obligatorische Vormittagsbier einnehmen wollte. Ganz selbstverständlich setzte er sich zu ihr an den Stammtisch.

Franziskas erster Eindruck war, dass Hermann schon getrunken hatte. Das war ungewöhnlich, denn der Mittsiebziger pflegte seine Rituale sehr zuverlässig und neigte nicht dazu, bereits in der ersten Tageshälfte mehr als ein kleines Bier zu trinken. Musste man sich Sorgen machen? Sie beschloss, ein unverfängliches Thema anzuschneiden und sich dann weiter voranzutasten. Dann würde sich zeigen, ob es sich um eine altersdepressive Attacke oder um ein spezielles Problem handelte. Gleichzeitig würde sie erfahren, ob er Unterstützung haben wollte oder es vorzog, in Ruhe gelassen zu werden.

»Na Hermann, was macht die Gartenarbeit? Ganz viel geht ja bei dem Wetter noch nicht, oder?«

Hermann schaute mit glasigen Augen geradeaus. Er schien sich Franziskas Gesellschaft nicht bewusst zu sein.

»Hermann, bist du bei mir?«

Die Antwort kam direkt und überraschend. »Lasst den Scheiß mit dem Osterfeuer! Wir sind ein Kleingartenverein, und kein pyromantischer ... pyromanischer Zweckverband. Das gehört nicht hierher. Das Einzige, was dabei rauskommt, ist ein Großbrand, und dann hat Rudi kein Landheim mehr! Und wir auch nicht.«

Franziska war erschrocken über Hermanns Heftigkeit. »Seit wann bist du unter die Spökenkieker gegangen?«

In dem Moment wurde es bei der Reisegesellschaft laut.

»Was soll das heißen, Kaufverpflichtung?«, lärmte ein älterer Herr mit einem schneeweißen Haarkranz. »Davon stand nichts in Ihrem Prospekt. Begrüßungsgetränk, gutbürgerliches Mittagessen und Kaffeetafel, zwischendurch unverbindliche Teilnahme an einer Verkaufsveranstaltung. Unverbindlich! Und jetzt kommen Sie und drohen an, nur die Teilnehmer wieder mitzunehmen, die Ihnen Ihre Rheumadecken und Schnellkochtöpfe abkaufen. Das ist doch alles billiger Plunder, den Sie hier völlig überteuert anbieten!«

Der Reiseführer blieb entspannt. »Es steht Ihnen jederzeit frei, die Veranstaltung zu verlassen«, lächelte er. »Aber einstweilen verbreiten Sie hier bitte keine schlechte Stimmung. Die anderen Gäste scheinen nämlich sehr zufrieden zu sein.« Er blickte treuherzig in die Runde. »Ist doch so, oder?«

Stimmengwirr, Gelächter, und dann kehrte Frieden ein, denn Rudi ging reihum und nahm die Bestellungen auf. Nur der Beschwerdeführer blieb unzufrieden.

»Außerdem hat man uns mitgeteilt, dass wir bei einem Preisausschreiben gewonnen hätten, uns aber die Preise selber abholen müssten. Ich hab mal unsere Reisegruppe durchgefragt, von uns hat niemand …«

»Nun ist's gut, ich habe Ihnen eben schon angeboten, nach Hause zu gehen.«

»Sie wissen, dass wir alle aus Oldenburg und zum Teil sogar aus dem Ammerland kommen. Können Sie uns sagen, wie die Rückreise funktionieren soll?«

»Tja, das ist der Punkt, an dem meine Probleme enden und Ihre beginnen. Ich schlage vor, wir nehmen erst einmal ein Bier und widmen uns dann dem Mittagessen. Sie sollen sehen, danach sieht alles schon wesentlich entspannter aus.«

Dann begann er wieder, über das Preisausschreiben zu salbadern. Kein Zweifel, der junge Mann war von einer bemerkenswerten Eloquenz. Es gelang ihm tatsächlich, wieder Ruhe in die Veranstaltung zu bringen.

Franziska wunderte sich allerdings, dass Rudi nicht längst eingeschritten war und sich die Sache des Beschwerdeführers zu Eigen gemacht hatte. Er war keiner, der seine Seele verkaufte. Immerhin war Rudi vor einiger Zeit, als sich in seiner Gaststube verdeckt rechtsradikale Wirrköpfe getroffen hatten, um ihre zweifelhaften Aktionen vorzubereiten, entschlossen dazwischen gegangen. Er hatte die ganze Mischpoke rausgeworfen. Dabei war sein Landheim zwar zu einem Versicherungsfall geworden, und seine

Vertragsbrauerei hatte ihm sämtliche Verträge kündigen wollen, aber unter dem Strich hatte er, unterstützt vom Vorstand, reinen Tisch gemacht.

Umso unverständlicher erschien es Franziska, das Rudi offenbar gemeinsame Sache mit diesem dubiosen Reiseveranstalter machte. Sie wollte gerade einschreiten, als Rudi ein Mineralwasser vorbeitrug und ihr einen Bierdeckel zuspielte. Darauf hatte er mit einem schwarzen Filzstift »Bitte halte dich da raus« geschrieben. Diese kurze Nachricht hatte er mit einem dreifachen Ausrufezeichen versehen und mit dickem Edding-Stift dramatisch unterstrichen.

So unterdrückte sie ihren Impuls, die Zweite Vorsitzende herauszukehren und dem Spuk ein Ende zu bereiten. Stattdessen kam ein weiterer Gast in das Landheim. Er trat in die Gaststube und blieb angesichts der Gesamtsituation etwas orientierungslos stehen. Eine unausgeglichen wirkende Reisegruppe, eine geschwätzige Einzelperson, ein emsiger Wirt und in einer Ecke, fast verborgen, eine junge Frau und ein reiferer Herr, die möglicherweise im Gespräch vertieft waren, sich aber zurzeit gerade nichts zu sagen hatten. Er wandte sich an den Wirt; der hörte kurz zu und zeigte dann auf Franziska.

»Guten Tag«, grüßte der neue Gast artig, als stünde er im Begriff, einer älteren Verwandten zum Geburtstag zu gratulieren.

»Franziska Morgenstern – dies ist Hermann Schilling. Setzen Sie sich zu uns. Was können wir für Sie tun?«

»Weber, Alexander Weber. Ich hatte mich um eine freie Parzelle beworben. Gestern hat meines Wissens der Vorstand getagt und eine Entscheidung getroffen.«

Franziska strahlte. »Ich bin die Zweite Vorsitzende, war aber nicht dabei. Dennoch kann ich gute Nachrichten verbreiten. Der Vorstand hat Sie und Ihre Lebensgefährtin in unserem Kreis aufgenommen. Herzlich Willkommen im ›Erntedank e. V.‹! Bei uns geht es formlos zu – ich bin Franziska.«

»Alexander, oder einfach Alex. Meine Lebensgefährtin ist allerdings seit einer Woche Geschichte, tut mir leid. Ich hoffe, das gefährdet nicht meine Zukunft als Kleingärtner in eurem Verein?«

»Nicht doch, ich bin vor einiger Zeit unter gleichen Vorzeichen hier eingestiegen. Trennung, Leben umgekrempelt und Kleingärtnerin geworden.«

»Na, da bin ich beruhigt.«

»Einen Moment mal eben«, unterbrach ihn Franziska. Es war bei der Reisegesellschaft wieder laut geworden. »Ich glaube, unser Wirt benötigt Unterstützung.«

Sie stand auf und wollte gerade eingreifen, als Rudi ihr entgegenkam und sie in die Küche abdrängte. Er schwenkte aufgeregt sein Poliertuch.

»Ich kann das jetzt nicht erklären, aber halt dich bitte raus! Du richtest sonst einen ziemlichen Schaden an!«

»Ich hab eher den Eindruck, dass der Schaden entstehen könnte, wenn ich *nicht* eingreife. Der Typ in der Gaststube zieht doch die ganze Gesellschaft über den Tisch. Und das in unserem Landheim!«

»Vertrau mir einfach ...«

»Rudi, ich will jetzt wissen ...«, weiter kam sie nicht. Rudis Frau Maria, die eigentlich nur selten etwas sagte, hatte ihr den Zeigefinger auf den Mund gelegt und ganz einfach, aber sehr nachdrücklich »Still« gesagt. Manchmal bewirkt ein Wort mehr als eine lange Rede.

»Na gut. Ich bleib noch ein bisschen in der Küche, und dann gehe ich wieder an meinen Tisch, als sei nichts gewesen«, gab sich Franziska geschlagen.

»Schön«, freute sich Maria. »Dann verteil doch zwischendurch mal die Kartoffeln auf diese Teller.«

Während Franziska sich unter Marias Anleitung nützlich machte, fanden die von ihr am Stammtisch zurückgelassenen Herren zunächst etwas schwerfällig, dann aber doch sehr wortreich ins Gespräch. Noch bevor Franziska zu den beiden zurückkam, erhob sich Hermann etwas abrupt mit den Worten: »Ich muss dann mal«, und verließ mit Dackel Friedhelm den Ort des Geschehens.

Momente später kam Franziska zurück. »Oh, Hermann ist gegangen?«

»Ja«, bestätigte Alex. »Er meinte, er müsse dann mal.«

»Ja, unser Hermann lebt in einem engen Zeitkorsett. Sag mir, wie spät es ist, und ich sag dir, was Hermann gerade tut. Er ist mein direkter Nachbar, eine Seele von Mensch, aber er ist viel allein.«

»Na, wenigstens hat er seinen Dackel!«

»Oh, gut, dass du Friedhelm erwähnst. Komm nie auf die Idee, ihn zu streicheln. In dieser vierbeinigen Klobürste schlummert ein ganzes Rudel Wölfe.« Sie nahm wieder Platz. »Habt ihr euch noch ein bisschen aussprechen können?«

»Ja, und ich muss sagen, das war sehr aufschlussreich. Aber er schien mir …«

»Den Eindruck hatte ich allerdings auch.« Franziska schaute nachdenklich auf den Tisch mit der Reisegesellschaft. Sowohl Hermann als auch Rudi würden ihr noch einiges erklären müssen.

Gerade, als sie sich auf den geschwätzigen Rheumadeckenverkäufer konzentrieren wollte, kamen weitere Gäste. Ein Ehepaar um die 40 wurde von Rudi umgehend an den Stammtisch verwiesen. Beide stellten sich mit »Herr und Frau Matuschewski« vor.

Franziska schaltete schnell. »Ach, ich weiß, was Sie auf dem Herzen haben. Sie haben sich um eine Parzelle beworben und wollen jetzt wissen, was der Vorstand gestern Abend beschlossen hat, stimmt's? Ich denke, ich habe gute Nachrichten …«

Wieder ging die Tür des Landheims auf, und kurz darauf stand ein einzelner Herr an Franziskas Tisch.

»Mein Name ist Przybylynszki. Das schreibt sich, wie es sich spricht. Ich hatte mich um eine Parzelle beworben …«

Kapitel 7

Als Strelitz und sein Team einschließlich der Volontärin am Tatort eintrafen, huschten bereits einige ganz in weiß gekleidete Kollegen der Spurensicherung durch die Räume des kleinen Hauses an der Aschaffenburger Straße, das rückwärtig über einen kleinen Garten verfügte und an den Jan-Reiners-Grünzug grenzte.

Der Gerichtsmediziner kniete neben einer männlichen Leiche und erwiderte den Gruß des Ermittlungsteams.

Strelitz ging in die Knie, bat die Volontärin, nichts ohne Handschuhe anzufassen, und stellt die unvermeidliche Frage: »Kann man schon irgendetwas sagen?«

»Nur das Offensichtliche«, brummte der Medikus.

»Und das wäre?«, ließ sich Kriminalrat Strelitz auf diesen immer gleichen Dialog ein.

»Tja, dass dieser Mann zum Beispiel das Zeitliche gesegnet hat, und zwar mit freundlicher Unterstützung einer Person, die mit einem harten Gegenstand zur Stelle war. Ich gehe davon aus, dass es zwei Schläge waren, die mit ziemlicher Wucht geführt wurden.«

»Die Tat war also von vornherein auf eine Tötung angelegt und nicht das Produkt einer falsch eingeschätzten Wirkung eines solchen Angriffs?«

»So ist es. Wer hier zugelangt hat, wollte sein Opfer beseitigen. Ein ›billigendes In-Kauf-Nehmen‹ wird der Sache eigentlich nicht mehr gerecht.«

Aus dem Bad hörte man, dass Isabel Graf sich übergab. Olaf Knispel, der ebenfalls einen unpässlichen Eindruck machte, stand ihr bei und redete beruhigend auf sie ein.

Der Gerichtsmediziner grinste. »Eine neue Mitarbeiterin?«, fragte er.

»Eine Pressevertreterin. Volontärin, um genau zu sein.«

»Sympathische Erscheinung – abgesehen davon, dass sie sich gerade in einem fremden Badezimmer übergibt«, stellte der Pathologe fest.

»Immerhin sorgt sie dafür, dass es Kollege Knispel nicht schlecht wird … oh.«

Olaf hatte in diesem Moment ebenfalls damit begonnen, sein Frühstück in die Badewanne zu würgen.

Der Gerichtsmediziner lachte leise. »Ob Sie's glauben oder nicht – mir ging es bei meinem ersten Fall auch nicht anders. Und die Verletzungen dieses Opfers sind optisch in der Tat mehr als grenzwertig.«

»Können Sie noch etwas zum Zeitpunkt der Tat sagen?«

»Gestern um die Mittagszeit. Zwölf Uhr plus minus eine Stunde.«

»Tatwaffe?«

»Der Kaminhaken, der dort liegt.«

Der alte Kriminalrat kam ächzend auf die Beine und versuchte, sich einen Überblick zu verschaffen.

»Hier war ja ordentlich was los, oder was meinen Sie, Konstanze?«

»Das kann man wohl sagen. Ich denke zumindest nicht, dass dies der Originalzustand der Wohnung ist.«

»Na, das wollen wir doch mal nicht hoffen«, meinte Strelitz und ließ den Blick über das Wohnzimmer wandern. Aufgerissene Schranktüren, herausgerissene Schubladen, Ordner verstreut auf dem Fußboden, offenbar in großer Hast aufgeblättert.

»Sagen Sie, Doc, mit wem haben wir es hier überhaupt zu tun?« Strelitz hatte einen auffälligen roten Ordner zur Hand genommen und dessen Studium unterbrochen, als ihm einfiel, dass er den Namen des Opfers noch gar nicht nachgefragt hatte. Mensch, Karl-Eberhard, du bist aber wirklich reif für die Kur, dachte er.

»Erwin Rübsam, 64 Jahre jung.« Einer der Spusi-Kollegen reichte ihm den Ausweis.

Karl-Eberhard Strelitz bedankte sich und fragt leise: »Wer ist denn die Dame, die in der Küche sitzt?«

»Frau Flottbeck, Annemarie Flottbeck. Sie hat den Toten gefunden.«

»Die Putzfrau?«

»Richtig!«

Strelitz seufzte und legte den Ordner beiseite, gab Konstanze Anweisung, eine Hausdurchsuchung einzuleiten, drückte Olaf Knispel im Vorbeigehen eine Packung Taschentücher in die Hand und setzte sich schließlich zu Frau Flottbeck an den Küchentisch. Sollte er eine emotional angeschlagene Frau erwartet haben, die neben sich stand und mit zitternder Hand eine Tasse mit Kaffee zum Mund führte, so sah er sich getäuscht.

Auf die Frage des Kriminalrates, der sich zuvor mit behutsamer Stimme vorgestellt hatte, bestätigte sie mit fester Stimme, dass sie Frau Flottbeck sei.

»Grete Flottbeck«, betonte sie, als hebe sie sich erst durch Nennung des Vornamens aus der grauen Menge der übrigen Flottbecks in diesem Lande hervor.

Der erfahrene Beamte vermochte keinerlei Indizien für eine seelische Erschütterung an seiner Gesprächspartnerin festzustellen. Die Flottbecksche Befindlichkeit gab kaum Anlass zur Sorge und konnte mit dem Prädikat ›robust‹ beschrieben werden.

Dieser Umstand ermutigte den Kriminalrat, seine Befragung fortzusetzen. Frau Flottbeck räumte ein, über einen Schlüssel zum Haus zu verfügen.

»Schließlich mach ich hier sauber, Herr Kommissar.«

»Kriminalrat«, korrigierte Strelitz mit geduldiger Stimme. »Sagen Sie, lief das Beschäftigungsverhältnis als angemeldete Tätigkeit über Steuerkarte oder …«

»Also, Herr Kriminalrat, Sie setzen vielleicht seltsame Schwerpunkte.« Die Befragte schob kampfeslustig ihr Kinn vor. »Der Hausbesitzer liegt hier erschlagen auf dem Laminat, und Sie ermitteln wegen des Verdachts auf Schwarzarbeit!«

»Frau Flottbeck, wie lange sind Sie schon für Familie Rübsam aktiv?«

»Warten Sie … das werden im Herbst acht Jahre.«

»Bitte schildern Sie, wie Sie Herrn Rübsam aufgefunden haben.«

»Da gibt es nicht viel zu erzählen. Ich hab die Tür aufgeschlossen, weil klingeln heute nichts geholfen hätte, da die beiden Rübsams in Urlaub fahren wollten. Ich komme also rein und stoße als Erstes auf Herrn Rübsam. Ich hab natürlich nichts angefasst und gleich über mein Handy die Polizei alarmiert.«

»Und Sie haben auch in dem großen Durcheinander nichts entdeckt?«

»Wie schon gesagt, ich habe nichts angefasst. Aber wenn ich den erwische, der diese Unordnung angerichtet hat! Der kann was erleben, das sag ich Ihnen! Und die beiden, die sich da seit einer Viertelstunde im Bad übergeben, gehören die zu Ihnen? Die können die Sauerei, die sie da anrichten, nämlich selber wegwischen. Dafür werde ich nicht bezahlt, und dafür tue ich keinen einzigen Handschlag!«

»Niemand verlangt von Ihnen, dass Sie …«

»Dann bin ich beruhigt. Ich meine, man kann von mir wirklich nicht …«

Strelitz unterbrach sie. »Ich sagte bereits, das fällt nicht in Ihre Zuständigkeit. Sagen Sie mir etwas über die häusliche Atmosphäre der Rübsams. Ich darf doch davon ausgehen, dass Herr Rübsam hier mit seiner Frau gelebt hat, oder?«

Sie nickte. »Da war allerdings nicht nur Friede, Freude, Eierkuchen. Zwischen den beiden hat es immer wieder mal ordentlich gerumst. Aber Erwin … ich meine, Herr Rübsam hatte ein dickes Fell. Da perlte manches ab.«

»Ach, Sie duzen sich?«

»Ja, natürlich. Wir haben unsere Parzellen nebeneinander. Seit fast 20 Jahren!«

Strelitz erstarrte. »Lassen Sie mich raten. Sie gehören zum Kleingartenverein ›Erntedank‹!«

»Woher wissen Sie das denn?«

»Oh, das ist eine lange Geschichte. Fakt ist, dass ich in der jüngeren Vergangenheit kaum einen Mordfall bearbeite, der nicht in irgendeiner Weise mit diesem Kleingartenverein in Verbindung stand.«

In diesem Moment trat Oberkommissarin Kannengießer in die Küche. »Chef, der Einbruch erfolgte über den Balkon. Der ist leicht zu erklimmen und für die Nachbarn schwer einsehbar. Dann ist die Schiebetür aufgestemmt worden, letztendlich kein großes Ding, wenn es nicht zu einer Begegnung mit dem Hauseigentümer gekommen wäre.«

»Obwohl der eigentlich auf Spiekeroog sein sollte«, mischte sich Frau Flottbeck ein. »Da wollte er nämlich mit seiner Frau ein paar Tage verbringen, und ich sollte die Abwesenheit der beiden nutzen, um hier mal wieder klar Schiff zu machen. Die haben mir sogar einen Arbeitszettel in die Hand gedrückt, wo sämtliche Aufträge aufgeschrieben waren.« Sie wirkte ehrlich empört. »Als wenn ich nach acht Jahren nicht selbst wüsste, was zu tun ist!«

»Frau Flottbeck, Sie wirken angesichts der schrecklichen Vorkommnisse sehr gefasst, obwohl es Ihren Gartennachbarn und zudem noch Arbeitgeber betrifft. In welchem Verhältnis standen Sie zum Ehepaar Rübsam?«

Annemarie Flottbeck wirkte irritiert. »Wie jetzt? Was für ein Verhältnis?«

»Ich möchte wissen, wie Sie miteinander zurechtkamen. Grundsätzlich gab es ja ganz offensichtlich ein großes Vertrauen, denn sonst hätte man Ihnen nicht den Hausschlüssel überlassen. Aber kann man darüber hinaus von einem zwischenmenschlichen Einvernehmen sprechen, die über die Maßstäbe einer normalen Nachbarschaft hinausgeht?«

»Nein, sicher nicht«, kam jetzt die prompte Absage in einem doch sehr gefestigten Tonfall.

»Nanu?«

»Naja, über die Jahre schleift sich manches ab. Gemeinsamkeiten sind irgendwann aufgebraucht, und die Grillabende verlieren mit fortschreitendem Alter auch ihre Faszination. Irgendwann reduzieren sich die Gartenfeten auf die Frage, wer anschließend den Rost saubermacht. Nein, das eigentliche Problem liegt in diesem vermaledeiten Wettbewerb.«

»Wettbewerb?«, echoten Strelitz und Kannengießer gleichzeitig.

»Ja – es geht um den schönsten Kleingarten im Verein. Und es sind ausgerechnet drei nebeneinanderliegende Parzellen, die seit Jahren in der engeren Wahl stehen: unser Garten, dann Erwin Rübsam und schließlich Friedo Bohnekamp. Wir Frauen sind dabei nicht so eingebunden, aber unsere Männer – ich sage Ihnen, es ist nur noch eine Frage der Zeit, bis es zum ersten Schusswechsel kommt!«

»Was würde denn passieren, wenn Ihre Parzelle gewinnt?«, wollte die Oberkommissarin wissen.

»Dann hätte ich hier wohl die längste Zeit geputzt«, kam ihre Antwort. »Obwohl ...«, zum ersten Mal schien sie der Tod von Erwin Rübsam zu berühren, »es könnte natürlich auch sein, dass man mich jetzt schon deswegen nicht mehr benötigt.« Sie zeigte auf die Szene, die gerade durch die offene Küchentür zu beobachten war: Rübsams sterbliche Statur wurde abtransportiert.

»Wo waren Sie denn gestern um die Mittagszeit?«, fragte Konstanze in die entstandene Stille.

Frau Flottbeck schnappte nach Luft. Dann war es, als hätte die Oberkommissarin mit ihrer Frage einen silvestertauglichen Kanonenschlag gezündet.

Frau Flottbeck gab ihre bis dahin zur Schau getragene Distanz auf und stand kurz davor, sich neben einem Schwall wüstester Beschimpfungen zu einem körperlichen Angriff auf die Oberkommissarin hinreißen zu lassen.

Stattdessen sprang sie auf, griff ihre Handtasche und verließ mit einem »Das glaube ich nicht!« die Küche.

»Sie halten sich bitte zu unserer Verfügung!«, rief Strelitz und gab Konstanze ein Zeichen, der erregten Frau Flottbeck nicht nachzusetzen.

Die Haustür fiel schwer ins Schloss.

Kapitel 8

Auch die schönste Veranstaltung findet irgendwann ihr Ende, dachte Franziska, als die Reisegesellschaft das Feld räumte. Die Senioren verließen die Gaststube mit Tragetaschen und Plastikbeuteln bepackt, überzeugt, ein Schnäppchen gemacht oder zumindest einen bunten Nachmittag erlebt zu haben. Selbst der kritische Wortführer, der anfangs den Versuch unternommen hatte, eine offene Rebellion loszutreten, trat zufrieden die Rückreise an. Seine Beute bestand aus einem Globus, den man beleuchten konnte. Franziska kam der Text eines alten Reinhard-Mey-Liedes in Erinnerung:

»... wozu brauche ich diese Grenzen, wozu brauch ich Kolonien, wenn die Mächtigen der Welt die Grenzen wöchentlich neu ziehn, ebenso ist's mit den Städten, weil mir niemand garantiert, dass nicht morgen ein Verrückter ganze Städte ausradiert.

Wenn die Versuche glücken, sprengen sie die ganze Welt, geben Sie zu, dann ist ein Globus doch nur rausgeworfnes Geld!«

Der Reiseleiter verabschiedete sich von Rudi mit einem konspirativen Händedruck. »Bis zum nächsten Mal, Herr Klingebiel!«

Erneut fühlte Franziska den Impuls, dazwischenzugehen. Und erneut war es Rudis Ehefrau Maria, die ihr von hinten die Hände auf die Schultern legte und sie so mit sanftem Druck am Aufstehen hinderte.

Am Tisch saß außer ihr niemand mehr. Die neuen Gartenfreunde Weber, Matuschewski und Przybylynski hatten von ihr den Schlüssel für die Parzellen erhalten und sich sofort auf den Weg gemacht. Hermann war ebenfalls nicht zurückgekehrt.

Die Reisegesellschaft, deren Leiter zugleich auch den Job des Busfahrers ausfüllte, hatte das Landheim schließlich verlassen. Franziska sah gespannt auf Rudi. Der tupfte sich den Schweiß von der Stirn und bat um kurzen zeitlichen Aufschub: »Einen Moment noch, Franziska, einen Moment bitte noch.«

Er griff zu seinem Handy, das sich mit einem Klingelton bemerkbar machte, der an die legendäre Western-Serie »Bonanza« erinnerte.

»Ja, die sind jetzt weg. Eigentlich müsste alles geklappt haben. Ja, sicher. Wie bitte? Nächste Woche noch mal? Muss das sein? Na gut, wir haben damit angefangen, und wir bringen es auch zu Ende. Ja, genau. Tschüs, tschüs …«

Bevor sie Rudi ins Kreuzverhör nehmen konnte, ging wieder einmal die Landheimtür auf. Diesmal war es Olaf Knispel, der hereinspazierte. Na, immerhin mal jemand, der hier wohnt, dachte Franziska.

Im nächsten Moment holten alle Anwesenden – bis auf Maria – gleichzeitig zu einem längeren Wortbeitrag aus. Es dauerte ein wenig, bis Ordnung in die Fragen, Antworten und Berichtsversuche kam und sich die Satzenden miteinander verwoben.

Franziska plädierte dafür, dass als Erstes Rudi für Aufklärung sorgen möge. Der lieferte umgehend:

»Gute Freunde von uns sind bei einer Verkaufsveranstaltung regelrecht ausgenommen worden. Davon habe ich dann meinem Schwiegersohn, dem Olaf erzählt. Der hat einen Kontakt zu seinen Kollegen vom Betrugsdezernat hergestellt. Wir haben es dann gemeinsam hinbekommen, dass die nächste Veranstaltung hier im Landheim stattfinden sollte. Das war das, was ihr eben erlebt habt.«

Olaf schaltete sich in Rudis Bericht ein. »Wir haben ... nein, meine Kollegen haben hier Mikrofone und Kameras installiert, um den Ablauf der Veranstaltung zu dokumentieren. Es ist ja gar nicht so einfach, den Herrschaften tatsächlich strafbare Handlungen nachzuweisen.«

Rudi meldete sich zurück. »Ein Kollege hat eben schon angerufen. Die starten nächste Woche einen neuen Anlauf. Je mehr Material, desto besser.«

Franziska holte tief Luft. »Wie viele Auftritte hast du denn mit diesem dubiosen Unternehmen vereinbart?«

»Erst mal diese beiden«, zeigte sich Rudi geständig. Er wirkte wie ein Schüler, der gerade zugab, für den nassen Schwamm auf dem Stuhl des Klassenlehrers verantwortlich zu sein.

»Das ist ja alles mit einem sehr ehrenwerten Motiv geschehen, aber warum habt ihr Andreas und mich als Vereinsvorsitzende nicht eingeweiht?«

Rudi guckte betreten auf seine Theke. »Sag du doch auch mal was, Olaf«, schob er den Ball an seinen Schwiegersohn weiter.

»Bei solchen Operationen halten wir den Kreis der Eingeweihten möglichst klein«, erklärte der junge Kommissar.

»Aber das ist im Moment nicht das größte Problem, welches der Verein ›Erntedank‹ hat.«

Franziska wies mit dem Kopf in Richtung Stammtisch. »Wollen wir uns vielleicht setzen?«

Olaf nahm umständlich Platz, seine Schwiegereltern und die Zweite Vereinsvorsitzende folgten seinem Beispiel.

Olaf nahm den Faden wieder auf. »Also, hier läuft doch dieser Wettbewerb um den schönsten Kleingarten …«

Franziska nickte. »Karlchen Flottbeck, Friedo Bohnekamp und Erwin Rübsam sind noch im Rennen.«

Olaf schüttelte den Kopf. »Erwin Rübsam nicht mehr. Der ist draußen. Genauer gesagt, er ist tot, gestern in seinem Haus erschlagen worden.«

»Nein!«

»Doch. Und jetzt dürfen wir alle raten, wer ihn gefunden hat.«

Franziska zuckte mit den Achseln. »Keine Ahnung«, sagte sie wahrheitsgemäß.

»Frau Flottbeck.« Olaf schien es zu genießen, dass ausnahmsweise er und nicht der abwesende Kriminalrat Strelitz mit seinem üblichen Wissensvorsprung im Mittelpunkt stand.

»Und gibt es schon Hinweise auf den Täter oder die Täterin?«

»Wir stehen noch ganz am Anfang …«

»… und ermitteln in alle Richtungen«, vollendete Franziska diesen gern genommenen Textbaustein. »Richtig?«

Olaf nickte.

Franziska schüttelte den Kopf. »Erwin Rübsam, ich fasse es nicht. Das kann ja wohl nicht wahr sein, oder?«

»Also mal unter uns … wir haben eine Lebensversicherung über eine halbe Million Euro gefunden. Begünstigte ist Frau Rübsam.«

»Was sagt die denn überhaupt? Und wieso hat nicht sie, sondern Frau Flottbeck den armen Erwin gefunden?«

»Frau Rübsam weiß noch gar nicht, was passiert ist. Eigentlich sind die beiden Rübsams nämlich auf Spiekeroog. Und deswegen fahre ich morgen auf die Insel.«

»Zusammen mit dem alten Strelitz?«, wollte Rudi wissen.

»Nein, der fährt morgen zur Kur. Ich fahre mit Konstanze Kannengießer und Isabel Graf.«

Olafs hochschwangere Frau Tatjana, Rudis Tochter, war unbemerkt an den Stammtisch herangetreten. »Und wer ist Frau Graf?«

Kapitel 9

Am folgenden Morgen hatte Strelitz sein Team zum Bahnsteig bestellt. Olaf Knispel holte ihn und seine Frau samt Gepäck zu Hause ab. Der Kriminalrat war zunächst entschlossen gewesen, die Fahrt zu stornieren. »Jetzt, wo wir einen Mord auf dem Tisch liegen haben, zudem noch ganz frisch, kann ich nicht einfach zur Kur …«

»Glaube mir, du kannst!«, war seine Ehefrau dazwischen gefahren. Sie hatte mit ihrem Regenschirm in seinen Bauch gepiekt. »Du glaubst gar nicht, wie schnell ich sonst bei deinem Freund, dem Polizeipräsidenten, bin und ihm die Augen über deinen Gesundheitszustand öffne!«

»Na und – was soll mit meinem Zustand sein?«

»Ich sage nur ›Beta-Blocker‹. Und dass dein Job weder für das körperliche Wohlbefinden noch für eine harmonische Ehe bekömmlich ist, wird er auch ohne Vortrag wissen!«

So war Strelitz mit seiner Marga auf dem Rücksitz des Kleinwagens gelandet, den Olaf Knispel mit Mühe durch den einsetzenden Berufsverkehr steuerte. Der Kriminalrat war mit der Fahrweise seines Kommissars wieder einmal unzufrieden. »Olaf, der Zug fährt um 8.30 Uhr heute Morgen und nicht um 20.30 Uhr heute Abend. Was ist das eigentlich für ein Gerät auf Ihrer Nase? Ihre Lesebrille?«

Schließlich stand er auf dem Bahnsteig des Bremer Hauptbahnhofs, von dem der Zug, der ihn und seine Frau nach Karlsruhe befördern sollte, halten würde. Von dort würde es weiter nach Wildbad gehen. Der Kriminalrat versuchte, letzte Order an Konstanze und Olaf zu geben. Mit leiser Stimme wies er Konstanze an, ihn per Handy auf dem Laufenden zu halten.

»Nun geht's los«, kommentierte Marga Strelitz, als der Zug am Bahnsteig zum Stehen kam. »Rein mit dir und den Koffern, und such unsere reservierten Sitzplätze!«

Sie wandte sich an das Team ihres Mannes. »Sollte ich dahinterkommen, dass es während der Kur zu Kontakten zwischen Ihnen und meinem Mann kommt …«

Strelitz versuchte zu beschwichtigen. »Dabei wirst du mich nicht erwischen … ich meine, das wird es nicht geben!«

»Rein mit dir in den Zug, Karl-Eberhard!«, wiederholte seine Marga.

Als der Zug schließlich Fahrt aufnahm und langsam aus dem Bahnhof glitt, schaute Strelitz durch die Scheibe seines Fensters und winkte zum Abschied. Mit der anderen Hand machte er das Zeichen fürs Telefonieren.

Vor dem Bahnhof holte Konstanze tief Luft. »Das wird eine hochgradig komplizierte Ermittlung«, befürchtete sie.

»Warum?« Olaf schaute wieder einmal mit der Ratlosigkeit eines Berufsanfängers auf seine Kollegin.

»Naja, wir haben eine zusätzliche Front, und die ist zudem noch doppelt besetzt!«

Olaf versuchte, Konstanzes Gedankengänge zu entwirren. »Doppelt?«

»Ja doch. Wir müssen nicht nur erfolgreich ermitteln, sondern den Chef mit ins Boot nehmen, und zwar so, dass er etwaige Erfolge für sich reklamieren kann. Bei Misserfolgen muss er wiederum so viel Distanz zu den Ereignissen behalten, dass man ihm keine Vorwürfe machen kann. Und seine Frau darf das alles nicht mitkriegen.«

»Ach so, ja, wenn man's so sieht …«, versuchte Olaf, Boden gutzumachen. »Aber wieso darf denn Frau Strelitz überhaupt mitfahren? Die hat doch unlängst ihre eigene Kur abgebrochen, oder?«

Konstanze winkte ab. »Sie darf. Sie zahlt nämlich selbst.«

Isabel Graf, die bis jetzt schweigend neben den beiden gestanden hatte, meldete sich zaghaft zu Wort.

»Ich will nicht drängeln, aber wenn wir heute noch in Spiekeroog auflaufen wollen, dann müssten wir jetzt aufbrechen.«

Konstanze Kannengießer nickte. »Auf jeden Fall sind wir für unser Vorgehen allein verantwortlich. Und da treffe ich jetzt eine erste Entscheidung: Olaf fährt ohne mich nach Spiekeroog, nimmt aber Sie, Isabel, mit. Ich gehe parallel in den Kleingartenverein und spreche mit den Parzellennachbarn. Wir verlieren sonst zu viel Zeit. Außerdem wirken drei Personen in Richtung Insel nicht wie eine Befragungsoffensive, sondern wie ein Betriebsausflug.«

Olaf stammelte. »Ja, gut, wenn du meinst ...«

»Ja, ich meine. Im Übrigen keine Sorge, du sollst nur eine ältere Dame aufsuchen und nicht die Chefetage eines Drogensyndikats!«

Jetzt verlor Olaf endgültig die Übersicht. »Glaubst du ernsthaft, dass es auf den ostfriesischen Inseln Drogensyndikate gibt?«

»Nein, nur auf den westfriesischen! Noch nie von der Ameland-Connection gehört?«

»Nein«, antwortete Olaf, dem es dämmerte, dass seine Kollegin versuchte, ihn in Gegenwart von Frau Graf vorzuführen. »Ich kenne nur die Familien-Clans von Schiermonnikoog.« Er gab Isabel Graf ein Startzeichen. »Und jetzt geht's los, wir haben einen Auftrag der Oberkommissarin zu erfüllen!«

Kapitel 10

Konstanze schaute den beiden nach. Dann machte sie sich auf den Weg zu Familie Bohnekamp, die neben den Rübsams und den Flottbecks die Dritten im Bunde der Wettbewerbsteilnehmer waren.

Eine ältere Dame öffnete. Sie schien gerade mit Kartoffelschälen beschäftigt zu sein, denn in der rechten Hand hielt sie das entsprechende Messer.

»Wir kaufen nichts«, beschied sie Konstanze.

Die Oberkommissarin war an diese Situation gewöhnt. Sie zückte ihren Ausweis. »Kannengießer, Kripo Bremen.«

Misstrauisch musterte Frau Bohnekamp das Dokument. »Und was wollen Sie?«

Das klang nicht gerade nach einem Tag der offenen Tür.

»Es wäre schön, wenn Sie das Messer wieder herunternehmen würden. Darf ich vielleicht reinkommen? Ich habe einige Fragen.«

Frau Bohnekamp schaute verdrossen an ihrer Besucherin vorbei auf die Nachbarhäuser. War man dort schon aufmerksam geworden? Sie hatte wohl keine Wahl. Mit einem: »Na gut«, gab sie die Tür frei und wischte sich die Finger an ihrer Schürze ab.

Es roch nach Eintopf.

Ein herzliches Willkommen sieht anders aus, dachte Konstanze Kannengießer bei sich, aber wer begrüßt schon gern die Kriminalpolizei in seinem Haus.

Laut fragte sie, ob denn auch der Hausherr zugegen sei.

»Friedo!«, rief ihr Gegenüber anstelle einer direkten Antwort.

Ein paar Momente später saßen sie in einem gemütlichen Wintergarten zusammen. »Ich habe einige Fragen an Sie«, begann Konstanze.

»Das sagten Sie bereits«, murrte Frau Bohnekamp.

»Sie sind Mitglied im Kleingartenverein ›Erntedank‹ …«

»… was meines Wissens nicht strafbar ist«, betonte Friedo Bohnekamp mit seinem ersten Wortbeitrag.

Konstanze ließ sich nicht aus dem Konzept bringen. »Sie sind dort Teilnehmer eines Wettbewerbs?«

Einen Augenblick herrschte Ruhe. Nur zwei geschwätzige Wellensittiche sorgten für Hintergrundgeräusche. Dann überschlug sich das Ehepaar Bohnekamp.

»Das kann ja wohl nicht wahr sein! Da sind die doch tatsächlich zur Polizei gegangen. Und dann auch noch zur Kripo!«

»Ich kann jetzt nicht ganz folgen«, versuchte Konstanze die Empörung der beiden einzudämmen.

»Tun Sie doch nicht so harmlos«, zeterte Frau Bohnekamp, und ihr Gatte schlug in einer plötzlich einsetzenden Gefühlsaufwallung mit der Faust auf den Tisch. Einer der beiden Wellensittiche fiel vor Schreck von seiner Stange.

»Rübsam hat behauptet, wir hätten seine Rosen mit Pflanzengift begossen. Sie müssen wissen, dass Rosen einen gestalterischen Schwerpunkt in Rübsams Garten bilden. Aber dass er mit einer Zwille auf unsere kleine Gartenzwergkolonie geschossen hat, das unterschlägt er«, schäumte der Hausherr.

»Es ist wirklich die Frage, wer von uns einen Grund hat, zur Polizei gehen«, ereiferte sich seine Frau. »Und dann die Flottbecks. Ich möchte wetten, dass die uns nachts das Graffiti auf unsere Laube gepinselt haben.«

»Um die Flottbecks geht es nicht. Es geht um die Rübsams. Erwin Rübsam ist nämlich tot.«

»Was?«

Bohnekamp erstarrte. Seine Hand landete schwer auf dem Küchentisch. Diesmal fiel der andere Wellensittich in den Vogelsand. Er kletterte unbeholfen wieder zurück an seinen ursprünglichen Platz.

»Er ist vorgestern um die Mittagszeit in seinem Haus erschlagen worden. Seine Putzfrau hat ihn gestern Morgen gefunden.«

»Die Flottbecksche? Wenn die mal nicht selbst zugelangt hat«, giftete Frau Bohnekamp. Sie hatte sich auf die neue Situation erheblich schneller eingestellt als ihr Ehegemahl.

»Welchen Grund sollte sie haben, so etwas zu tun?«

»Ach, da lief doch mehr zwischen den beiden als nur die Reinigung des Hauses. Das war mir längst klar. Vielleicht hat er Schluss machen wollen. Oder müssen.«

»Wieso ›müssen‹?«, setzte die Oberkommissarin nach.

»Na, könnte doch sein, dass Rübsams Alte etwas gemerkt hat und dazwischengegangen ist.«

Friedo widersprach seiner Frau. »So kannst du das nicht sagen. Das sind doch alles Spekulationen …«

»Ich weiß, was ich weiß«, behauptete Frau Bohnekamp mit wichtiger Miene.

»Dann sagen Sie mir bitte, wo Sie vorgestern Mittag waren. Sagen wir zwischen elf und 14 Uhr.«

Konstanze Kannengießer wusste, dass diese Frage häufig Emotionen freisetzte, Empörung verursachte und manches bis dahin beherrscht verlaufene Verhör detonieren ließ. Heute war es nicht anders. Friedo Bohnekamp hatte bis hierhin den – wenn auch mühsam kontrollierten – Gesprächspartner abgegeben, während seine Frau bereits ungehemmt ihre Thesen verbreitete und im Übrigen schlechte Laune an den Tag legte. Jetzt aber brachen alle Dämme. Beide Bohnekamps ließen eine Flut von Beschimpfungen und Verwünschungen vom Stapel. Wenn es sich nicht um ein älteres Ehepaar gehandelt hätte, müsste die Oberkommissarin vermutlich Sorge um ihre Gesundheit gehabt und Verstärkung angefordert haben.

Stattdessen übertönte sie die Bohnekamps, kündigte an, das Gespräch notfalls auf der Dienststelle fortzusetzen, und forderte schließlich Frau Bohnekamp in scharfem Ton auf, sofort das Kartoffelschälmesser wegzulegen.

Als die Wellensittiche, die bei dem Getöse schlussendlich gemeinsam abgestürzt waren, wieder ihren Platz auf der Stange im Vogelbauer eingenommen hatten, wiederholte Konstanze Kannengießer mit fester Stimme ihre Frage und machte deutlich, dass sie alle mit dem Geschehen in Verbindung stehenden Personen zu ihrem Alibi befragen müsse.

Daraufhin wurde die Situation wieder beherrschbar. Die Bohnekamps gaben an, bei ihrem ältesten Sohn zum Mittagessen gewesen zu sein. »Der wohnt in Oldenburg, und wir sind so gegen zehn Uhr hier losgefahren«, erläuterte Friedo, und seine Frau schloss sich mit eifrigem Nicken an. »Wir sind erst gegen Abend wieder zurückgekehrt.«

»Dann geben Sie mir bitte seine Telefonnummer, und ich rufe ihn in Ihrem Beisein an.«

So geschah es, und wenig später waren die Bohnekamps erst einmal entlastet.

»Sie halten sich bitte zu unserer Verfügung«, ordnete Konstanze an und verließ die Bohnekampschen Wohnräume.

Kapitel 11

Olaf Knispels Fahrt an die Nordseeküste verlief in einer weit angenehmeren Atmosphäre. Er gab dem Navigationssystem den Befehl, eine hindernisfreie Route nach Neuharlingersiel zu finden. Dann suchte er nach einem geeigneten Gesprächsthema – ein Vorhaben, das von großer Befangenheit des Kommissars begleitet wurde. Seine Begleiterin setzte ihren natürlichen, unbekümmerten Charme dagegen. In Olafs Innenleben summte und brummte es. Reiß dich zusammen, meldete sich sein innerer Zensor. Du bist glücklich verheiratet und wirst demnächst Vater!

Na und?, hielten seine Hormone dagegen. Und deswegen bist du jetzt im Verein der Spaßbremser? Olaf, du bist ein Mann, also benimm dich auch so! Die gesamte Situation ist doch beherrschbar, und solch eine Zaubermaus bekommst du nicht noch einmal an deine Seite!

Jetzt ist's aber gut!, entgegnete der innere Zensor.

»Frau Kannengießer hat mir erzählt, dass Sie demnächst Vater werden?« Das war Isabel, die offenbar keine Neigung verspürte, die gesamte Fahrt schweigend zu verbringen.

Olaf hätte beinahe das Lenkrad verrissen.

»Ja. Tatjana – also meine Frau – ist im neunten Monat.«

»Na, da sollten Sie aber größere Ausflüge möglichst vermeiden. Sie wollen doch bei der Geburt dabei sein, oder?«

Olafs Hände verkrampften sich am Lenkrad. »Aber ja, das ist heutzutage wohl obligatorisch.«

»Ich bin mir nicht sicher, ob ich meinen Partner dabei haben möchte«, sinnierte Isabel. »Ich meine, wenn es mal bei mir soweit ist.«

»Na, im Moment sind Sie ja noch mit der Ausbildung beschäftigt, und dann werden sie erst einmal im Beruf Fuß fassen wollen«, forschte Olaf die Volontärin aus.

»Mein Partner ist allerdings 15 Jahre älter als ich. Diesem Umstand müssen wir bei unserer Lebensplanung Rechnung tragen.«

Sie nahm ihre Mütze ab, öffnete den obersten Knopf ihres Mantels und zog ihre Handschuhe aus. »Draußen ist es noch ganz schön frisch, aber hier drin ist es doch recht mollig«, stellte sie fest.

»Das liegt an der Heizung dieses Wagens. Die lässt sich nicht mehr stufenlos schalten. Entweder ist es ganz warm oder eiskalt. Dazwischen tut sich nichts.«

Dann herrschte im Wagen eine Zeitlang Stille.

»Ich hoffe, Sie sind nicht traurig, dass ich in festen Händen bin?«, erkundigte sich Isabel.

»Nicht doch, ich bin ja in der gleichen Situation«, kam es von Olaf etwas zu überzeugt zurück. Er war rot geworden. »Waren Sie schon mal auf Spiekeroog?«, erkundigte er sich.

»Nein – Juist und Norderney hab ich schon kennen gelernt, aber Spiekeroog ist Neuland für mich.«

»Die Insel wird Ihnen gefallen«, versicherte er und räusperte sich.

Die weitere Fahrt verlief gesprächstechnisch in seichtem Gewässer und entwickelte sich zu einem Festival der Belanglosigkeiten. Man stellte Seelenverwandtschaften in Bereichen der bevorzugten Freizeitgestaltung fest. Gleiches galt für Musik und Malerei. Als sie schließlich Neuharlingersiel erreichte, waren sie beim »Du« angekommen.

Auf der Fähre war es windig, und Isabel fröstelte. Mütze, Schal und Handschuhe waren wieder zum Einsatz gekommen. Sie standen dicht beieinander an der Reling – die Luft unter Deck war ihnen zu verbraucht. Olaf legte fürsorglich seinen Arm um ihre Schulter. Es hatte ihn wirklich schwer erwischt.

Kapitel 12

Derweil saß Konstanze Kannengießer bei den Flottbecks. Ihr Blick wanderte durch das Wohnzimmer. Plüschig, aber gemütlich, dachte die Oberkommissarin.

»Herr Flottbeck, Ihre Frau hat gestern schwere Momente überstehen müssen – immerhin hat sie ihren Parzellennachbarn tot aufgefunden. Ein erstes Gespräch habe ich mit Ihrer Frau bereits im Haus des Verstorbenen führen können. Heute möchte ich einen Eindruck über die Hintergründe Ihrer Parzellennachbarschaft gewinnen. Das nachbarschaftliche Miteinander war, wenn ich es so sagen darf, nicht ganz unbelastet, oder liege ich da falsch?«

Frau Flottbeck stand im Begriff zu antworten, aber ihr Karlchen war schneller.

»Das hamse noch nett ausgedrückt. Tatsächlich ist unsere Nachbarschaft völlig zerrüttet, wie man heute so schön sagt.«

»Mögen Sie mir erzählen, wie sich diese Unleidlichkeiten entwickelt haben?«

»Zuerst haben wir uns richtig gut vertragen. Wir haben uns gegenseitig geholfen, die Gartenpflege übernommen, wenn einer von uns im Urlaub war, es gab auch gemeinsame Grillabende und Geburtstagsfeiern.«

Frau Flottbeck übernahm. »Dann kamen Eifersüchteleien. Plötzlich ging es darum, wer die teuersten Urlaubreisen machte, wer sich ein Haus oder ein Wohnmobil erlauben konnte. Sozialneid, verstehen Sie? Wir sind ja alle im gleichen Alter, an der Schwelle zur Rente sozusagen, und da kann man schon mal vergleichen, wer mehr erreicht hat. Mein Mann musste seinen Beruf vor drei Jahren aufgeben. Das muss ich wieder ausgleichen. Ich hab mehrere Putzstellen am Laufen. Früher war ich nur bei den Rübsams. Seit

Karlchens Verrentung bin ich jeden Tag morgens und nachmittags unterwegs. Auf der anderen Seite hat Karlchen mehr Zeit für die Gartenarbeit, was uns jetzt bei diesem unseligen Wettbewerb zu Gute kommt.«

»Wie lange haben Sie Ihren Kleingarten?«

Karlchen Flottbeck kniff ein Auge zu. »15, 16 Jahre. Wir sind gleichzeitig mit den Rübsams angefangen. Die Bohnekamps sind schon viel länger dabei. Das könnten schon 30 Jahre sein, vielleicht sogar noch mehr.«

Die Oberkommissarin atmete tief durch. »Es ist mir unangenehm, Herr Flottbeck, aber ich muss Ihnen noch zwei Fragen stellen. Zum einen: wo waren Sie vorgestern zwischen elf und 14 Uhr?«

Flottbecks Gesicht heiterte sich auf. »Da war ich auf der Parzelle. Das kann der neue Nachbar, Herr Weber, bestätigen. Der hatte nämlich vom Vereinsvorstand eine Parzelle pachten wollen und den völlig verwahrlosten Kleingarten im Bickbeerweg erhalten. Und welche weitere unangenehme Frage haben Sie noch in Ihrem Köcher?«

Konstanze suchte nach einer geeigneten Formulierung, denn sie wollte es nach Möglichkeit vermeiden, auch diese Befragung mit einem Eklat enden zu lassen. »Im Rahmen unserer bisherigen Vernehmungen hat es einen Hinweis gegeben … nun, wie soll ich sagen …«

»Ach, Sie meinen das Gerücht, dass ich etwas mit Erwin Rübsam gehabt haben soll?«, vollendete Frau Flottbeck den Gedanken der Oberkommissarin. Sie zeigte eine unerwartete Gelassenheit. »Dazu von mir und meinem Mann eine einzige Anmerkung: Nein!«

Karlchen Flottbeck war zu diesem Thema deutlich muffeliger. »Diese Behauptung kommt mit schöner Regelmäßigkeit von Frau Bohnekamp. Sie wird es auch diesmal gewesen sein, stimmt's?«

Konstanze antwortete indirekt. »Ich nehme Ihre Aussage zu Protokoll und werde damit sehr ernsthaft umgehen …«

»Sie sollten in den diplomatischen Dienst wechseln«, stellte Herr Flottbeck fest. »Ich hab der alten Hexe schon mehrfach eine Klage angedroht. Üble Nachrede oder wie man das nennt. Und wenn sie uns jetzt verdächtig machen will, dann werde ich vielleicht wirklich mit meiner Rechtsschutzversicherung sprechen.«

»Wahrscheinlich würde die Bohnekamp gern selbst mit Erwin nette Stunden verbracht haben wollen«, mutmaßte Frau Flottbeck.

Ihr Gatte gab ihr Recht. »Jemand, der andauernd solche Lügenmärchen verbreitet, will doch nur von sich selbst ablenken. Wer weiß, was diese Tratschtante zu verbergen hat.«

Konstanze Kannengießer enthielt sich eines Kommentars und packte ihre Sachen zusammen.

»Ich denke, für heute soll es das erst einmal gewesen sein. Ich werde sicher noch weitere Fragen haben, aber das sehen wir dann. Und Sie, Frau Flottbeck, verkraften erst einmal den schrecklichen Moment, als Sie Herr Rübsam aufgefunden haben. Oft dauert es lange Zeit, solche Bilder loszuwerden.«

Frau Flottbeck wirkte überrascht. »Ja … wo Sie das jetzt so sagen … schön war das nicht.« Sie vermittelte allerdings weiterhin nicht den Eindruck, ernsthaft unter traumatischen Nachwirkungen zu leiden.

»Ich geh dann mal.« Sie schnupperte. »Es gibt bei Ihnen heute Eintopf? Steckrüben, richtig?«

Frau Flottbeck nickte, und Konstanze wünschte Guten Appetit. Dann verließ sie die Wohnung.

Herr Flottbeck starrte seine Frau an und knurrte: »Hab ich es nicht immer wieder prophezeit: Irgendwann bricht dir dein Verhältnis zu Erwin das Genick!«

»Verhältnis«, giftete sie zurück. »Einmal war ich während unserer Ehe mit ihm zusammen, einmal! Und das ist auch schon ein paar Jahre her. Außerdem hab ich es dir gleich gebeichtet!«

»Du kannst mir ja viel erzählen«, murrte Karlchen.

Kapitel 13

Olaf Knispel und Isabel Graf waren unterdessen auf der Insel angekommen. Mit Blick auf die Uhr entschied Olaf, dass sie zuerst zu Mittag essen sollten.

»Das hört sich gut an«, bestätigte seine Begleiterin. »Aber wir sollten noch vor der Mittagspause feststellen, wo Frau Rübsam logiert. Sonst macht hier alles bis 15 Uhr zu, und dann wird's eng. Unsere Fähre fährt nämlich um kurz nach 17 Uhr!«

Olaf schaute erstaunt auf die Volontärin, die sich zunehmend als in jeder Hinsicht wertvolle Unterstützung entpuppte. Sie setzten ihren Weg fort, und Isabel nahm seine Hand.

Olafs innerer Zensor ließ alle Alarmglocken schrillen. Der Kommissar bückte sich, beschäftigte sich mit seinem Schnürsenkel und wahrte so eine Restdistanz.

Im amtlichen Zimmernachweis konnte schnell festgestellt werden, wo die Rübsams ihre Unterkunft hatten. Dann ließen die beiden ein opulentes Essen folgen – eine Krabbensuppe, dann eine Fischplatte mit Kartoffeln in einer Buttersoße. Es schmeckte beiden vorzüglich. Dann wurde Olaf ernst.

»Auf geht's«, sagte er leise, »jetzt müssen wir schlechte Nachrichten verbreiten.«

Sie traten aus dem Gasthaus und mussten feststellen, dass sich die Wetterlage nicht mehr so moderat darstellte wie bei ihrer Ankunft. Der Wind hatte aufgefrischt, es schauerte, und das dunkle Gewölk, das sich vor dem Festland aufgetürmt hatte, verhieß nichts Gutes.

»Na, das passt ja zu unserer Mission«, stellte Olaf fest und schlug seinen Kragen hoch. Isabel hatte sich bei ihm eingehakt, und er wusste beim besten Willen nicht, was er dieser Suche nach Nähe entgegensetzen konnte.

So standen sie nach kurzer Zeit vor der Pension, in der die Rübsams ihre Inseltage hatten gemeinsam zubringen wollen. Eine ältere Dame stand gerade vor der Tür, um Wind und Regen trotzend zu einem Strandspaziergang aufzubrechen.

»Entschuldigung, Sie sind nicht zufällig Frau Rübsam?«

Die Dame hielt an, musterte Olaf von oben bis unten und streifte die junge Dame an seiner Seite mit einem flüchtigen Blick.

»Und wer will das wissen?«, erkundigte die Dame sich in einem Tonfall, der nicht gerade eine ausgeprägte Gesprächsbereitschaft vermuten ließ.

»Kripo Bremen, Kommissar Knispel«, Olaf präsentierte seinen Ausweis.

Beim Namen »Knispel« huschte ein Lächeln über ihr Gesicht. Dann war sie wieder distanziert. »Ich nehme an, Sie möchten mit meinem Mann sprechen. Aber der ist unterwegs.«

»Nein«, entgegnete Olaf und bemühte sich um eine feste Stimme, »unser Gespräch möchten und müssen wir mit Ihnen führen.«

»Na, dann gehen wir in den ›Seeigel‹, ein reizendes kleines Café. Dort gibt es Tee und Kluntjes …«

»Frau Rübsam, unsere Unterhaltung ist eher für private Räume bestimmt.«

Ihr Blick bekam etwas Wachsames. »Na, dann kommen Sie mal rein.«

Etwas später saßen sie in einem gemütlichen Wohnzimmer, das die Rübsams gemietet hatten. Draußen tobten die Elemente. Drinnen suchte Olaf nach geeigneten Worten. Frau Rübsam nahm ihm die Arbeit ab. »Nun sagen Sie schon – ist Erwin etwas passiert, oder? Hat er Schwierigkeiten zu erwarten?«

Olaf räusperte sich. »Ihr Mann ist tot, Frau Rübsam. Es tut mir sehr leid.«

»Auch von mir aufrichtiges Beileid«, schloss sich Isabel Graf an.

Frau Rübsam wurde etwas blass. Sie musste diese Botschaft zunächst verarbeiten. Eine mächtige Standuhr zerlegte aufdringlich laut tickend die Minuten. Olaf ließ ihr Zeit. Dann meldete sie sich in den Kreis der Denkenden und Handelnden zurück.

»Was ist geschehen?«

»Ihr Mann ist zu Hause erschlagen worden.«

Frau Rübsam rubbelte nachdenklich an ihrem Kinn, als hätte man ihr eine Denksportfrage vorgelegt. Kein Wort über Erwin.

»Fühlen Sie sich in der Lage, uns ein paar Fragen zu beantworten?«, fragte Knispel.

Frau Rübsam nickte. »Danke für Ihre Anteilnahme. Ich muss das erst einmal verkraften. Bitte fragen Sie ruhig; wir sehen dann, wohin und wie weit uns das führt.«

»Gut, Sie haben hier ein ganz reizendes Feriendomizil. Warum wollte Ihr Mann nach Bremen zurück? Und wann war das?«

»Sein Chef hat ihn angerufen. Er wollte von meinem Mann eine Expertise. Worum es im Einzelnen ging, weiß ich nicht. Ich glaub, es hat mit einer Imbisskette im Bremer Osten zu tun.«

»Geschah es häufiger, dass der Chef Ihres Mannes in die freien Tage hineinregierte?«

»Das tat er regelmäßig«, bestätigte die frischgebackene Witwe Rübsam verbittert. »Erwin hat sich wie ein Leibeigener behandeln lassen!«

Na, dachte Olaf, wenn Erwin wirklich so duldsam gewesen war, wird auch die Ehefrau ihm gegenüber robuste Umgangsformen an den Tag gelegt haben. Da wird er häufiger zwischen den Fronten zerrieben worden sein.

Olaf erkundigte sich nach Namen und Branche des Unternehmens, bei dem Erwin Rübsam sein Geld verdiente.

»›Becker, Grunert & Wagschal‹, das sind Projektentwickler. Sie treten mit eigenen oder legal gekauften Ideen auf und besorgen auch die Finanzierung. Arthur Becker ist derjenige, der regelmäßig Freude daran fand, meinen Mann zu drangsalieren.«

»Und um welche Projekte ging es konkret?«, fragte Isabel Graf dazwischen.

»Oh, alles, wofür es einen Markt gibt. Wie ich eben sagte, aktuell ging es darum, im Bremer Osten eine Imbisskette anzusiedeln. Dazu wollte man Erwins Meinung hören.« Sie hielt inne. »Wer hat Erwin eigentlich aufgefunden? Wenn er vorgestern Mittag …«, sie brach ab.

»Es war Ihre Parzellennachbarin, Frau Flottbeck, die ihn gefunden hat, und zwar kurz nach der Tat«, informierte Olaf.

Diese Nachricht erschütterte Frau Rübsam offenbar stärker als das Ableben ihres Mannes. »Diese Natter«, erregte sie sich und stand im Begriff, laut zu werden. »Ausgerechnet diese alte Gift-Nudel musste Erwin finden.« Sie dachte kurz nach. »Vielleicht hat sie ihn nicht nur gefunden.«

»Das klingt aber nicht nach einer herzlichen Nachbarschaft«, stellte der Kommissar tadelnd fest. »Mit solchen Äußerungen sollte man außerdem zurückhaltend sein. Man gerät sehr schnell in die Nähe einer Verleumdung. Und Sie dürfen überdies sicher sein, dass wir in alle Richtungen ermitteln.«

»Das ist nicht der Punkt. Aber mein Mann war in erster Ehe mit Frau Flottbeck verheiratet!«

Kapitel 14

Als Olaf Knispel und seine Begleiterin die Pension verließen, war die Wetterlage noch ungemütlicher geworden. Eine steife Brise hatte auch die letzten Touristen zurück in ihre Quartiere oder in die wenigen gastronomischen Einrichtungen getrieben, die geöffnet hatten.

Olaf stellte mit einem Blick auf seine Armbanduhr fest, dass noch reichlich Zeit bis zur Abfahrt der Fähre war. So suchte er mit Isabel, die sich schon wieder bei ihm eingehakt hatte, den von Frau Rübsam gepriesenen »Seeigel« auf.

Der erwies sich als urgemütliches Café, in dem man die verbleibenen anderthalb Wartestunden angenehm zubringen konnte.

»Moin«, grüßte die Bedienung freundlich. Sie hatte hellblondes Haar, und Olaf hätte wetten können, dass sie Grootje, Swantje oder Frauke hieß. Es war noch keine Hauptsaison, und das Personal agierte dementsprechend entspannt.

»Wir hätten gern einen Tee mit Kluntjes und ein Stück von diesem herrlichen Apfelkuchen. Wir müssen irgendwie die Zeit bis zur Abfahrt der Fähre überbrücken«.

»Ach, Sie wollen bis morgen Vormittag hier sitzen und Tee trinken?« Die junge Gastronomie-Fachkraft wirkte erheitert.

Olaf Knispel war sofort hellwach. »Morgen Vormittag? Heute Nachmittag, um 17.15 Uhr, denke ich«, korrigierte der junge Kommissar.

»Sie wissen ja, der Mensch denkt, aber Gott lenkt«, lächelte die Bedienung. »Haben Sie nicht den Wetterumschwung bemerkt?«

»Ja, doch«, räumte Olaf ein. »Aber für einen Tsunami dürfte es kaum reichen, oder?«

»Für einen Tsunami nicht«, bestätigte die Bedienung. »Aber für eine Absage der Fähre schon.«

»Wie jetzt?« Olaf schaute mit einer Mischung aus Entgeisterung und Ratlosigkeit erst auf die Servicekraft, dann auf Isabel. »Und wie kommen wir von der Insel?«

»Heute gar nicht mehr.«

Olaf schnappte nach Luft und wandte sich wieder an seine Begleitung. »Das können die doch nicht machen!«

»Ich fürchte, es ist schon passiert«, lächelte die Volontärin. »Wir werden uns ein Quartier suchen müssen.«

Kommissar Knispel, eben noch mit einer souverän vorgetragenen Tee- und Kuchen-Bestellung Herr des Geschehens, hatte die Lage nicht mehr im Griff. Isabel wandte sich an die Bedienung, die noch immer geduldig und mit einem unverbindlichen Lächeln am Tisch stand. »Sagen Sie, gibt es in diesem entzückenden kleinen Café auch eine Übernachtungsmöglichkeit?«

»Oh ja. Wir haben ein behagliches, urgemütliches Doppelzimmer unter dem Dach. Wäre das für Sie in Ordnung?« Ihr war nicht entgangen, dass Olaf einen Ehering trug, Isabel aber nicht.

Die legte jetzt ihre Hand auf Olafs rechten Arm. »Lass uns hierbleiben. Es ist sicher eine günstige Lösung, und wir müssten bei dem Wetter nicht mehr das Haus verlassen.«

Olaf sah sich außerstande, Widerstand zu leisten. Nach kurzem Zögern willigte er kopfnickend ein.

Isabel fasste die Gemütslage zusammen: »Dann nehmen wir das Doppelzimmer, und statt des Tees vertragen wir jetzt einen Grog. Den Kuchen stornieren Sie bitte – wir nehmen dafür zum Abendessen etwas Passendes.«

»Gerne. Da empfehle ich Ihnen unsere Räucherplatte – wir sind nämlich nicht nur ein Café.« Die junge Servicekraft lief zur Hochform auf.

Olaf war inzwischen in eine Art Apathie versunken. Ohne Gegenwehr ließ er es geschehen, dass ihm der weitere Gang der Dinge zunehmend entglitt. Das war jedoch nur der äußere Eindruck. Im Inneren brodelte es: Die Hormone tanzten

Samba, und sein innerer Zensor hatte die oberste Alarmstufe ausgelöst.

Unter dem Einfluss des Grogs entspannte sich der junge Kommissar zusehends, und es ergab sich ein intensives, von großer persönlicher Nähe geprägtes Gespräch, das sich nur am Rande mit dem ursprünglichen Anlass ihres Inselaufenthaltes befasste.

Irgendwann musste Isabel zur Toilette gehen. »Ich bin gleich wieder da«, lächelte sie und drohte scherzhaft mit dem Finger. »Lauf nicht weg. Ich würde dich auf dieser Insel ja doch wiederfinden.«

Olaf fischte sein Handy aus der Jackentasche. Der Akku war nahezu erschöpft. Er rief bei Konstanze Kannengießer an und setzte sie über das Gespräch mit Frau Rübsam in Kenntnis. »Aber das Beste kommt zum Schluss: Die Fähre fällt aus, weil hier eine Schlecht-Wetter-Front unterwegs ist. Sagst du bitte bei Tatjana Bescheid? Mein Akku ist gleich leer.«

Konstanze konnte ihn kaum verstehen. »Was sagst du? Eure Fähre fällt aus? Du kommst erst Morgen? Na dann sag ich mal bei deiner Frau Bescheid, oder?«

»Ja«, quäkte Olaf, »und kein Wort darüber, dass Isabel … ich meine, Frau Graf … mich begleitet. Ich bin allein unterwegs!« Die Verbindung brach ab.

Das war knapp, dachte Olaf und lehnte sich bequem zurück. Er wäre vermutlich wesentlich weniger gelassen gewesen, wenn er gewusst hätte, dass seine letzten beiden Sätze nicht mehr gesendet worden waren.

Kapitel 15

Franziska und Andreas schafften im Hinterzimmer des Landheims »Erntedank e. V.« Ordnung. Dort hatte der Vorstand seinen Tagungsort, und dort stand auch ein alter Aktenschrank, der die wenigen Ordner beherbergte, in denen die Arbeit der ehrenamtlichen Kleingartenfunktionäre dokumentiert war. Andreas klappte den letzten Ordner zu. Die Ablage war getan.

»Noch ein Bier in der Gaststube, anstatt sofort nach Hause?« Franziska hatte, seitdem Paul in ihr Haus eingezogen war, zunehmend das Gefühl, dort zu stören.

Andreas nickte. Er war gedanklich zum gleichen Ergebnis gelangt. »Es hat etwas von feindlicher Übernahme, stimmt's?«

Franziska bestätigte seinen Eindruck. Sie hatte sich ursprünglich für Pauls Einzug stark gemacht. »Aber dazu stehe ich weiterhin«, erklärte sie, als Andreas an den Verlauf der Diskussion erinnerte. »Außerdem liegt es ja bei uns, ob wir uns so einfach aus unserem Nest drängen lassen.«

Sie suchten sich in der Gaststube eine gemütliche Ecke, in der sie ihren Gedankenaustausch ungestört austragen konnten. Zunächst stand jedoch Rudi einem Vier-Augen-Gespräch im Wege. »Na, wie üblich?«

Franziska nickte. »Zwei kleine Bier«, bestellte sie und strich durch ihre rote naturkrause Mähne. »Wo hast du denn deinen Schwiegersohn gelassen? Muss der jetzt alle Geschäfte von Strelitz übernehmen?«

»Wie man's nimmt. Er hatte heute Einsatz auf Spiekeroog. Und vorhin hat seine Kollegin – du weißt schon, die Frau Kannengießer – angerufen. Die Fähre ist ausgefallen, und jetzt sitzt er auf der Insel fest, mitsamt einer jungen Aushilfskraft. Tatjana ist schon auf 180!«

Franziska lachte. »Da wird schon nichts passieren. Für Olaf würde ich meine Hand ins Feuer legen.« Sie konnte nicht ahnen, dass sie auf dem besten Weg war, sich theoretisch einige Brandblasen zuzuziehen.

Rudi kümmerte sich um das Bier.

»Ich hab Johanna für unsere Vorstandsarbeit eingesetzt. Sie hat das Osterfeuer zugeteilt bekommen. Anfragen beim Polizei-Revier und der Feuerwehr. Die ganze Arie.«

»Hat sie denn zeitliche Reserven für solch sachfremde Aufgaben?«

»Ihr gesamtes Engagement besteht aus zeitlichen Reserven«, stellte Franziska fest. »Und das ist nicht ihre Schuld. Es gibt einfach nicht genügend zu tun.«

»Wann willst du dich eigentlich entscheiden, ob du freiberuflich tätig bleiben möchtest?«

Franziska spielte mit dem Salzstreuer. »Es geht weniger ums Wollen, sondern ums Müssen. Nach den Osterferien ist meine Entscheidung fällig.«

»Weißt du schon, wie du dich entscheiden wirst?«

»Hab ich überhaupt einen Spielraum?«, fragte sie zurück. Der Schraubverschluss des Salzstreuers öffnete sich. »Oh!« Franziska schaufelte das Salz zurück in den Streuer.

»Hast du schon mal mit deiner Schwester darüber gesprochen, dass das Abenteuer ›selbständiges Planungsbüro‹ zu Ende gehen könnte?«

Franziska schüttelte den Kopf. »Ich trau mich nicht …«

»Es sollte mich nicht wundern, wenn sie vielleicht schon etwas in Aussicht hat und mit dir nicht darüber reden mag.«

»Ha! Seit wann gibt es Themen, über die sie nicht reden mag?«

»Dann mach doch reinen Tisch. Sollst sehen, du fühlst dich sofort wesentlich besser.«

»Wir machen doch eine Woche vor Ostern die Flandern-Rundfahrt …«

»Ja, und?«

»Danach wollte ich mich entscheiden.«

Andreas ereiferte sich. »Warum willst du den Urlaub noch damit belasten? Was ist nach dem Urlaub anders als jetzt? Wodurch ändern sich noch Beurteilungsfaktoren?«, krähte er. »Das Einzige, was du erreichst, ist der Verlust einiger unbeschwerter Urlaubstage, in denen du mit nachdenklichem Gesicht durch Brüssel, Antwerpen, Gent und Brügge gehst.«

»Oh ja, lass uns über den Urlaub sprechen«, freute sich Franziska, klatschte in die Hände und strahlte wie ein Kind unter dem Weihnachtsbaum.

Andreas holte tief Luft, hatte aber auch Mühe, ernst zu bleiben. »Kindskopf. Nur, wenn du mir versprichst, vorher eine Entscheidung zu treffen.«

»Versprochen. Aber lass uns mal eben nachdenken, was wir noch alles vor der Reise regeln müssen. Da wäre der Einkauf, damit wir bei der Rückkehr nicht vor einem leeren Kühlschrank stehen. Dann müssen wir drei Tage die Zeitung abbestellen, Provianteinkauf für die Reise selbst, Klamotten einpacken … ja, das wäre es soweit, oder?«

»Meine Güte, wir sind drei Tage in Belgien und nicht auf einer Weltreise.« Andreas hielt inne. Dann strahlte er: »Ist doch ganz einfach – Du überträgst Johanna sämtliche Aufgaben. Und wir sind aus dem Schneider.«

»Einkauf und Zeitung abbestellen meinetwegen, aber meine Reisetasche packe ich selbst.«

Kapitel 16

Isabel Grafs kurze Abwesenheit entschied über den weiteren Verlaufs des Abends. Olaf gab es nicht nur Gelegenheit zu telefonieren – es gelang ihm auch, seine emotionale Befindlichkeit zur Ordnung zu rufen.

Als Isabel zurückkehrte, schlug er einen ernsten Ton an.

»Isabel, wir müssen jetzt mal wieder auf den Boden der Tatsachen zurück. Wir sind nämlich gerade auf dem besten Weg, emotionellen Schaden anzurichten. Ohne große Worte: Lass uns einen netten Abend mit ein bisschen Klönschnack und Räucherfisch verbringen. Dann übernachtest du in der Dachkammer, und ich bemüh mich um ein separates Quartier.«

Isabel reagierte, als wäre sie geradewegs unter eine Kaltwasserdusche geraten. Sie schaute ihren Begleiter ratlos an. Hatte sie etwas falsch gemacht?

Olaf gab der hellblonden Dame hinter der Kuchentheke ein Zeichen. »Wir hätten jetzt doch lieber den Tee.«

Er horchte in sich hinein und hätte schwören können, dass seine Hormone gerade im Begriff standen, den Chor der Gefangenen aus Verdis »Nabucco« zu intonieren. Zeitgleich glaubte er, dass sein innerer Zensor mit Standing Ovations beschäftigt war.

* * *

Beifall hätte es sicher auch von seinem Chef, Kriminalrat Strelitz, gegeben. Der hatte sich den Herausforderungen des Kur-Alltages gestellt und lag abends angenehm erschöpft im Bett. Das Licht war bereits gelöscht, aber er hatte für diesen Tag noch Pläne. Als er an den gleichmäßigen Atemzügen seiner Ehefrau Marga zu erkennen glaubte, dass der Schlaf sie übermannt hatte, tappte er in Begleitung seines Handys ins Bad. Von dort nahm er mit leiser Stimme Kontakt mit Konstanze Kannengießer auf und ließ sich über den aktuellen Stand der Dinge informieren. Als er von Olafs unfreiwilligem Verbleib auf der Insel Spiekeroog hörte, hatte er Mühe, einen Heiterkeitsausbruch zu unterdrücken.

Dann versuchte er, den Fall einzuschätzen. »Bei der Motivlage gibt es eine Menge Untiefen, Konstanze. Selbst Frau Rübsam, die durch ihre Anwesenheit auf Spiekeroog ein erstklassiges Alibi hat, könnte sich eines Auftragsmörders bedient haben, um in den Genuss der Lebensversicherung zu kommen. Unklar ist auch, warum Frau Flottbeck uns verheimlicht hat, dass sie mit Herrn Rübsam verheiratet war. Und noch eines ist denkbar …«

In diesem Moment klopfte es an die Badezimmertür.

Strelitz deaktivierte sein Handy. »Ja, was ist?«, rief er automatisch und schaute sich fieberhaft nach einem geeigneten Versteck für das kleine Gerät um.

»Geht es dir gut? Ist alles in Ordnung?« Marga, seine Frau, hatte offenbar doch noch nicht so fest geschlafen.

»Danke der Nachfrage. Mir geht es ausgezeichnet.«

»Und was machst du da drinnen?«

»Ja, was machen wir denn im Allgemeinen im Bad?«

»Aber doch nicht um diese Uhrzeit!«

»Willst du meinem Darm jetzt vorschreiben, wann er sich zu entleeren hat?«

Strelitz' Blick wanderte durch das sehr übersichtliche Bad und blieb an den Zahnputzbechern hängen. Er versenkte sein Handy in einem der leeren Becher.

»Karl-Eberhard, sei ehrlich – du telefonierst!«

»So ein Unfug«, verwahrte sich der Kriminalrat in verärgertem Tonfall gegen diese Unterstellung.

»Ich komme jetzt rein!«, kündigte seine Frau an.

Er konnte noch den Klodeckel hochklappen und die Wasserspülung betätigen.

Als Marga ins Bad eindrang, beförderte Strelitz den Klodeckel in aller Seelenruhe in die Ausgangsposition zurück. Außerdem vermied er es, zu den Zahnputzbechern zu schauen. Das Phänomen kannte er nämlich von vielen Hausdurchsuchungen: Die Wohnungs- oder Hausbesitzer schauten instinktiv dorthin, wo das verborgene Gut lag – seien es Waffen, Drogen, Geld oder Dokumente.

Strelitz schüttelte den Kopf. »Ich muss schon sagen …« Dann tapste er, Schlaftrunkenheit vortäuschend, zurück in sein Bett. Leise grummelnd zog er die Decke über den Kopf. Er meinte noch, Marga etwas murmeln zu hören.

Es klang nach: »Lass dich bloß nicht erwischen.«

Kapitel 17

Am nächsten Morgen tat Olaf Knispel der Rücken weh; zweifellos die Strafe für sein ambivalentes Verhalten am gestrigen Tag. Während Isabel in den Genuss des einzigen Doppelbettes gekommen war, hatte man Olaf auf dessen Drängen eine Abstellkammer zugewiesen, in der ein großer Lehnstuhl stand – zwar hygienisch einwandfrei, aber für eine entspannte Nachtruhe nicht besonders förderlich. Was ihn am meisten überraschte, war allerdings das Verhalten seiner Begleiterin. Verschmähte Frauen pflegen nach Olafs Erfahrung mit einem komplexen Stimmungstief zu reagieren. Isabel war weit davon entfernt. Sie blieb umgänglich und humorvoll – kurz: sie blieb die fast unaufdringliche Volontärin mit all den liebenswerten Eigenschaften, mit denen sie Olaf fast um den Verstand gebracht hätte.

So gestaltete sich die Rückfahrt der beiden inselgestrandeten Spürnasen heiter und unbeschwert – so, als sei nichts gewesen. Und genau das konnte man als Ergebnis des gestrigen zwischenmenschlichen Intermezzos festhalten, dachte Olaf. Aber er war ehrlich genug, sich einzugestehen, dass die Geschichte zeitweise kritisch gestanden hatte. Mit diesen Gedanken fuhr er in die kleine Seitenstraße, in der Isabel wohnte, und setzte sie dort ab.

»Wir sehen uns nachher«, versprach er, »ich gehe in die Dienststelle, sobald ich mich frisch gemacht habe.«

Sie strahlte, und Olaf beeilte sich, seine Fahrt fortzusetzen, bevor am Ende des Spiels etwas in einer Nachspielzeit hätte schiefgehen können. Isabel konnte gerade noch die Beifahrertür zuwerfen.

Entspannt steuerte er das Landheim »Erntedank« an – ein bisschen kaltes Wasser, ein frisches Hemd und ein kleiner Imbiss, dann würde er den Rest des Arbeitstages entschlossen bewältigen können. Das war zumindest sein Plan. Als er die Gaststube des Vereinsheims betrat, empfingen ihn ein ernst dreinschauender Schwiegervater und eine ihn kühl musternde Ehefrau.

»Aha, er kommt doch noch«, stellte Tatjana fest. In ihrer Stimme klirrten einige Eiswürfel. »War's denn schön?«

»Stürmisch, mein Liebes, stürmisch!« Er spendierte ihr einen Kuss, der aber unerwidert blieb.

»Hast du dich gut unterhalten?«, bohrte Tatjana weiter. Die Zahl der hörbaren Eiswürfel nahm zu.

»Du meinst, die Befragung mit Frau Rübsam? Das war natürlich eine sehr ernste Angelegenheit. Immerhin musste ich ihr mitteilen, dass sie nun Witwe ist.«

»Eine schwere Aufgabe, und du musstest sie ganz alleine bewältigen?«, erkundigte sich Tatjana scheinheilig. Hier hätte Olaf spätestens skeptisch werden müssen. Stattdessen legte er noch nach: »Ja, das war nicht schön, glaub mir. Ganz allein, auf einer sturmumtosten Insel, und dann ein solch düsteres Thema. Es war eher eine traurige Dienstreise.« Betroffenheit und Wehmut waberten als enge Verbündete durch Olafs Rückblick.

»Traurig ist die Nummer, die du hier gerade abziehst!« Tatjana hatte sich auf den Hacken umgedreht und war die Treppe in den Wohnbereich hinaufgestürmt – soweit ihr dies im neunten Monat noch möglich war.

Mit tränenerstickter Stimme stieß sie auf der obersten Stufe noch ein etwas undeutliches Schimpfwort aus. Es klang nach »Scheusal«.

Olaf sah ihr entgeistert nach. »Was hat sie nur?«, fragte er Rudi, der sich die ganze Zeit mit seinem Poliertuch beschäftigt hatte.

»Da gibt's wohl unterschiedliche Darstellungen über deine Reisebegleitung. Frau Kannengießer hat gestern Abend mitgeteilt, dass du mit einer Volo … Volonto … also, mit einer Frau Graf unterwegs bist.«

Olafs Unterkiefer fiel auf ein Allzeittief.

»Bring das wieder in Ordnung«, brummte Rudi. »Und zwar jetzt!«

»Ach, du grüne Neune! Aber da war nichts! Ich wollte Tatjana nur nicht auf die Nase binden, dass mich eine Volontärin begleitet hat! In ihrem jetzigen Zustand kann ich ihr das doch nicht allen Ernstes erzählen! Meistens wird doch davon ausgegangen: Gelegenheit macht Liebe.«

»Das musst du nicht mir erklären. Ich glaub dir ja. Dein Problem ist gerade nach oben gestolpert.« Er zeigte zur Treppe.

Olaf spurtete Tatjana hinterher.

Rudi war noch nicht ganz fertig. »Sag mal …«

Rudis Schwiegersohn hielt auf der obersten Stufe an. »Ja?«

»Was ist so ’ne Volontärin eigentlich für ’ne Landsfrau? Spricht die deutsch?«

Kapitel 18

Auch Kriminalrat Strelitz präsentierte sich alles andere als ausgeglichen. Mit Mühe hatte er morgens sein Handy rechtzeitig aus dem Zahnputzbecher retten und damit vor einer Entdeckung bewahren können. Um sieben Uhr saß er mit seiner Frau bereits beim Frühstück, und eine halbe Stunde später begann er zumeist, sein Tagesprogramm abzuarbeiten, während seine Frau Marga Muße fand, durch den Ort zu spazieren oder eine kleine Wanderung zu unternehmen.

Immer wieder versuchte er, mit seinem Handy einen Kontakt zu Konstanze aufzubauen, doch entweder war der Betrieb der manchmal nützlichen Geräte untersagt – und das galt in fast allen medizinischen Bereichen – , oder aber Marga war in der Nähe, oder der Akku blinkte. So blieb der Kriminalrat ungeduldig und unkonzentriert, und seine Frau benötigte nicht allzu viel Fantasie, um den Grund zu erahnen. Er litt unübersehbar unter der Trennung von seinem Team, grübelte, war geistesabwesend, dann wieder ungeduldig. Nicht nur, dass er nicht ganz auf der Höhe des Geschehens in seinem Dezernat war – das Geschehen entwickelte sich ohne sein Zutun. Er musste nun erleben, keinen Einfluss nehmen zu können, als sei er bereits Pensionär.

Fast noch schlimmer – die Ermittlungen nahmen möglicherweise auch ohne sein Zutun einen überzeugenden Ausgang. Er konnte nicht ahnen, dass sich Konstanze Kannengießer und Olaf Knispel vorerst noch weit davon entfernt wähnten. Beide spürten, dass eine rasche, problemlose Aufklärung derzeit ähnlich unwahrscheinlich war wie das plötzliche Einsetzen einer Hitzewelle. Hinzu kam, dass Olaf eine weitere, sehr persönliche Baustelle belastete: Der fragile Zustand der familiären Befindlichkeit brachte Olaf zudem aus der Spur. Immer, wenn er Ordnung in seine Überlegungen bringen und entscheiden wollte, welche nächsten Schritte in der Ermittlungstätigkeit sinnvoll sein konnten, schoben sich Bilder von Tatjana und Isabel dazwischen.

»So kann ich nicht arbeiten«, murmelte er mit aufgestütztem Kopf.

Die Kollegin Kannengießer, mit der er sich ein Dienstzimmer teilte, sah den Zustand des Kollegen mit Unbehagen. Schließlich hatte sie mit ihrer Auskunftsfreudigkeit den Stein ins Rollen gebracht. Da nützte es wenig, dass sie jeden Tag mehrfach beteuerte, die letzte Handy-Ansage ihres leidenden Kollegen nicht mehr erhalten zu haben. Schließlich war auch die Einteilung von Personal und Aufgaben an jenen unheilvollen Tag auf ihre Entscheidung zurückzuführen. Und als kaum wahrzunehmendes Element rundete Isabel das Bild ab – natürlich, zurückhaltend, einsatzfreudig und mit angemessener Distanz zu allem und jedem.

»Was für eine abenteuerliche Annahme, dass sie deine Ehe gefährdet hätte«, stellte Konstanze fest, als die Volontärin kurz das Zimmer verlassen hatte. »Sie verkörpert doch auf ganz unprätentiöse Art ein Musterbeispiel von Sittsamkeit und Tugend!«

Olaf verschluckte sich heftig an seinem Kaffee.

»Oder?« Konstanze schaute mit aufkeimendem Misstrauen auf ihren Kollegen, der damit befasst war, wieder Ordnung in seiner Luft- und Speiseröhre herzustellen.

»Nein, nein, keine Sorge. Du hättest es nicht besser formulieren können«, keuchte er, nachdem seine Kollegin ihm durch beherztes Klopfen auf den Rücken wieder dialogfähig gemacht hatte.

»Na, da bin ich beruhigt«, entspannte sich Konstanze. »Was hältst du eigentlich von einer Art Gütetermin? Du und deine Tatjana, Isabel mit ihrem Freund, und ich als Moderatorin? Und das Ganze im Landheim, wobei ich auch ein bisschen auf die Integrationskraft deines Schwiegervaters setze. Der wird sich nämlich kaum aus der Sache raushalten.

Außerdem vertraue ich auf die friedliche Atmosphäre der Gaststube. Dort finden wir einen geeigneten Rahmen, zumal wir in dieser Jahreszeit dort ziemlich ungestört sein dürften, oder? Und wenn Franziska und Andreas zugegen sein sollten, wäre das vermutlich eher hilfreich als schädlich.«

In Olaf erwachten neue Lebensgeister: »Das könnte die Lösung sein ...«

Konstanze ging trocken dazwischen. »Aber nicht erst zu Pfingsten. Heute Abend! Du sagst Isabel Bescheid, und wir treffen uns um 19 Uhr im Landheim. Hab ich das übrigens richtig mitgekriegt, dass ihr euch inzwischen duzt?«

Kapitel 19

Olaf war derart begeistert von Konstanzes Vorschlag, zu einem Gütetermin zusammenzukommen, dass er wieder auf den Boden der Realitäten zurückgeholt werden musste.

»Du weißt noch, dass wir zur Zeit in der Mordsache ›Rübsam‹ ermitteln?«, erinnerte Konstanze ihren Kollegen an die dienstlichen Obliegenheiten. Ihr lag sehr daran, diesen Fall recht bald aufzuklären. Der Grund lag auf der Hand: In ein paar Tagen würde Olaf in den Status des frischgebackenen Vaters wechseln. Wie sie ihn einschätzte, würde dieses außerordentliche Ereignis seine dienstlichen Ambitionen weitgehend überlagern.

Mit anderen Worten: Sobald Olaf Knispel seine Schwerpunkte in Richtung Familie verschieben würde, stünde sie allein im Gelände. Der Chef hatte noch einige Tage seines Kuraufenthaltes vor sich. Unter Umständen wäre er ein Kandidat für eine Nachkur, überlegte Konstanze. Schließlich hatte er nie irgendwelche gesundheitsfürsorglichen Leistungen in Anspruch genommen und könnte deshalb Bedarf verspüren.

* * *

Der Kontakt, auf den der Kriminalrat so großen Wert gelegt hatte, gestaltete sich bislang ungemein schwierig. Vereinbart war, dass die Anruf-Initiative ausschließlich bei Strelitz liegen sollte. Er allein konnte abschätzen, wann es einen günstigen Moment gab, um sich auszutauschen. Alle bisherigen Kontaktaufnahmen musste er nach kürzester Zeit abbrechen. Mal erschien das Personal, mal war es Marga, die ihn selten unbeobachtet ließ.

In seiner Verzweiflung hatte er eine Postkarte geschrieben, um die eine Botschaft loszuwerden, die ihm wichtig war, doch auch dieser Kontaktversuch scheiterte bislang – er konnte keine Briefmarke auftreiben.

Heute hatte er endlich eine vielversprechende Chance: Ausführliche Massage stand auf dem Programm, und Marga wollte einen kleinen Spaziergang unternehmen.

Strelitz war sicher, dass er mit dem kompakt gebauten Masseur aus dem russischen Sprachraum über ein maximal dreiminütiges Handy-Gespräch würde verhandeln können.

Er machte schon mal den Oberkörper frei und zeigte dem Kraftpaket mit den Schaufelbaggerhänden sein Handy. Noch bevor er sein Anliegen vortragen konnte, ließ der Masseur, der sich mit Igor vorstellte, in Sekundenabfolge einige rasche Griffe folgen.

Mit Griff 1 wurde Strelitz das Handy entwunden, Griff 2 beförderte ihn auf den Massagetisch, und Griff 3 sorgte für eine passgenaue Platzierung. Mit einem unverständlichen, aber sehr freundlich geäußerten Satz, der offenbar irgendetwas erklären sollte, steckte Igor das Handy in die Brusttasche des von Strelitz abgelegten Hemdes – unerreichbar für den Kriminalrat.

Der protestierte laut, als kurz danach überraschend die Tür aufging.

»Das kann doch nicht wahr sein! Hören Sie. Sprechen Sie deutsch? Ich möchte nämlich … oh, hallo Marga!«

Frau Strelitz trat ein, setzte sich auf einen spartanisch wirkenden Hocker und strich ihren Mantel glatt.

»Karl-Eberhard, stell dir vor, ich gehe vor die Tür, und es beginnt ein Wolkenbruch! So etwas hab ich noch nicht erlebt.«

»Und dann hast du dir gedacht, na gut, dann guck ich eben beim Massieren zu? Das finde ich ganz reizend, Marga, wirklich. Ich war gerade dabei, Herrn Igor einige Instruktionen zu geben, wo er ein bisschen vorsichtiger anpacken sollte.«

Kapitel 20

Zur gleichen Zeit hatte sein Mitarbeiterstab einige Personen zur Vernehmung vorgeladen. Während Olaf im Zimmer, das er mit seiner Kollegin teilte, ein Gespräch mit Herrn und Frau Bohnekamp führte, hatte sich Konstanze mit Herrn Becker, dem Chef des ermordeten Herrn Rübsam, in das Zimmer des abwesenden Kriminalrats zurückgezogen.

Sie hatte sofort erkannt, dass Becker nicht nur ein Projektentwickler war, sondern auch ein Worthülsendrescher und verbaler Seifenblasenfabrikant. Unbekümmert reihte er seine Textbausteine aneinander und begleitete seinen geschmeidigen Vortrag mit dröhnender Heiterkeit.

»… und jetzt sind wir spitzenmäßig für eine neue Imbisskette im Bremer Osten aufgestellt. Und wir bleiben natürlich nicht im Osten – wir überrollen diese Stadt mit unserem Produkt, warten Sie's nur ab. Ich veranschlage dafür mal ein Jahr, und dann werden Sie die Firmenlogos von Mahndorf bis Lüssum sehen. Danach kommt der restliche deutschsprachige Raum, und dann die Eurozone – aber ohne unsere griechischen Freunde. Die sollen sich ruhig weiter mit Gyros und Tzatziki amüsieren, Kalinichta, nicht wahr?«

Konstanze funkte dazwischen. »Lassen Sie uns ein paar Worte über Ihren Mitarbeiter, Herrn Rübsam, verlieren. Er …«

Herr Becker riss das Geschehen mit einer neuen Welle der Erheiterung wieder an sich. »Der gute alte Erwin. Sie wissen ja, jede Kette ist nur so stark wie ihr schwächstes Glied.« Er schlug sich vergnügt auf die Oberschenkel. »Und Erwin, Sie werden das sicher schon erraten haben, ist genau das schwächste Glied. Naja, er steht bald zur Verrentung an, und dann sind wir auch mit diesem Problem durch.«

»Aber für eine Rückholaktion aus dem Urlaub war Ihnen Herr Rübsam gut genug …«

Wieder ging Becker dazwischen. »Das müssen Sie sich mal reinziehen. Ich geb ihm genaue Direktiven mit klarer Zeitleiste, und seitdem kann ich ihn nicht mehr erreichen! Aber wie gesagt, das Problem ist bald gelöst!«

»Es ist schon jetzt keines mehr«, informierte Konstanze ihren Gesprächspartner.

Der zeigte sich erstmals irritiert. »Wie meinen Sie das?«

»Ihr Mitarbeiter Erwin Rübsam ist tot, Herr Becker.«

Für einen Moment trat Stille ein. Konstanze Kannengießer beobachtete den Schwadronierer genau. Ihre Berufserfahrung und ihre Menschenkenntnis verrieten ihr, dass diese Botschaft für Becker neu war. Allerdings wäre seine Reaktion mit dem Begriff »betroffen« überinterpretiert gewesen; er wirkte eher verblüfft. Menschen wie Rübsam gehörten schließlich zum Inventar, die waren immer schon da gewesen, und die hatten auch weiterhin da zu sein. Solche Leute fielen nicht einfach aus dem Leben. Auf dieser gedanklichen Basis aufbauend, rang sich Becker zu einem: »Sind Sie sicher?« durch.

»Sehr sicher«, bestätigte die Oberkommissarin.

Jetzt kam Becker in seichtes Gewässer. »Was ist ihm …«, er räusperte sich, »ich meine, wie ist er denn ums Leben gekommen? Jetzt erzählen Sie mir nichts von einem Infarkt oder einem Schlaganfall – dafür war er nicht der Typ. Er ist eher einer von denen, die über Teppichkanten fallen, weil sie die Füße nicht heben können. Ja, Rübsam gehörte zweifellos zu diesem Kulturkreis.«

Konstanze fiel auf, wie schnell Becker in die Vergangenheitsform wechselte.

»Herr Becker, es tut mir leid, Ihnen sagen zu müssen, dass Ihr Mitarbeiter gewaltsam ums Leben gekommen ist.«

Becker schien nicht zu erfassen, was die Kriminalbeamtin ihm mitteilen wollte.

»Wie jetzt?«, zeigte er sich begriffsstutzig. »Was meinen Sie mit gewaltsam? Hatte er einen Verkehrsunfall?«

»Herr Becker, was denken Sie, warum Sie bei der Kripo sitzen? Sie wissen sicherlich, dass wir immer nur dann involviert sind, wenn ein Todesfall unter dem Verdacht steht, durch eine strafbare Handlung herbeigeführt worden zu sein. Und zu dieser Annahme tendieren wir, wenn jemand nach Spurenlage von hinten erschlagen wurde.«

»Rübsam ist erschlagen worden? Ein alter Mann, den man ohne großen Aufwand aus seinem Anzug stoßen konnte? Wer macht denn so etwas?«

»Sehen Sie, jetzt schließt sich der Kreis, und wir können uns gemeinsam auf die noch offenen Fragen stürzen, und ich kann Ihnen verraten, dass es noch viele Ungereimtheiten gibt. Wir sind bislang mit dem Fall nicht an die Öffentlichkeit getreten, werden es aber in den nächsten zwei Tagen tun.«

Im weiteren Gesprächsverlauf erwies sich Becker als überraschend kooperativ. Er schilderte eingehend seine distanzierte Haltung zu Herrn Rübsam und seiner Gattin. Letztere sei mit ihrer gelegentlich aufflammenden Sozialromantik völlig fehl am Platz gewesen. Aber ihre zupackende Art konnte durchaus virulent sein. »Für unseren Betriebsfrieden ist es von Vorteil, dass die beiden Rübsams nun keinen Einfluss mehr auf den Firmenalltag ausüben werden!«

»Vorsichtig, Herr Becker, Sie reden sich gerade in eine Motivlage hinein«, warnte Konstanze. »Wobei mischten sich die Rübsams vorzugsweise ein?«

»Oh, in klassische Fragen der Mitbestimmung, zu Urlaubsansprüchen, zu außertariflichen Absprachen und Vereinbarungen, aber auch zu unternehmerischen Entscheidungen gab es Kommentare.«

»Also stellt das Ableben des Kollegen Rübsam für die Geschäftsleitung eher eine glückliche Fügung als ein Betroffenheit erzeugendes Ereignis dar?«, forschte Konstanze nach. »Seine Räume wurden durchsucht, was gäbe es zu finden?«

Becker sah, wohin das Gespräch steuerte. »Nein, Frau Kannengießer, so nicht. Natürlich bricht das Unternehmen ohne Herrn Rübsam nicht zusammen, aber der Gute hat uns keine schlaflosen Nächte bereitet. Es gab nicht einmal arbeitsgerichtliche Auseinandersetzungen mit ihm. Er war ganz einfach jemand, den man nun mal im Gepäck hatte. Außerdem – ich sagte es ja schon – stand seine Verrentung bevor.«

»Gut«, nickte die Oberkommissarin, ließ sich noch einmal das letzte Telefonat schildern, das zur Unterbrechung des Urlaubs geführt hatte, und entließ Herrn Becker. Der hatte ein Stück seiner rheinländischen Frohnatur verloren und trat den Rückweg recht nachdenklich an.

Kapitel 21

Zeitgleich war es Olaf Knispels Aufgabe, die Bohnekamps zu befragen. Er leitete das Gespräch mit einem unverfänglichen Gedankenaustausch über die enttäuschende Wetterlage ein.

»Ein langer Winter, das kann man nicht anders sagen«, sinnierte der Kommissar.

»Immerhin war es für mich eine gute Gelegenheit, mal wieder in meinen Karl-May-Büchern zu lesen«, meinte Friedo Bohnekamp. »Sie müssen wissen, dass ich in meinem Wohnzimmer das komplette Werk habe.«

»Ja«, seufzte Frau Bohnekamp«, »und in jedem Sommer sind wir bei den Festspielen in Bad Segeberg«.

Olaf hielt den Zeitpunkt für gekommen, dienstlich zu werden. Er verdeutlichte zunächst den Hintergrund der Vorladung.

»Sie haben ja bereits von der Kollegin erfahren, dass Ihr Parzellennachbar Erwin Rübsam ums Leben gekommen ist.«

»Wir haben davon gehört«, bemerkte Frau Bohnekamp. »Es wird in einer Gemeinschaft, wie der Verein ›Erntedank‹ sie darstellt, natürlich über solche Vorkommnisse geredet.«

»Vorkommnisse?«, begehrte ihr Ehemann Friedo auf. »Elsbeth, wir reden, wenn ich es richtig weiß, von Mord! Erwin ist in seinem eigenen Haus umgebracht worden!«

»Richtig, und die Flottbeck hat ihn gefunden.« Elsbeth ließ einen bedeutsamen Blick zwischen dem Kommissar und ihrem Friedo pendeln.

Aha, dachte Olaf, da sind wir ja schneller auf den Punkt gekommen, als ich zu hoffen gewagt hatte. Er hakte nach:

»Man hat uns berichtet, dass Sie mit zwei nebeneinanderliegenden Nachbarparzellen in der Endrunde zum Wettbewerb ›Schönster Kleingarten‹ stehen.«

»Und wir sind die Titelverteidiger!«, verkündete Frau Bohnekamp mit einer gewissen Dramatik.

Friedo nahm den Faden auf: »Dass wir im letzten Jahr den ersten Preis gewonnen haben, war auch eine Art Wiedergutmachung. Die Jury hatte uns im Vorjahr übel mitgespielt. Damals war der Hauptjuror in unseren Gartenteich gefallen – im stark angetrunkenen Zustand, versteht sich. Daraufhin wurden wir nur Dritter. Ein Skandal sondergleichen, aber unsere Nachbarn haben nur gelacht. Als Rübsam dann Erster wurde und Karlchen Flottbeck Zweiter, hat sich die Jury in ihrer Haut nicht wohlgefühlt.«

»Und die Jahre davor?«, wollte Olaf wissen und öffnete damit die Tür zur Vereinsgeschichte.

»Immer wir«, erklärte Friedo selbstbewusst. »Wir sind ja auch schon über 30 Jahre auf der Parzelle«.

Olaf nickte anerkennend. »Da war ich noch nicht einmal auf der Welt«, sagte er. »Liege ich im Übrigen richtig, wenn ich das Verhältnis der drei Wettbewerbsteilnehmer untereinander als eher zurückhaltend beschreibe?«

Friedo benötigte einen Moment, um Olafs Frage zu sezieren. Seine Elsbeth war schneller. »Schlecht ist unser Verhältnis, um nicht hundsmiserabel zu sagen. A mag B nicht, B mag A nicht, und gemeinsam finden sie C unerträglich.«

»Und wer sind konkret A, B und C?«

»Die sind beliebig austauschbar«, seufzte Friedo. »Ich finde es ja schade, aber ich hab es auch nicht in der Hand, diese ungute Stimmung aufzulösen.«

»Denken Sie, dass die ausgeprägte, gegenseitige Abneigung von A, B und C allein auf den Kleingartenwettbewerb zurückzuführen ist?«

Die Bohnekamps, bis hierher durchaus gesprächig, schwiegen und sahen angestrengt aus dem Fenster.

Olaf Knispel spürte, dass er eine Schwachstelle freigelegt hatte, und die beschränkte sich nicht auf das vor ihm sitzende Ehepaar. Nein, die gesamte Konstruktion der wettbewerbsfreudigen Nachbarn zeigte sich porös. »Ihr Schweigen zeigt mir, dass ich richtig vermute – es geht nicht nur um den Wettbewerb, richtig?«

Es blieb ruhig im Dienstzimmer.

Das lag auch ein Stück weit an Olaf Knispel. Der junge Kommissar hatte ganz einfach noch nicht das persönliche Profil, um dieses gestandene Pärchen ernsthaft in Verlegenheit zu bringen.

Das wäre dem Strelitz nie passiert, dachte der Kommissar verärgert, als er feststellen musste, dass die Bohnekamps ihn abtropfen ließen.

»Deuten Sie unser Schweigen nicht falsch«, meinte Frau Bohnekamp mit beinahe tröstendem Tonfall. »Aber ich war gerade bei meinem Einkaufszettel, und wie ich Friedo kenne, überlegt er schon, wie er dieses Jahr den Sieg einfährt«.

Olaf schluckte seinen Ärger hinunter. Das hätte sich der Kriminalrat nie und nimmer bieten lassen! Dennoch entschied sich der Kriminalbeamte, die Befragung in einem unverbindlichen Plauderton fortzusetzen.

»Welche Schwerpunkte setzen Sie auf Ihrer Parzelle? Was ist Ihr Erfolgsgeheimnis? Obstanbau? Ein bestimmtes Gemüse? Oder florale Akzente?«

Friedo Bohnekamp wurde lebhaft. »Die Mischung macht's! Eine große Rolle spielt bei mir die Landschaftsgestaltung. Dem müssen sich Obst, Gemüse und Blumen unterordnen. Und immer auf die Saison achten – nie Brachen entstehen lassen. Blumen, die verblüht sind, oder abgeerntetes Gemüse dürfen keine optischen Lücken hinterlassen. Da muss es nahtlose Nachfolgen geben, und sei es durch Senfgras.«

»Welches sind die besonderen Momente Ihrer Landschaftsgestaltung?«

»Schnurgerade gezogene Wege, die in ihrer Strenge von einem kleineren und einem größeren Teich aufgefangen werden. Die Teiche sind durch einen Wasserlauf verbunden, mit einem kleinen Steg darüber. So ist unser Garten auch zu einem Rückzugsraum für allerlei Getier geworden. Dort sorg ich im Winter für gutbestückte Futterstationen, Insektenhotels und Reisighaufen, in die sich nicht nur Igel zurückziehen können. Mit dem Aushub der Teiche habe ich einige kleine Hügel modelliert und bepflanzt. Kompostieren läuft bei mir nach dem Muster der Dreifelderwirtschaft. In Kammer A sammle ich die Grünabfälle. In Kammer B läuft die Verrottung, und Kammer C dient dem aktuellen Bodenbedarf.«

Olaf wollte gerade behutsam zur heiklen Frage nach dem Alibi umschalten. Doch Frau Bohnekamp war schneller.

»Nun ist's gut, Friedo«, erklärte sie und stand auf. »Der Kommissar stellt dir eine Frage, und du hältst eine Vorlesung. Ich denke, Herr Knispel hat noch einiges zu tun, und wir haben ebenfalls ein volles Programm. Heute Abend haben wir beispielsweise ein Treffen mit dem Kleingartenvorstand, und mein Haushalt macht sich schließlich nicht von selbst. Also, Herr Kommissar, wenn sich weitere Fragen ergeben sollten, wissen Sie ja, wo Sie uns finden.« Friedo war ebenfalls aufgestanden, und die Bohnekamps verließen mit einem »Guten Tag!« den Raum.

Olaf Knispel hatte noch darauf hinweisen wollen, dass er derjenige sei, der das Ende einer Befragung bestimme. Aber er hatte den Eindruck gehabt, dass sich für diesen Hinweis niemand interessiert hätte, zumal er nicht zutreffend war. Zumindest heute nicht.

Kapitel 22

Als Ouvertüre für den abendlichen Gütetermin war sein Auftritt im Büro gründlich misslungen. Wenn sein Chef miterlebt hätte, wie er sich die Befragung aus der Hand hatte nehmen lassen, wäre ihm der größere Teil seiner mühsam erarbeiteten Pluspunkte verloren gegangen. Schlimmer noch – er hätte wieder weniger selbstständig arbeiten müssen. Und Konstanze, die er über den Verlauf seines Gesprächs mit den Bohnekamps nicht direkt informieren wollte, hätte nur den Kopf geschüttelt – oder schlimmer noch: Sie hätte gelacht.

»Ich hab euch den Stammtisch reserviert«, brummte Rudi Klingebiel, als er an dem an der Theke stehenden Olaf vorbeiging und ein Tablett mit Getränken in das Hinterzimmer brachte, in dem der Vorstand wieder einmal nichtöffentlich tagte. Dort ging es hoch her.

»Lasst uns den Wettbewerb lieber heute als morgen absagen. Glaubt ihr nicht, dass wir schon genügend Aufmerksamkeit in der Öffentlichkeit erzeugt haben?«, erregte sich einer der Beisitzer.

»Man kann seinen Standort natürlich auch in Schutt und Asche reden«, stellte Franziska fest. »Sicher, wir hatten in jüngerer Vergangenheit die eine oder andere ungünstige Schlagzeile«, räumte sie ein, »aber gerade vor diesem Hintergrund wäre es doch fahrlässig, die Chance auf eine positive Darstellung zu verschenken. Wenn wir uns mal erinnern wollen: Die Berichterstattung über unseren Preisträger hat die Presse immer an bevorzugter Stelle eingerückt.«

»Etwa im Feuilleton?«, argwöhnte die Schriftführerin. »Das liest doch kein Mensch!«

Andreas schluckte trocken. »Nur weil du nicht einmal Hamlet vom Omelett unterscheiden kannst. Aber ich kann dich beruhigen, über unseren Wettbewerb werden wir etwas im lokalen Teil lesen, und ebenfalls in der Regionalausgabe West. Und diese Form medialer Aufmerksamkeit sollten wir begrüßen, da bin ich sicher.«

Die Schriftführerin ließ nicht locker: »Also, was deine Kochrezepte angeht: Natürlich weiß ich, das ein Omelett ein Gericht mit Eiern ist, und Hamlet ist ein Hammelragout. Das ist allgemein bekannt und wird im Alten Land bei Hamburg besonders gern gegessen. Noch Fragen?«

Andreas verdrehte die Augen deckenwärts. Selbst schuld, dachte er, warum stelle ich so blöde Vergleiche an. Franziska, die neben ihm saß, legte ihre Hand auf seinen Arm zum Zeichen, dass er ihr das Wort überlassen möge.

Jetzt erhob sie ihre Stimme. »Freunde, allein die Tatsache, dass wir drei gleich gute Finalisten nebeneinander haben, ist doch schon ein Alleinstellungsmerkmal. Wenn wir jetzt noch die Jury davon überzeugen, dass der verstorbene Erwin Rübsam posthum mit dem Preis ausgezeichnet werden sollte, weil nämlich sein Garten eine Nasenlänge vor den anderen beiden liegt, dann sind das Geschichten, die das Leben schreibt!«

Diesem leidenschaftlichen Plädoyer folgte ein allgemeines Stimmengewirr. Andreas ahnte, dass noch etliche Worte verbraucht werden mussten, um zu einer klaren, möglichst einvernehmlichen Entscheidung zu kommen.

Zur gleichen Zeit fanden in der Gaststube verschiedene Gruppenbewegungen statt.

Am Stammtisch versammelten sich die Teilnehmer des »Gütetermins«. Isabel stellte ihren Lebenspartner Markus Schneidewind vor. Trotz seiner jugendlichen Ausstrahlung war erkennbar, dass er die 40 erreicht oder sogar schon überschritten hatte. Seine Isabel war damit 20 Jahre jünger. Auffällig war, dass er den Namen »Isabel« stets mit einem besitzanzeigenden Fürwort versah.

»Meine Isabel und ich wohnen noch nicht zusammen«, verkündete er. Auf die Frage, was ihn denn beruflich umtreibe, erwies es sich, dass er den gleichen Arbeitgeber hatte wie »seine« Isabel.

»Ich bin im Vertrieb des Zeitungsverlages tätig«, erläuterte er. Das konnte alles Mögliche bedeuten – vom Gabelstapelfahrer bis zum Abteilungsleiter einer Organisationseinheit, dachte Konstanze.

Sie hatte die Gesprächsführung übernommen und sorgte dafür, dass die Vorstellungsrunde fortgesetzt wurde. Selbst Rudi, der vorbeikam, um die Getränkewünsche aufzunehmen, brachte sich mit ein. »Klingebiel, Gastwirt und demnächst Großvater«, verkündete er.

Olaf nahm dieses Beispiel bei seiner Vorstellung auf. »Kommissar und werdender Vater.« Er rückte seinen Stuhl zurecht.

»Knispel-Klingebiel, Gastwirtstochter und werdende Mutter.« Das klang eher angriffslustig als versöhnlich.

Tatjana befand sich unverkennbar in einer gereizten Stimmungslage.

Konstanze erklärte zuerst den Grund für die Zusammenkunft.

»Ein Sondereinsatz meines Kollegen Olaf Knispel hat offensichtlich zu einer Reihe von Missverständnissen und Irrtümern geführt. Ich habe daher diesen ›Gütetermin‹ angeregt, zumal ich ungewollt zur Verstimmung im Hause Knispel beigetragen habe. Aber der Reihe nach: Wir haben in unserem Team seit einigen Tagen Isabel Graf als Volontärin zu Gast.«

»Jetzt hab ich es«, strahlte Rudi, der gerade mit einem Tablett voller Getränke an den Tisch trat und die Gläser verteilte. »Sie haben mit Pferden zu tun, richtig? Sie lassen die Zossen an so ’ner langen Leine im Kreis marschieren!«

»Nein, was Sie meinen, nennt sich Voltegieren. Eine Volontärin ist eine Auszubildende in einem Verlag oder bei Presse, Funk und Fernsehen«, lächelte Isabel mit ihrem umwerfend natürlichen Charme.

Rudi kam prompt ins Trudeln. »Na ja, ich hatte gedacht … weil bei der Polizei doch Reiterstaffeln unterwegs sind …« Seine Gedanken verhedderten sich angesichts Isabels anziehender Erscheinung. »Ich muss dann mal weiter«, murmelte er.

Der Stammtisch blieb trotz angespannter Stimmung leicht erheitert zurück. Auf Herrn Klingebiel ist doch Verlass, dachte Konstanze Kannengießer. Sie nahm den Faden wieder auf.

»Frau Graf begleitet uns bei den unterschiedlichen Einsätzen. Dazu gehören beispielsweise Tatorte.« Isabel verdrehte die Augen. »Übrigens für Frau Graf eine keineswegs erfreuliche Erinnerung«, kommentierte Konstanze. »Außerdem ist sie bei Befragungen und Verhören, aber auch Dienstgesprächen dabei. Das ist für Olaf und mich besonders wichtig, weil wir unseren sturmerprobten Chef zurzeit nicht an unserer Seite haben. So war es meine Entscheidung, dass der Einsatz auf Spiekeroog nicht von der verbliebenen Mannschaft bestritten werden sollte. Ich hatte ein anderes, ebenfalls wichtiges Gespräch in Bremen zu führen. Andererseits wollte ich die Befragung auf Spiekeroog doppelt besetzt sehen …«

»Das mag ja sein«, warf Tatjana ein, deren Blick sich bis dahin an Isabel festgesogen hatte. »Und auch der Wetterwechsel ist auf den Inseln gar nicht so selten. Sei's drum, aber ich wüsste zu gerne, warum Olaf erzählt, er sei allein unterwegs, und Sie, Frau Kannengießer, berichten uns das Gegenteil.«

»Sehen Sie, Frau Knispel …«

»Knispel-Klingebiel, wenn ich darum bitten darf!«

»… auch das, Frau Knispel-Klingebiel. Auch das. Was ich sagen will: Sie liefern im Grunde gerade die Antwort auf Ihre Frage. Olaf sah es kommen, dass Sie außerordentlich eifersüchtig reagieren würden. Gerade in Ihrem jetzigen Zustand.«

»Was soll das heißen – in meinem jetzigen Zustand? Ich bin eine ganz normale Frau, nur ein bisschen schwanger. Was soll sein?«

»Eifersucht ist Leidenschaft, die mit Eifer sucht, was Leiden schafft«, gab Markus Schneidewind zu bedenken. »Schauen Sie, ich müsste doch auch eifersüchtig sein – meine junge, schöne Lebenspartnerin übernachtet mit einem gutaussehenden Mann wie Kommissar Knispel auf einer Insel. Aber ich finde nichts dabei. Für mich ist das in Ordnung«, erklärte er.

»Weil Ihnen Ihre Beziehung offenbar egal ist!«, erregte sich Tatjana.

»Nein. Aber ich vertraue meiner Lebensgefährtin«, erwiderte Markus ruhig und schlicht.

Das wollte Tatjana so nicht stehen lassen. Aber auch die anderen am Tisch Sitzenden fühlten sich bemüßigt, ihre Sicht der Dinge darzulegen. Vergeblich versuchte Konstanze, Ordnung in diese verbale Rudelbildung zu bringen. Die Wogen schwappten hoch – unglücklicherweise war im selben Moment die Lunte in einer anderen Personengruppe heruntergebrannt.

An der Theke saßen nämlich – wie auf der Perlenkette aufgereiht – Frau Rübsam, Karlchen Flottbeck samt Gattin sowie Friedo und Elsbeth Bohnekamp.

»Was wollt ihr denn hier?«, hatte Rudi misstrauisch gefragt, als sie einer nach dem anderen in die Gaststube gekommen waren. Sie bevölkerten die Theke wie Hitchcocks berühmte »Vögel« das Holzgestell vor der Dorfschule.

Widerstrebend stellte Rudi den Wettbewerbsfinalisten je ein Bier und einen Korn auf die Theke. Nach seiner Auffassung konnte das kaum gutgehen.

»Trude, mein aufrichtiges Beileid«, sagte er mit rauer Stimme. »Schrecklich – ich kann das noch gar nicht glauben.«

Trude Rübsam nickte mit gefasster Miene, aber die Antwort kam von Grete Flottbeck.

»Lass man gut sein, Erwin hatte es nicht so mit dem Glauben.«

»Du musst es ja wissen«, mischte sich Elsbeth Bohnekamp ein, »du warst ja immerhin fünf Jahre mit ihm verheiratet!«

»Ja, und dann ist er vom Glauben abgefallen«, giftete Witwe Rübsam, »hat sich scheiden lassen und zwei Jahre später mich geheiratet.«

»Dafür hat er ziemlich lange gebraucht, oder?«, meinte Karlchen Flottbeck.

»Genau, denn in die Kiste gestiegen seid ihr doch schon vor der Scheidung«, stichelte Elsbeth.

»Das war ja auch der Grund für die Scheidung«, stellte Grete Flottbeck fest. »Für mich war das zumindest die Chance, mein Karlchen zu heiraten.«

»Meine Güte, das hat doch alles einen endlos langen Bart. Das ham wir doch schon hundertmal durchgehechelt, und es ist alles ewig lange her«, stöhnte Friedo.

»Genau, lasst endlich mal die alten Kamellen weg!« Das war wieder Karlchen.

Die Damen zeigten jedoch wenig Neigung, diese ergiebige Thematik aufzugeben. Auf jeden Fall waren sie fest entschlossen, nicht mit feinen Nadelstichen, sondern sich gegenseitig mit der verbalen Forke zu bearbeiten.

»Du meinst wohl, weil du inzwischen selbst ’ne alte Kamelle geworden bist?«, frotzelte Trude Rübsam.

»Naja«, räumte Karlchen ein, »das meiste ham wir wohl gesehen. Der Blick zurück ist jedenfalls länger als der nach vorn, deutlich länger!«

»Aber für den schönsten Kleingarten im Verein reicht es, was Karlchen?« Grete stieß ihn verschwörerisch in die Seite.

»Au, meine Gallenblase!«

»Wo hast du denn deine Gallenblase?«, amüsierte sich Friedo und gab Rudi ein Zeichen, die Gläser neu zu füllen. Auch die Korngläser.

»Ich hab meine Galle wenigstens noch«, murrte Karlchen. »Bei dir ist ja schon einiges abhandengekommen. Die Mandeln, der Blinddarm, die Galle und etliche Beißerchen, oder?«, triumphierte er.

»Woher weißt du das denn?«, wollte Friedo wissen.

»Vom letzten Grillabend. Da hast du uns zu vorgerückter Stunde einen Überblick über deinen körperlichen Zustand vorgetragen.«

»Das liegt doch mindestens zehn Jahre zurück!«, spottete Trude Rübsam.

»In Karlchens Alter funktioniert eben nur noch das Langzeitgedächtnis. Aber was er gestern zum Mittag gegessen hat, weiß er garantiert nicht mehr«, lästerte Friedo. »Hattest du nicht bereits einen Hörsturz und einen Bandscheibenvorfall absolviert?«

»Du hast ja von deinem Trauerfall wenigstens einen Vorteil«, wechselte Grete Flottbeck unvermittelt das Thema und wandte sich an Trude Rübsam. »Du brauchst dir jedenfalls keinen Kopf mehr um den Wettbewerb zu machen.«

»Da liegst du wie üblich einen halben Meter daneben. Ich nehme natürlich teil. Das bin ich Erwin schuldig – er hätte das so gewollt.«

»Ach du liebes Bisschen, du kriegst doch mit deiner maroden Hüfte nicht mal mehr den Spaten hoch«, lästerte Elsbeth Bohnekamp.

»Immer noch hoch genug, um dir den Schädel zu spalten, du alte Hexe!« Trude wurde jetzt laut.

»War das ein Geständnis? Ach nein, Erwin ist ja mit dem Schürhaken seines Kamins niedergeschlagen worden«, kippte Elsbeth weiteres Gift in die Atmosphäre.

»Du musst es ja wissen, du hast ihn schließlich gefunden«, gab Trude eisig zurück.

Spiel, Satz und Sieg Trude Rübsam, dachte Rudi, der in seiner Freizeit gern Fernsehübertragungen von Tennisturnieren verfolgte, und zog geistesgegenwärtig zwei der fünf

Biergläser zurück. Damit war er gut beraten, denn Frau Flottbeck war jetzt mit einem spitzen Schrei auf Frau Rübsam losgegangen und versuchte, ihr mit einem Taschenschirm die Frisur neu zu ordnen.

»Alte Rohrdommel, dir werd ich helfen!«

Die Antwort ging in dem jetzt einsetzenden Handgemenge unter. Rudi vermeinte, das Wort »Planschkuh« gehört zu haben.

Gleichzeitig wurde es am Stammtisch unruhig.

Tatjana hielt gerade einen flammenden Vortrag über Treue im Allgemeinen und gemeinsame Insel-Nächten mit attraktiven Volontärinnen im Besonderen. Olaf widersprach – erst ruhig, dann zunehmend hitziger werdend. Ihn ärgerte es, dass seine Standhaftigkeit unbelohnt bleiben sollte. In ihm keimte ein erstes Bedauern über die verpasste Chance auf.

Rudi schaute einen Moment auf die beiden Aktionsgruppen, begab sich zu einem hinter ihm befindlichen Wandschrank und betätigte die Hauptsicherung.

Schlagartige Stille in der Gaststube – dafür wurde es jetzt im Hinterzimmer laut. Dieser Raum hing an einem anderen Stromkreis.

Dort war der Meinungsaustausch über die Fortsetzung des Wettbewerbs gerade in ein kritisches Stadium geraten.

»Wir können doch nicht so tun, als sei nichts geschehen«, krähte einer der Beisitzer.

»Genau«, blies sich der Kassenwart auf. »Schließlich sind die drei Familien sich spinnefeind, und jetzt stellt euch vor, Erwin ist vielleicht aus diesem Personenkreis umgebracht worden!«

»Damit jemand anderer den Wettbewerb gewinnt?« Andreas schüttelte den Kopf. »Viel eher gibt es Motive in der Vergangenheit der Pärchen. Da soll es zeitweise recht unübersichtlich zugegangen sein.«

Franziska wollte gerade zu einem schlichtenden Beitrag

ausholen, als es in der Gaststube laut wurde. »Was ist denn da los?« Andreas erhob sich, rückte den Stuhl beiseite – und stand im Dunkeln.

Rudi hatte kurzentschlossen auch die zweite Sicherung deaktiviert.

Andreas kollidierte mit seinem Nachbarn, Stühle kippten, Gläser klirrten, Rufe nach »Licht!« wurden laut. Rudi kam diesem Wunsch nach zehn langen Sekunden nach.

Andreas stieg über umgekippte Stühle und lächelte grimmig. »Das verschafft doch immer noch Gänsehaut«, stellte er fest.

»Was?«, fragte Franziska neben ihm irritiert und tupfte helfend auf den Rock der Schriftführerin, wo ihr Cappuccino sein Ende gefunden hatte.

»Naja, die Bitte um mehr Licht sollen doch Goethes letzte Worte gewesen sein.«

Franziska knuffte ihn am Arm.

Andreas protestierte. »Aua – was hast du?«

»Links und rechts von dir geht die Welt unter, und du philosophierst über das Ende des großen Dichterfürsten.«

»Und du betupfst fremde Kleidungsstücke.«

Franziska seufzte. »Das ist gerade eben passiert, als Rudi den Strom kappte.«

Andreas stand inzwischen an der Tür zur Gaststube und warf einen Blick auf die Unruhestifter.

»Da steh ich nun, ich armer Tor, und bin so klug als wie zuvor!«, deklamierte er.

»Hast du heute einen Goethe-Abend im Programm?«, erkundigte sich Franziska.

Beide gingen zur Theke und trafen dort auf fünf schwer atmende Damen und Herren, die sich ineinander verkeilt hatten. Die Damen hatten offenbar das Ziel gehabt, sich Blessuren zuzufügen. Die Herren waren wiederum versucht gewesen, die Damen voneinander zu trennen. Nun standen sie einigermaßen betreten vor dem Ersten Vorsitzenden des

Vereins »Erntedank« und klopften den Staub aus ihren Kleidern, die beiden Damen richteten ihre Restfrisur.

Andreas kannte solche Szenen aus seiner Schule. Also begab er sich auch hier in die ihm wohlvertraute Rolle des stellvertretenden Rektors.

»Na, ihr Lieben, wer hat denn angefangen?« Er musterte die Gruppe der kampferprobten Senioren mit strengem Blick über den Rand seiner Lesebrille.

Die Reaktion war vorhersehbar und wäre in seiner Schule kaum anders ausgefallen: Es erhob sich ein Stimmengewirr, in dem jeder jeden beschuldigte, geschlagen, getreten, gespuckt, gekratzt und gebissen zu haben.

Inzwischen hatten sich auch die übrigen Vorstandsmitglieder eingefunden.

»Und mit diesen Helden wollt ihr den Wettbewerb um den schönsten Kleingarten bestreiten?«, fragte der Kassenwart, der von Anbeginn eine kritische Haltung gezeigt hatte.

»Man sollte nicht glauben, dass sich hier Menschen balgen, die altersmäßig im Bereich der Verrentung stehen«, meinte einer der Beisitzer.

Franziska schaute Rudi an, der sich schon angelegentlich mit dem Polieren eines Bierglases beschäftigte.

»Hast du eben den Strom abgedreht?«

Rudi nickte. »Ja, das war ich. Käffchen?«

Es war kein leichtes Unterfangen, aber nach Genuss einer weiteren Runde Bier und Korn hatte die gereizte Stimmung ihren Höhepunkt überschritten und war einer versöhnlichen »Nichts-für-ungut-Atmosphäre« gewichen. Hier und da gab es einen gereizten Ton, der wie das Grummeln eines rasch abziehenden Gewitters klang. Es war wohl die Fähigkeit dieser Wettbewerbsgegner, Konfrontationen zu suchen, sie bis zur Eskalation voranzutreiben, sie mit Hingabe auszutragen und – nachdem man seinen Spaß gehabt hatte – genauso schnell wieder beizulegen. Diese Auftritte schienen sich über die Jahre zu einem festen Ritual ausgewachsen zu haben, dessen äußere Grenzen zwar weit gesteckt waren, aber nicht überschritten wurden. Nur so ließ sich erklären, warum sich die Familien trotz des reichlich vorhandenen emotionalen Zündstoffs noch nicht gegenseitig die Gartenlauben in Brand gesetzt hatten.

Franziska schüttelte den Kopf und begab sich zu den Teilnehmern des Gütetermins am Stammtisch, während Trude Rübsam sowie die Ehepaare Flottbeck und Bohnekamp den Heimweg antraten.

Kapitel 23

Sie begrüßte Frau Graf und ihren Begleiter, Markus Schneidewind, stellte sich vor und zeigte sich neugierig; »Na, und wie ist hier die Gefechtslage?«

Tatjana schaute trotzig in die Runde. »Man versucht, mir mit vereinten Kräften etwas schönzureden, was ich beim besten Willen nicht schön finden kann!«

»Was sind denn das für kryptische Andeutungen?«, lächelte Franziska. Sie versuchte, das von Tatjana herbeigeredete und von Olaf herbeigeführte Problem in Heiterkeit aufzulösen.

Jetzt ergriff Olaf das Wort. »Da bemüht man sich um die Aufklärung eines Kriminalfalles, beachtet sorgfältig die Einhaltung der Grenzen zwischen Beruf und Privatleben, und dann gerät man unter Generalverdacht. Das ist der Dank für eine durchwachte Nacht in einem unbequemen Lehnstuhl!«

»Selbst schuld – wer vorsätzlich die Wahrheit verdreht, muss damit rechnen, in ein solche Lage zu geraten!«, griff seine Frau ihn frontal an.

»Du kannst ja im ›Seeigel‹ nachfragen, ob ich die Wahrheit sage!« Olaf schlug mit der flachen Hand maßlos verärgert auf die Tischplatte. Die von Markus Schneidewind errichtete Pyramide aus Bierdeckeln stürzte ein.

»Na und? Die kannst du ja bestochen haben. Für einen Fuffi verkaufen die doch ihre Großmutter.«. Tatjana wollte von ihrer Verschwörungstheorie nicht ablassen.

»Nun reicht's mir aber!« Olaf stand auf und strebte der Treppe zu, die von der Gaststube in die Privaträume im Obergeschoss führte.

Rudi, hinter der Theke stehend, machte Tatjana ein Zeichen, ihrem Ehemann zu folgen.

Franziska setzte sich auf Olafs Stuhl, Andreas nahm den von Tatjana. Zuvor hatte er den im Aufbruch befindlichen

Kleingarten-Senioren noch auf den Weg mitgegeben, dass der Wettbewerb stattfinden werde. Dann hatte er Rudi darüber ins Bild gesetzt, dass er mit Franziska eine dreitägige Flandernfahrt unternehmen werde und er – Rudi – das Brennmaterial für das Osterfeuer im Auge behalten möge.

Der Stapel war bereits mannshoch angewachsen, besaß aber ausreichend Abstand zum Landheim. Rudi versicherte, mehr als nur ein Auge auf den »Scheiterhaufen« zu haben.

»Apropos Professionalität – wie laufen denn die Ermittlungen im Mordfall Rübsam ohne den Kriminalrat? Das muss für ihn doch eine ungewohnte Situation sein, oder?« Franziska hatte ihren therapeutischen Abend.

»Uneingeschränkt wohl fühlen wir uns alle nicht«, bestätigte Konstanze. »Wir versuchen derzeit, im Kontakt zu bleiben. Das ist im Zeitalter der Handy-Technik eigentlich kein Problem, aber seine Frau hat Schlimmes angedroht für den Fall, dass er eine Standleitung in sein Dezernat lege. Deswegen sind Strelitz' Anrufe oft schwer verständlich, weil er flüstern muss. Manchmal ruft er auch in tiefster Nacht an und muss dann wieder abbrechen, weil seine Marga vor der Badezimmertür auftaucht. In der Sache selbst …«

»Kommt jetzt der Satz mit den Ermittlungen in alle Richtungen?«, fragte Franziska gut gelaunt.

»Genau.« Konstanz seufzte. »Ich will nicht behaupten, dass wir orientierungslos sind, aber die Befragungen laufen noch sehr zähflüssig.«

»Und dann kommt noch solch ein Eklat dazu wie jetzt auf Spiekeroog«, meldete sich Isabel kleinlaut zu Wort. »Was Olafs Frau mit ihm veranstaltet, ist wirklich nicht fair.« Vor ihrem geistigen Auge sah sie Olaf, der im letzten Moment entschlossen auf dem Weg der Tugend geblieben war. »Aber so kurz vor der Geburt steht man wohl neben sich. Dabei kann ich nur versichern, dass Olafs Verhalten völlig einwandfrei gewesen ist«, betonte Isabel.

Ihr Lebensgefährte Markus, der seine Bierdeckelpyramide inzwischen erneuert hatte, fand Worte des Verstehens für beide Seiten. »Die werden sich wieder aufrappeln, das wäre doch gelacht«, lautete sein Schlussplädoyer.

Nicht gerade tiefschürfend, aber doch wohltuend, dachte Franziska.

Isabel legte einen Arm um seine Schulter. »Mein kleiner De-Eskalierer!«, schnurrte sie.

Franziska entschied sich, Konstanze weiter zuzuhören. Die gab gerade einen kurzen Überblick über den Verlauf der bisherigen Befragungen. Franziska fragte dazwischen.

»Seid ihr schon darauf gekommen, dass der Einbruch ganz simpel in die aktuelle Einbruchswelle passt, von der Bremen gerade heimgesucht wird?«

»Aber dabei hat es bisher keinen Mord gegeben«, gab Konstanze zu bedenken.

»Es wäre ja auch nichts passiert, wenn Herr Rübsam nicht unangekündigt nach Hause gekommen wäre. So war er wohl zum falschen Moment am falschen Ort, und dann ist die Situation entgleist«, verteidigte Franziska ihre Theorie.

»Vielleicht ist es das, was unser Kriminalrat uns seit Tagen mitteilen will«, sinnierte die Oberkommissarin.

Irgendwann war alles gesagt und gedacht. Die Soiree im Landheim »Erntedank« erlebte einen unerwartet friedlichen Ausklang.

Kapitel 24

Für die meisten der an diesem bunten Abend beteiligten Akteure erwies es sich jedoch als schwierig, in die verdiente Nachtruhe einzutauchen. Franziska und Andreas besprachen auf der Bettkante ihre Flandern-Reise und tauschten sich kurz zum Mordfall aus.

»Diese Rentner-Gang hat es aber auch faustdick hinter den Ohren«, schüttelte Franziska den Kopf. »Prügeln sich vor der Theke wie die Kesselflicker. Und die frische Neu-Witwe Rübsam mittendrin.«

»Das war keine Prügelei, sondern Capoeira«, belehrte sie Andreas in seiner Eigenschaft als Musikpädagoge. »Stammt aus Brasilien und ist eine Art Kampftanz. Eine Mischung aus Salsa und Kickboxen.«

»Speziell für Senioren?«, wollte Franziska wissen.

Andreas schüttelte den Kopf. »Nein, eher nicht. Aber mir scheint, unsere grauen Panther haben diesen Tanz heute für ein völlig neues Alterssegment erschlossen. Ich sollte mal mit meinen Freunden von der Volkshochschule darüber sprechen – vielleicht lässt sich daraus ein interessantes Kursangebot entwickeln. Nahkampf für reife Altersstufen, oder so etwas ähnliches. Mal was anderes als Töpfern, Seidenmalen, Familienforschung und Sitzgymnastik.«

»Auf jeden Fall verfügen unsere Silberlocken über jede Menge krimineller Energien. Meinst du, es war richtig, sie im Wettbewerb zu lassen?«

»Na, wer weiß, was widrigenfalls passiert wäre!«

* * *

Olaf und Tatjana führten ein weniger harmonisches, dafür aber sehr intensives, ergebnisoffenes Gespräch, bis

Rudi morgens gegen 1.30 Uhr gegen die Wand bollerte und sich mit einem »Ist da bald Ruhe?« noch ein paar Stunden Schlaf verschaffte.

Isabel erhielt bei Markus Zuwendung für Entgangenes auf Spiekeroog.

* * *

Allein Konstanze Kannengießer gelangte noch vor Mitternacht in einen unaufgeregten Schlaf. Dafür klingelte um 2.45 Uhr ihr Handy.

Sie kam mühsam auf die Bettkante und versuchte, ihren auf Spar-Modus befindlichen Gedankenapparat in Schwung zu bringen.

»Das ist nicht wahr«, murmelte sie schlaftrunken. »Wehe, das ist Strelitz.« Mit brüchiger Stimme meldete sie sich. »Kannengießer?«

»Nicht so laut«, beschwor sie eine flüsternde Stimme auf der anderen Seite der Verbindung. »Hören Sie zu, Konstanze: Sie müssen sich dringend mit dem Einbruchdezernat zusammensetzen. Kann gut sein, dass Rübsam einfach nur zum falschen Moment am falschen Ort …«

»Das hat Franziska Morgenstern auch schon gesagt. Gute Nacht, Chef!« Sie beendete das Gespräch, löschte das Licht und versuchte, wieder einzuschlafen. Es sollte ihr nicht gelingen.

Stattdessen meldete sich im Kurort Marga vor der Tür zum Bad. »Mit wem sprichst du da? Telefonierst du etwa, Karl-Eberhard?«

»Nein, natürlich nicht. Ich würde nur gern etwas Wasser lassen wollen, ohne dass dieses verdammte Kurhotel Anteil nimmt!« Mit der linken Hand bestätigte er die Spültaste, mit der Rechten steckte er sein altes Handy eilig in die Brusttasche seines Pyjamas. Dabei ging er jedoch so hektisch zu Werke, dass sein Gerät das Versteck knapp verfehlte und im freien Fall ins Spülklosett plumpste, wo es von der gurgelnden Wassermasse in die Tiefe gezogen wurde.

Strelitz starrte mit glasigem Blick in die Toilettenschüssel. »Das glaub ich jetzt nicht«, murmelte er.

Frau Strelitz betrat das Bad und betrachtete ihren Gatten. »Ach, du pinkelst mal wieder im Stehen?«

Strelitz' konsternierter Blick wanderte zwischen Klobecken und Gattin.

»Karl-Eberhard, wenn ich es nicht besser wüsste, würde ich meinen, du hast soeben dein Handy runtergespült.«

»Was für ein Handy? Ich habe gar kein Handy!« Strelitz zwängte sich an seiner Marga vorbei und tapste zu seiner Betthälfte. Auf halbem Weg blieb er stehen und drehte sich zu seiner Ehefrau um, betrachtete sie eingehend und meinte dann: »Schicker Morgenmantel. Ist der neu?«

Kapitel 25

Am Tag darauf stand Konstanze Kannengießer vor der unangenehmen Aufgabe, mit den Kollegen des Einbruchsdezernats und deren Dezernatsleiter Waldemar Brunecker ins Gespräch zu kommen. Die Zeit der kooperativen Zusammenarbeit, bei der man auf der Basis eines kollegialen Arbeitsstils voneinander profitierte, lag lange zurück. Olaf hatte diese Phase noch gar nicht erlebt, er war zu kurz dabei.

Es entzog sich Konstanzes Erinnerung, woran die Symbiose der beiden Dezernate seinerzeit gescheitert war.

Vermutlich war es das Übermaß an Arroganz, mit dem Strelitz' Vorgänger seinen Kollegen begegnet war. Er hatte als überheblicher Querkopf gegolten, der nur »seine« Tötungsdelikte wertschätzte. Die übrigen Dezernate befanden sich außerhalb seiner Wahrnehmung. Binnen kürzester Zeit hatte er sein Dezernat isoliert. Das Erbe seines Vorgängers hatte Karl-Eberhard Strelitz antreten müssen. Ihm war es nicht gelungen, diese Eiszeit zu beenden – trotz aller Bemühungen wollte sich kein Tauwetter einstellen.

Konstanze entschied sich für eine unkomplizierte Ansprache. Sie suchte die Kantine auf, begab sich zum Tisch des Einbruchsdezernats, stemmte beide Arme auf die Tischkante und meinte: »Moin Kollegen, und guten Appetit. Habt ihr mal ein offenes Ohr für mich? Wir müssen mit euch sprechen!«

Zwei der »netten Kollegen« reagierten mit schallendem Gelächter; die übrigen hielten es nicht für notwendig, ihre Gespräche zu unterbrechen.

»Kollegen, bitte!« Konstanze hatte die Stimme erhoben, mit dem Erfolg, dass alle Gespräche in der Kantine erstarben – bis auf die Unterhaltungen am Tisch vor ihr.

Konstanze platzte der Kragen. »Ich frage mich, was die Öffentlichkeit dazu sagen würde, dass ihr es versäumt, bei uns Informationen abzugreifen, die den Bürgern Bremens wieder zu ruhigeren Nächten verhelfen könnten.«

»Was ist denn los, Kollegin?«, meldete sich ein baumlanger Beamter, ohne das Kauen an seinem Wurstbrot zu unterbrechen. »Der Chef zur Kur, und dem Rest-Team geht der Arsch auf Grundeis?«

Heiterkeit und vereinzelter Beifall zeugten von der herzlichen Ablehnung, die Strelitz als Erbmasse von seinem Amtsvorgänger im Gepäck hatte.

Konstanze entschied sich für eine robuste Antwort.

»Na, wenn uns das Gesäß auf Grundeis gehen sollte, dann möchte ich nicht wissen, wie tief euer Allerwertester in der Kloake hängt. Wie viele Einbrüche habt ihr von dieser ›neuen Welle‹ aufgeklärt? Ich glaube, gar keinen, richtig? Was ich allerdings nicht glaube, ist, dass euch der PP sowie die Medien noch eine lange Schonzeit geben werden. Wer an einem Gespräch mit uns interessiert ist, möge sich in einer Viertelstunde im Zimmer von Strelitz einfinden – und bitte nicht mehr als drei Personen; wir sind räumlich etwas knapp.«

Konstanze drehte sich auf den Hacken um und verließ die Kantine. Zurück blieb ein etwas verunsichertes Einbruchdezernat.

Es erwies sich, dass Konstanze den richtigen Ton getroffen hatte – die drei Spitzenbeamten des Dezernats standen wenig später in Strelitz' Zimmer. Konstanze, Olaf und die Volontärin vertraten die Interessen des Morddezernats. Als Geheimwaffe hatte Olaf die Kaffeemaschine »Rudolf« aktiviert. Rudolf war auf diesen Namen getauft worden, weil er Geräusche produzieren konnte, die einem in der Brunft befindlichen Hirschen oder Rentier zur Ehre gereicht hätte. Auch heute enttäuschte er sein Publikum nicht, röhrte, gurgelte und rülpste, dass es eine Freude war. Schließlich begann er zu zischen und beendete mit einem Knall seinen Arbeitsauftrag.

Die drei Gäste sprangen auf. »Ist die Maschine jetzt hinüber?«, erkundigte sich einer der Kollegen mit gedämpfter Stimme.

»Nicht doch«, beruhigte Olaf, »keine Sorge. Rudolf geht es gut. Ihr könnt ruhig wieder Platz nehmen.«

»So, Kollegen, nun mal Butter bei die Fische«, erklärte Konstanze Kannengießer. »Wir haben Probleme mit einem Mordfall, und ihr kriegt eure Fallzahlen nicht mehr in den Griff. Möglicherweise sind Einbruch und Mord zusammenhängend. Also sollten wir mal gemeinsam draufschauen.«

»Da sind wir aber gespannt«, brummte einer der Gäste, ohne Rudolf aus den Augen zu lassen. Er traute dem kleinen Energiebündel nicht.

Andererseits hätte er gern mehr Blicke für die junge Volontärin übrig gehabt. Wenn das Gespräch länger dauern sollte, würde er vermutlich schielen.

»Ich mach's mal kurz«, versprach Konstanze. »Wir haben einen Mord, von dem ein Mann betroffen ist, der früher als geplant nach Hause gekommen ist. Wir verfolgen mehrere Theorien. Unter anderem gibt es die Überlegung, ob die Witwe einen Mörder engagiert hat. Aber eine andere, genauso realistische Theorie läuft darauf hinaus, dass der von euch gesuchte Einbrecher – oder ein Trittbrettfahrer – einfach nur einen Einbruch geplant hat. Dann kommt der Hausherr unerwartet früher nach Hause, und die Situation eskaliert.«

Olaf übernahm den Vortrag. »Wir haben euch mal eine aktuelle Aktenlage zusammengestellt. Schaut euch das an und prüft, ob ihr daraus Honig saugen könnt.«

»Vielleicht macht es auch Sinn, den Tatort aufzusuchen, obwohl dort natürlich längst wieder der alte Zustand hergestellt ist. Ob ein Vor-Ort-Termin euch noch weiterhilft, müsst ihr selbst einschätzen. Nur Vorsicht – die Hinterbliebene

Witwe ist im Umgang beinhart. Eine letzte Bitte von mir: Lasst uns einen gegenseitigen Informationsfluss vereinbaren, wenn es irgendwelche Erkenntnisse gibt – egal, welcher Art.«

Diesmal gab es kein Gelächter, sondern zustimmendes Gemurmel.

Einer der Gäste legte seinerseits die Karten auf den Tisch.

»Wir haben über 20 Einbrüche, die wir dem gleichen Täter zuschreiben. Es könnte auch eine Tätergruppe sein. Aber das Muster ist immer gleich: ein schwer einzusehendes Haus, die Eigentümer sind ortsabwesend, und es geht ausschließlich um Geld und Schmuck. Der Tatort ist mit ziemlicher Sicherheit schon im Vorfeld sorgfältig ausgespäht worden.«

Dann war noch Zeit für einen unverbindlichen Gedankenaustausch. Dabei geriet Isabel Graf unvermutet in den Mittelpunkt.

»Sie sind also als Medienvertreterin bei uns. Und sagen Sie, bleiben Sie länger?« Der Kollege hatte den Blickkontakt zu Rudolf endgültig abgebrochen.

Kapitel 26

Karl-Eberhard Strelitz saß am Frühstückstisch und war für nichts zu gebrauchen. Der Mangel an Schlaf, vor allem aber der Verlust seines Handys, zerrten an seinem Selbstbewusstsein. Seine stimmungsmäßige Befindlichkeit, die – hätte man sie mit einem Wort beschreiben sollen – als »Heimweh« eingeordnet werden konnte, befand sich auf einer Talfahrt. Er vermisste sein Team, das in froher Erwartung neue Arbeitsaufträge herbeisehnte; er vermisste den Meinungsaustausch, mit dem aktuelle Fälle durchleuchtet und schließlich geklärt wurden, und er vermisste Rudolf, dessen Geräusch-Repertoire mit immer neuen Wendungen überraschte.

»Karl-Eberhard, ich will ja nichts sagen, aber du siehst etwas übernächtigt aus. Es ist ja auch erstaunlich, wie häufig du in der Kur von nächtlichem Harndrang verfolgt wirst. Ich vermute, du hast eine Reizblase. Vielleicht solltest du darüber mit einem der Mediziner sprechen?«

»Willst du andeuten, dass du in jungen Jahren Urologie studiert hast?«

»Meine Güte, Karl-Eberhard, bei dir scheint aber nicht nur die Blase gereizt zu sein.« Sie verteilte mit einem Teelöffel Konfitüre auf einer Brötchenhälfte.

Er goss sich eine zweite Tasse Kaffee ein. »Ich gebe zu, dass ich gedanklich immer noch im Büro bin. Ich weiß nicht, ob Konstanze und Olaf dem Fall gewachsen sind.«

»Du trinkst zu viel von diesem Zeug.« Marga Strelitz zeigte mit ihrem Konfitüre-Löffel auf die Tasse des Gatten.

»Und du tropfst!«, gab der Kriminalrat zurück. Er köpfte sein Frühstücksei mit einem Messer.

Marga zuckte zusammen. »Und du isst zu viele Eier«, mahnte sie. »Denk an deine Cholesterin-Werte.«

Strelitz' Sehnsucht nach seinem Büro wuchs.

Kapitel 27

Dort saß man gerade zusammen, um den Stand der Dinge zu besprechen. Isabel fand die These von Franziska, wonach ein Einbruch ursächlich für den Mord an Erwin Rübsam sein könnte, naheliegend.

Konstanze schüttelte den Kopf. »Das wollte mir der Chef letzte Nacht auch erzählen …«

»Letzte Nacht?« Olaf starrte sie an, als hätte sie soeben den Lottogewinner des kommenden Wochenendes verkündet.

»Ja«, bestätigte Konstanze. »Letzte Nacht. Genau gesagt, um 2.45 Uhr.«

»Und?«

»Ich hab ihn weggedrückt«, seufzte die Oberkommissarin.

»Konstanze!! Du hast … was? Den Chef weggedrückt?«

»Tut mir jetzt auch leid, aber das war ein Reflex: So hätte ich auch reagiert, wenn der Bundespräsident drangewesen wäre. Um 2.45 Uhr telefoniere ich nicht. Mit niemandem.«

»Und wenn der Chef Recht behält?«

»Bei allem Respekt, aber das kann ich mir ausnahmsweise nicht vorstellen. Hier spielen zu viele Faktoren aus dem zwischenmenschlichen Bereich eine Rolle. Die Hass-Liebe zwischen den Wettbewerbern, der Wettbewerb selbst, dazu die Damen Rübsam und Flottbeck, die beide mit dem Mordopfer verheiratet waren – da kommt eine Menge zusammen. Was denkst du, Olaf?«

Der junge Kommissar wandte sich vor Verlegenheit. Er wollte es sich mit keiner der Damen verderben.

»Also, wenn ihr mich fragt – es scheint mir noch zu früh zu sein, um sich festzulegen. Wir müssen das Prinzip ›Ermittlungen in alle Richtungen‹ noch ein wenig beibehalten.«

»Eine etwas ambivalente Haltung, mein Lieber«, stellte seine Kollegin fest. »Ich schlage vor, wir teilen uns auf:

Isabel, Sie verfolgen die Einbruch-Theorie. Beschaffen Sie sich von den Dezernatskollegen eine komplette Liste der Einbrüche, die man der aktuellen Serie zurechnet. Dann schauen Sie, ob sich daraus irgendetwas ablesen lässt: immer derselbe Wochentag, das Stadtviertel oder die gleiche Uhrzeit, oder ein anderer Rhythmus. Wenn Sie solche Regelmäßigkeiten entdecken, kommt der Abgleich mit Rübsams Einbruch. Ein bisschen wissen wir ja schon …«

»Die Betroffenen sind ortsabwesend, und es geht ausschließlich um Geld und Schmuck«, bestätigte Isabel Graf im Stil einer Musterschülerin.

»Gut aufgepasst, Isabel!«, lobte Olaf.

»Naja«, kam die prompte Antwort. »In diesem Dezernat gibt es eben eine Menge zu lernen. Jeden Tag.«

Konstanze sah die beiden nachdenklich an. Sollte auf Spiekeroog doch mehr gewesen sein? Wenn ja, dann kriege ich das auch noch raus, dachte sie bei sich.

»Welche Wege werden Sie beschreiten?«, erkundigte sich die Volontärin.

»Wir rücken den beiden Damen auf den Pelz, die das unzweifelhafte Vergnügen hatten, mit Herrn Flottbeck verheiratet gewesen zu sein.«

Kapitel 28

Bei Franziska und Andreas gab es ebenfalls Aufbruchstendenzen. Ein Großraum-Taxi war vorgefahren, und Gepäckstücke samt dazugehörigen Personen wurden verstaut. Es war nach zahlreichen familieninternen Gesprächen gelungen, auch Andreas' Kinder als Reisebegleitung zu gewinnen. Ausschlaggebend war die Erweiterung der Reisegesellschaft um Paul, Julias ersten Lebensbegleiter.

Johannes wiederum war es nicht ganz geheuer, allein in dem »Gemäuer« zu bleiben, wie er den schönen Altbau in der Torgauer Straße gern bezeichnete – gebaut in einer Zeit, als Architektur noch ein Gesicht zeigte, wie Andreas immer wieder gern betonte. Er war ein erbitterter Gegner der Bauhaus-Ära. »Die fanatische Nüchternheit dieser Epoche war das Startsignal für die trost- und seelenlose Baukunst, mit der bis heute die Flächen vollgepflastert werden.«

Franziska seufzte. Es gab eine Handvoll Themen, bei denen Andreas aus der Reserve kam. Die jährlich früher einsetzende Produktwerbung für das Weihnachtsfest bildete ein zweites Beispiel, die Kommerzialisierung des Fußballs war ebenfalls ein Vorgang, der Andreas verbitterte.

»Du hast ja so Recht, und den alten Hundertwasser würde es im Grabe umdrehen, wenn er die aktuellen Trends mitansehen müsste – aber jetzt ist vielleicht nicht der Zeitpunkt für ein flammendes Plädoyer wider den Ungeist moderner Architektur«, gab Franziska mit Blick auf das laufende Taxameter zu bedenken.

Die jüngere Abteilung der Reisegesellschaft schaute dankbar auf Franziska. Johannes hatte seine Ohren unter zwei Stöpseln geparkt und ließ sich den Kopf mit Tonabfolgen durchspülen, zu der Andreas bereits ein vernichtendes Urteil gefällt hatte: »Als Musikpädagoge weigere ich mich, diese Ansammlung von Geräuschen unter dem Sammelbegriff Musik einzuordnen. Auch nicht im weitesten Sinne!«

Er hielt inne. »Du meine Güte, das hab ich völlig verdrängt. Ich hatte nur noch an unsere Ferienfahrt gedacht!«

»*Was* hast du verdrängt? Erzähl jetzt nicht, dass du während der Fahrt Klausuren korrigieren musst!«

»Schlimmer, Franziska, schlimmer, glaub mir. Aber lass uns erst mal in unserem Reisebus sitzen.«

»Müsst ihr Erwachsenen es immer so dramatisch machen?«, beschwerte sich Julia und vergrub sich ebenfalls unter Stöpsel-Musik, denn ihr Paul hatte angekündigt, lesen zu wollen – über Flandern. Immerhin wollte er auf Lehramt studieren, und da konnte es nicht schaden, die Allgemeinbildung auszubauen. Johannes hatte für eine solche Grundeinstellung nur ein heiseres Stimmbruch-Lachen übrig – was Paul wiederum ein nachsichtiges Lächeln entlockte.

Brüssel, Brügge, Antwerpen und Gent waren die Städte, denen sich die kleine Reisegruppe zuwenden wollte.

Als Paul ebenfalls dazu überging, sich seinen Lernstoff über Stöpsel zuzuführen, fand Andreas den Zeitpunkt für gekommen, das von ihm versäumte Gesprächsthema auszupacken.

»Ich habe die Gelegenheit, in das Haus des Bildungssenators zu wechseln. Ich könnte Oberschulrat werden!«

Franziska fehlte es selten an Worten. Aber genau jetzt war dies der Fall.

Kapitel 29

Trude Rübsam saß in ihrem Wohnzimmer. Das Frühstück hatte sie hinter sich gebracht und das zugehörige Geschirr in der Küche abgespült. Nun saß sie in ihrem Lieblingssessel und, wie an jedem der vergangenen Tage, fuhren die Gedanken in ihrem Kopf Karussell.

So hatte sie sich das Leben nach Erwin, wie sie es insgeheim bezeichnet hatte, nicht vorgestellt. Sie hatte nie Zweifel an ihrer Überzeugung aufkommen lassen, dass sie Erwin überleben würde, und zwar deutlich. Aber nun, nachdem Erwin tatsächlich nicht mehr da war, stellte sie fest, dass sein Tod nicht nur ein Befreiungsschlag war.

Einige Schritte standen für sie jedoch fest. So war sie entschlossen, den Wohnort zu wechseln, denn dort drüben hatte Erwin in seinem Blut gelegen, und spätestens abends, wenn es schummrig wurde, wanderte ihr Blick dorthin, obwohl sie die Reinigung des Fußbodens mit einer bemerkenswerten Nervenstärke selbst erledigt hatte.

Die Beerdigung stand noch aus, denn Erwins Leichnam war von der Pathologie noch nicht freigegeben. Schlimmer: Sie war sicher, dass es immer noch einen Restverdacht gab, wonach sie mit dem Tod ihres Ehemannes etwas zu tun haben könnte. Die Verschwörungstheorien der beiden für ihren Geschmack viel zu jungen Kriminalbeamten waren lächerlich und wohl kaum beweisbar, denn sonst hätte man sie längst verhaftet.

Wo waren sie geblieben, die Altmeister des kriminalistischen Spürsinns, die Miss Marple und Hercule Poirots, die Maigret, Sherlock Holmes und wie sie alle hießen? Stattdessen musste sie sich mit einer Frau Kannengießer und einem Herrn Knispel auseinandersetzen, die beide in ihrer fachlichen Kompetenz offensichtlich limitiert waren, wie sie meinte. Sie hatte es bereits für sich mit der Bezeichnung »B-Team« versehen.

Aber das löste natürlich nicht ihre übrigen Probleme. Wohin sollte sie sich verändern? Ein Haus wollte sie auf gar keinen Fall kaufen. Vielleicht eine Eigentumswohnung, obwohl es dort Miteigentümer geben würde, und darüber hörte man immer wieder abenteuerliche Geschichten. Sie suchte eine funktionierende Nachbarschaft, aber manchmal gab es einen Stinkstiefel darunter, eine Art Blockwart. Oder im Gegenteil einen, der keinerlei Regeln und Rücksichten kannte. Widerstrebende Gedanken quälten sie.

Ein Seniorenwohnheim wäre auch eine Option, aber das würde sie finanziell nicht stemmen können, es sei denn …

Ihre Haustür-Klingel schlug an. Trude Rübsam runzelte die Stirn. Wer kam um diese Uhrzeit zu ihr? Nein, verbesserte sie sich in Gedanken. Wer kam überhaupt zu ihr?

Vor der Tür stand Grete Flottbeck.

»Moin, Trude. Heut wär ja wieder Putztag. Ich wollte fragen, ob du mich noch brauchst.«

Trudes erster Impuls war es, Grete Flottbeck eine übellaunige Antwort zu geben und dann die Tür zuknallen zu lassen.

Stattdessen bat sie die Parzellennachbarin herein.

»Komm rein, setz dich, leg meinetwegen auch ab.«

Dann saßen sie beide schweigend im Wohnzimmer. Schließlich sagte Trude: »Da drüben, oder?« Sie nickte mit dem Kopf in die Ecke des Zimmers, in der Erwin sein Finale erlebt hatte.

»Ja«, kam es von Grete zurück. Sie zeigte ähnlich wie Trude ein gehöriges Maß an Nervenstärke. »Da habe ich ihn gefunden. Steht die Beerdigung schon fest?«

»Nein. Die Gerichtsmedizin mauert noch.«

»Wie ärgerlich«, erregte sich Grete, »man will das doch irgendwann hinter sich haben. Ich meine, man will doch damit abschließen.«

»Schlimmer noch«, meinte Trude Rübsam grimmig, »wir beiden sind Hauptfiguren in dem Spiel, das sich ›Ermittlung‹ nennt. Aus irgendeinem Grunde ist da eine Art Laienspielgruppe am Werk, und das ist gefährlich, weil diese Kriminal-Amateure auf die absonderlichsten Ideen kommen könnten.«

»Moment mal – du meinst, wir sind Tatverdächtige?«

»Hauptverdächtige«, korrigierte Trude Rübsam.

»Wieso denn das?« Gretes Nervenstärke schickte sich an, Schaden zu nehmen.

»Ganz einfach – weil sie niemand anderen haben. Ich habe zwar ein Alibi, könnte aber einen Auftrag zum Töten erteilt haben. An dich zum Beispiel. Und deine Situation ist noch prekärer. Du hast Erwin immerhin gefunden. In den USA warst du schon in Untersuchungshaft. Vor allem, wenn man erfahren würde, dass du dein Verhältnis zu Erwin nach eurer Scheidung außerehelich fortgesetzt hast. Genauer gesagt, es nie unterbrochen hattest.«

Grete Flottbeck widersprach nicht – ein Zeichen dafür, dass dieses Thema längst ausdiskutiert war.

Trude setzte ihren Gedankengang fort. »Aber – wie schon gesagt – im Moment denke ich, dass die Polizei uns einer gemeinsamen Verschwörung verdächtigt. Dabei ist das Einzige, was wir gemeinsam haben, Erwin. Erst warst du mit ihm verheiratet, jetzt bin ich es. Und daraus kann man doch kaum ein Mordmotiv stricken, oder?«

»Für Karlchen?«

»Für uns.«

»Na, das will ich doch nicht hoffen.«

»Wenn man Knispel heißt, dann vielleicht doch.«

Es klingelte schon wieder. Trude öffnete die Tür.

»Oh, guten Morgen, Herr Knispel!«

Kapitel 30

Nachdem sie auch die Oberkommissarin begrüßt hatte, saß man nun zu viert im Wohnzimmer.

»Schön, dass ich Sie beide erwische«, begann Konstanze Kannengießer und stand sogleich knöcheltief im Fettnapf.

»Ich wüsste nicht, was an dieser … Angelegenheit die Bezeichnung ›schön‹ verdient hätte«, antwortete Trude Rübsam reserviert.

»Nicht doch, ich meinte nur den arbeitsökonomischen Aspekt«, beteuerte die Beamtin in dem Bemühen, den Fauxpas auszubügeln.

Trude Rübsam ließ Konstanzes Erklärung unbeachtet. »Was machen ihre Ermittlungen? Kommen Sie voran?«

»Danke der Nachfrage. Wir sind optimistisch, dass es zu einer raschen Aufklärung kommt. Derzeit sind wir auf mehreren Ebenen unterwegs. Ich möchte mir persönlich ein konkretes Bild von dem Geschehen in diesem Haus machen. Frau Flottbeck, Sie haben einen Reinigungsauftrag bei Ihrer Kleingartennachbarin Frau Rübsam?«

»Ja, den habe ich«, zeigte sich Grete Flottbeck auskunftsfreudig. »Und diese Nebentätigkeit ist nicht angemeldet, wird seit acht Jahren von mir wahrgenommen und bringt mir wöchentlich für drei Stunden 40 Euro.«

»Keine Sorge, wir sind nicht von der Steuerfahndung«, beruhigte Konstanze. »Wann haben Sie am fraglichen Tag Ihre Arbeit aufgenommen?«

»Wie immer«, kam die achselzuckende Antwort der freischaffenden Putzfrau. Dann wurde ihr klar, dass die Gestaltung ihrer Arbeitszeit möglicherweise nicht zur Allgemeinbildung der Bremer Kripo zählte. Sie bequemte sich daher zu einer Konkretisierung ihrer Angaben.

»Gegen 9.30 Uhr. Das ist kein Problem, denn ich hab ja die Hausschlüssel. Sie erinnern sich?«

Konstanze Kannengießer überhörte die Spitze. »Wann haben Sie gemerkt, dass etwas nicht stimmte?«

»Gleich beim Eintreten in das Haus.«

»Aha. Können Sie das konkretisieren?«

»Natürlich. Ich kenne das Haus, es war ein ungewöhnlicher Luftzug spürbar. Ergo musste also irgendwo ein Fenster offen sein.«

»Und das erschien Ihnen ungewöhnlich?«

»Ja, die Rübsams haben es nicht so mit dem Lüften …«

»Na, hör mal!«, empörte sich die Witwe.

»Außerdem sollte ja an diesem Morgen niemand da sein. Also konnte irgendetwas nicht stimmen.«

»Und dann?«, fragte Olaf, der hoffte, dass der Bericht von Frau Flottbeck sich nun etwas flüssiger entwickeln würde.

Die blieb allerdings bei der abgehackten Form ihres Vortrages. »Ich bin dann rein.«

»Einfach so?«

»Naja, ich hab erst mal ›Hallo‹ gerufen. Ich konnte doch schlecht sofort mit dem nächsten Revier Kontakt aufnehmen.«

»Warum nicht?«, blieb Olaf Knispel am Ball.

»Was hätt ich denn sagen sollen? ›Guten Tag, ich gehe gerade meiner Schwarzarbeit nach und stelle fest, hier ist ein Luftzug, könnense mal gelegentlich vorbeischauen‹? Ich möchte mir die Antwort nicht ausmalen. Aber es hat sich dann schnell geklärt. Ich bin nämlich weiter in die Küche, da war erst mal nix. Dann sah ich die Balkontür, die im Wind leicht hin und her wehte. Als Nächstes wäre ich beinahe über Erwin – ich meine, Herrn Rübsam – gefallen.«

»Das muss für Sie ein schrecklicher Moment gewesen sein«, bemerkte Konstanze Kannengießer, die sich Notizen gemacht hatte.

»Sicher. Mir war sofort klar, dass aus Saubermachen nichts werden würde. Den Weg hierher hatte ich umsonst gemacht.«

Gretes pekuniäres Interesse überwog die menschlichen Aspekte dieses Mordes eindeutig.

»Ich meinte eher den Leichenfund.« Die Kriminalbeamtin konnte einen tadelnden Tonfall nicht unterdrücken.

»Ach so, ja, natürlich. Vor allem für Erwin war das nicht schön.«

»Frau Flottbeck, von Frau Rübsam wissen wir, dass Sie in früheren Jahren die erste Ehefrau von Herrn Rübsam gewesen sind. Können Sie uns dazu etwas sagen?«

Einen Moment lang war Grete Flottbeck irritiert. »Ich weiß nicht, was Sie jetzt von mir erwarten, aber ich kann bestätigen, dass ich mit Erwin verheiratet war.«

»In Kleingartenkreisen wird ja viel erzählt«, tastete sich Konstanze vorsichtig in das nächste Minenfeld.

»Ah, jetzt kommt die Legende von Frau Flottbecks bis heute andauerndem Verhältnis zu ihrem ersten Mann. Was meinst du, Grete, wollen wir eine Verleumdungsanzeige gegen ›Unbekannt‹ stellen, oder ignorieren wir diesen Unsinn?«

Konstanze Kannengießer winkte ab. »Danke, das reicht mir schon als Antwort. Noch eins, Frau Rübsam, vermissen Sie irgendetwas? Ich meine, hat der Täter doch noch etwas mitnehmen können?«

»Nein, nichts. Aber wer sagt denn, dass es nicht eine Täterin war? Oder eine Gruppe von Eindringlingen?«

»Sie haben Recht. Wir wissen im Moment noch nicht allzu viel«, gestand die Oberkommissarin. »Wissen Sie schon, wie es jetzt für Sie weitergeht?«

Frau Rübsam sah verblüfft auf die Beamtin und zog fragend die Augenbrauen hoch.

»Wie meinen Sie das jetzt?«

»Naja, werden Sie hier wohnen bleiben oder sich neu orientieren? Und bleiben Sie dem Kleingartenwesen erhalten? Werden Sie im Wettbewerb bleiben?«

»Abgesehen vom Wettbewerb, in dem ich tatsächlich bleiben werde, habe ich noch nichts entschieden. Aber Sie werden zweifellos die Erste sein, die ich über meine Pläne unterrichten werde.«

»Ich weiß das zu schätzen, Frau Rübsam.« Konstanze Kannengießer erhob sich. »Für den Moment habe ich keine Fragen mehr.«

Trude Rübsam wollte sich ebenfalls erheben. Frau Flottbeck hingegen sah keine Veranlassung, ihre sitzende Position aufzugeben.

»Lassen Sie nur, wir finden den Weg allein«, wehrte die Oberkommissarin kühl ab und gab Olaf, der sich während des Gespräches intensiv mit einigen Schokoladenkeksen befasst hatte, die auf einem Teller arrangiert waren, das Zeichen zum Aufbruch.

Kapitel 31

Im Wohnzimmer blieb es still. Trude horchte auf das Klappen der Haustür und trat an das Fenster, um sich vom tatsächlichen Abrücken des Ermittlungsteams zu überzeugen.

Grete erhob sich jetzt ebenfalls und schien gehen zu wollen.

»Einen Moment noch, teure Gartennachbarin. Du weißt, dass ich eben mindestens zweimal gelogen habe. Und jetzt lass uns über die Münzsammlung reden, die du hast mitgehen lassen.«

»Und wenn ich darüber nicht reden will? Spaltest du mir dann auch den Schädel? Außerdem hast du zu viel Fantasie. Ich weiß nämlich nicht, wovon du redest.«

»Die Münzsammlung, Herzchen. Als du hier mit Erwin allein warst – und er konnte ja leider nicht mehr eingreifen, – hast du die Wohnung durchsucht und die Münzen gefunden. Auf Fingerabdrücke musstest du nicht achten – du warst durch deinen Job hier so gut wie zu Hause. Außerdem würde das deinen überhasteten Aufbruch erklären – du weißt schon, als du so überaus verärgert aus dem Haus gelaufen bist. Frau Kannengießer hat mir davon erzählt. Ich habe sobald wie möglich nach der Münzsammlung geschaut, und sie war nicht mehr da.«

»Vielleicht hat der Einbrecher Zeit gehabt, noch ein wenig zu suchen, und sie mitgenommen.«

»Grete, nun hör bitte auf. Wir sind beide alt genug und können auf solche Albernheiten verzichten. Wir sind auch zu alt, als dass wir uns um die Münzen prügeln. Aber glaub mir, ich würde es tun, wenn ich wüsste, dass ich mir dabei nicht die Bandscheiben verbiege.«

»Du machst mir Spaß«, reagierte Grete schroff. »Du weißt genau, dass die Sammlung mir gehörte. Mein Vater hatte sie mir als eine Art Mitgift gegeben. Als ich mich scheiden ließ, weil Erwin das Zusammensein mit dir reizvoller fand als ein weiteres Leben mit mir, hat er leider vergessen, die Münzen herauszugeben. Meine zahllosen Aufforderungen haben daran nichts geändert.«

»Das ist deine Geschichte«, widersprach Trude. »Aber ich kenne von Erwin eine andere Fassung.«

Grete wischte den Einwand beiseite. »Allein die Goldmünzen sind eine beträchtliche Summe Geld wert. Mein Vater hatte sie von seinem Vater, und der wiederum von seinem Vater. Ein Familienerbe ersten Ranges und …«

»… und es gehört laut Erwin nicht dir«, vollendete Trude den Gedankengang.

»Ist doch klar, dass Erwin das behauptet hat.«

»Und warum hast du noch nicht auf Herausgabe dieses Familienschatzes geklagt?«, spottete Trude.

Grete wurde ungeduldig. »Du weißt genau, dass ich meinen Rechtsanspruch nicht beweisen kann. Mein Vater ist längst tot. Und außerdem wollen wir doch beide nicht das Finanzamt aufwecken, oder?«

»Und du weißt wiederum genau, dass die Münzsammlung ein hervorragendes Mord-Motiv abgäbe. Also musst du kleine Brötchen backen, ganz kleine Brötchen.« Trude kostete jedes Wort aus. Dann kam sie auf den Punkt:

»Ich hab einen Vorschlag: Lass uns diese endlose Geschichte zu einem guten Ende bringen. Wir machen halbe-halbe, und dann haben wir beide etwas davon. So viel Lebenszeit liegt nicht mehr vor uns – immerhin haben wir beide die 60 überschritten!«

»Na, das nenn ich doch mal kulant! Du bietest mir allen Ernstes die Hälfte eines Vermögens an, das ohnehin mir gehört!« Grete schüttelte den Kopf.

»Nein, ich biete die Hälfte eines Vermögens, das du nie in Händen halten wirst, es sei denn, du hast es schon beiseite gebracht.«

Grete war aufgestanden. Ein Blick aus dem Fenster zeigte ihr, dass Konstanze und Olaf noch im Wagen vor dem Haus saßen.

»Ich sollte jetzt gehen. Noch steht die Polizei vor dem Haus.«

Bevor Trude sich in den Weg stellen konnte, war Grete auf der Diele und mit zwei weiteren schnellen Schritten in der Haustür. Im Vorgarten, gut sichtbar für die Kriminalbeamten, drehte sie sich zu Trude um. »Ich hab dich so verstanden, dass du keine Putzhilfe mehr benötigst. Wir sehen uns dann auf den Parzellen. Mach's gut!«

Damit verließ sie Frau Rübsams Grundstück und begab sich zu dem Dienstwagen, in dem Konstanze und Olaf noch über die nächsten Schritte diskutierten. Konstanze drehte die Scheibe herunter. »Können wir Sie irgendwohin mitnehmen?«

»Gern«, erwiderte Grete, stieg ein und nahm auf dem Rücksitz Platz. »Bitte einmal in Ihre Dienststelle«, bat sie. »Dort erzähle ich Ihnen die Geschichte einer Münzsammlung.«

Kapitel 32

Das Programm der Flandern-Fahrt sah für Brüssel einige Stunden zur eigenen Gestaltung vor. Verdrossen stapfte Franziska neben Andreas über den prächtigen Grand-Place, der zum Weltkulturerbe zählt. Julia, Paul und Johannes hatten sich abgesetzt, so dass Zeit und Raum für eine Aussprache gegeben war.

Darunter litt naturgemäß die Aufnahmebereitschaft für die optischen Reize, die von einer inspirierten Architektur im Überfluss geliefert wurde. Stattdessen wedelte Andreas mit den Armen, um seine Argumente zu unterstreichen. Herbert von Karajan hätte seine Freude an ihm gehabt.

»Es reduziert sich doch letzten Endes auf die Frage, wer von uns beiden Karriere machen darf. Und das wird der Sache nicht gerecht. Natürlich ist es dein gutes Recht, das Experiment deiner Ich-AG fortzusetzen. Aber allein deshalb spricht viel dafür, dass ich zum Senator für Bildung wechsle, damit ich deinen Weg in die Selbstständigkeit finanziell mit abfedere. Du kannst letzten Endes nicht bestreiten, dass das unternehmerische Risiko, in das du dich begeben hast, bislang nicht in der Gewinnzone angekommen ist.«

»… und weil das so ist, begibst du dich in die Rolle des Märtyrers und machst Karriere, damit ich nicht in die Behörde zurück muss. Richtig? Und wie hat sich das alles ergeben? Hat deine Schulleiterin dich weggelobt, weil sie dich als unbequem empfindet – was übrigens durchaus für dich spräche? Und seit wann weißt du von dieser Aufstiegsmöglichkeit?«

Andreas schwieg beleidigt.

Franziska hatte ebenfalls den Eindruck, dass für den Moment alles gesagt war – zumindest, wenn man irreparablen Schaden vermeiden wollte. Unbestreitbar war jedoch die

Tatsache, dass es in beiden gärte. Sie hatten es tatsächlich fertig gebracht, sich gegenseitig zu verletzen, und das hatte es zwischen ihnen noch nie gegeben.

Die beiden Folgetage brachten keinen Stimmungsumschwung – die Sprachlosigkeit zwischen beiden hielt an. Erschwerend kam hinzu, dass die Wetterlage einen schweren winterlichen Rückfall erlitt. Nicht nur in den Gedanken von Andreas und Franziska setzte dichtes Schneetreiben ein.

Kapitel 33

Das Ermittlungs-Team saß zur gleichen Zeit in Strelitz' Dienstzimmer und steckte die Köpfe zusammen. Was war das jetzt?, dachte Olaf ratlos und blickte auf seinen Stenoblock. Dort hatte er die Ausführungen der Frau Flottbeck bezüglich der Münzsammlung protokolliert.

Er hatte sich bei Grete Flottbeck rückversichert: »Sie wissen aber schon, dass Sie sich damit ein ausgezeichnetes Motiv verschafft haben? Ich meine, das ist insoweit bemerkenswert, als dass sich die meisten anderen Damen und Herren, mit denen wir hier zusammensitzen, eher darum bemühen, kein Motiv, sondern stattdessen ein Alibi nachzuweisen.«

»Ich darf noch mal zusammenfassen«, hatte Konstanze Kannengießer rekapituliert, nachdem Grete Flottbeck ihre Geschichte vorgetragen hatte. »In Ihrer Familie gab es eine Münzsammlung, die von Generation zu Generation weitergereicht wurde. Sie besitzt auf Grund einiger besonderer Stücke einen Gesamtwert, der im sechsstelligen Bereich angesiedelt ist. Bei Ihrer Eheschließung mit Erwin Rübsam haben Sie diese Sammlung als Geschenk Ihres Vaters mit in die Ehe eingebracht. Nach Ihrer Scheidung, zu der es wegen einer außerehelichen Beziehung Ihres damaligen Ehemanns mit der heutigen Frau Rübsam kam, verlangten Sie die Herausgabe der Sammlung. Inzwischen sind Sie wieder verheiratet, und zwar mit Herrn Flottbeck. Die Münzen haben Sie jedoch nie zurückerhalten. Darf ich fragen, warum Sie nicht den Rechtsweg beschritten haben, um Ihre Ansprüche durchzusetzen?«

Grete Flottbeck überlegte kurz. Dann bat sie um Verständnis: »Mit dieser Frage möchte ich Sie gern alleine lassen.«

»Gut, dann nehme ich an, Sie wollten nicht mit dem Finanzamt teilen. Aber das ist ja auch nicht das Problem dieses Dezernats. Wir haben ein Tötungsdelikt aufzuklären, und da sagen Sie mir bitte, was mich veranlassen soll, Sie jetzt *nicht* festzunehmen.«

»Vielleicht Ihre Menschenkenntnis? Ihre Berufserfahrung? Idealerweise vielleicht beides zusammen?«, zählte Grete Flottbeck auf. »Ich würde doch wohl kaum zu Ihnen kommen, wenn ich meinen Ex-Mann erschlagen hätte, um die Münzen an mich zu nehmen. Schlimm genug, dass ich ihn gefunden habe.«

»Oder gerade deshalb«, warf Olaf Knispel ein.

»Doppelstrategie, verstehen Sie, Frau Flottbeck?«, gab Konstanze zu bedenken.

»Nein«, schüttelte Grete Flottbeck den Kopf. »So kompliziert bin ich nicht. Dazu müsste ich berechnend und durchtrieben sein. Ich hoffe, dass Sie von mir einen anderen Eindruck gewonnen haben.«

Konstanze blieb reserviert. »Ich staune immer, welche Bandbreite an Taktik und Finesse manchen Zeitgenossen zur Verfügung steht. Und das sind nicht nur die geschmeidig auftretenden Vertretertypen, sondern gerade auch die unschuldig und unbedarft erscheinenden Endverbraucher von nebenan, die oft wahre Abgründe in sich tragen. Ich bin mir noch nicht sicher, wie ich mit Ihrem … nun, sagen wir mal ›Bericht‹ umgehen soll. Aber Sie halten sich bitte zu unserer Verfügung.«

Grete Flottbeck erhob sich. »Keine Angst, ich bin ein sehr bodenständiger Mensch.« Beinahe hätte sie gelächelt.

Kaum hatte Frau Flottbeck die Dienststelle verlassen, steckte die Sekretärin des kurbedingt abwesenden Kriminalrats ihren Kopf ins Zimmer. »Da wäre schon wieder Besuch«, verkündete sie. Der Unterton, mit dem sie ihr Befremden über den unorganisierten Arbeitsablauf zum Ausdruck brachte, war unüberhörbar. Kein Zweifel, die Kollegin war der festen Überzeugung, dass solch ein ungeordnetes Auftreten von Zeugen, Tatverdächtigen und sonstigen Beteiligten bei Karl-Eberhard Strelitz nicht denkbar gewesen wäre.

An der Vorzimmerkollegin vorbei bahnte sich Trude Rübsam den Weg in das Dienstzimmer und nahm unaufgefordert in der Besucher- und Besprechungsecke Platz.

»Wenn Sie interessiert sind, würde ich Ihnen gern eine Geschichte erzählen, und zwar über eine Münzsammlung.«

»Das trifft sich gut«, versicherte die Oberkommissarin Kannengießer aufgeräumt. »Wir haben heute Vormittag Märchenstunde mit einem gewissen Themen-Schwerpunkt auf Münzsammlungen. Und ja, wir sind an Ihrer Fassung interessiert. Dürfen wir uns zu Ihnen setzen?«

Frau Rübsam schaute konsterniert auf das Ermittler-Team. Dann ersetzte sie Ratlosigkeit durch Erkenntnis.

»Ach, die Flottbecksche war schon da.«

»Sie dürfen versichert sein, dass wir Ihren Ausführungen die gleiche Aufmerksamkeit entgegenbringen, wie uns dies bei Frau Flottbeck geboten erschien.« Olaf Knispel war offenbar gewillt, das Gespräch auf eine neue, anspruchsvollere Ebene zu befördern.

»Na, nun brechen Sie sich mal keine Verzierung ab«, bemerkte Frau Rübsam missgelaunt. Kein Zweifel, dieses Gespräch würde über die Ebene eines kernigen Gedankenaustauschs nicht hinauskommen.

Konstanze Kannengießer verkürzte den sich anbahnenden Vortrag der wackeren Kleingärtnerin. »Ihre Gartennachbarin beklagt, dass ihr seit Jahren eine Münzsammlung vorenthalten wird, die sie als erste Ehefrau des Erwin Rübsam in die Gütergemeinschaft eingebracht hatte. Ihrer Auffassung nach hätte sie diese Sammlung, die offenbar einen erheblichen Wert darstellt, anlässlich der Scheidung zurückerhalten müssen.«

»Na, das hat sie nun selbst geregelt«, unterbrach Frau Rübsam die Ausführungen der Oberkommissarin verbittert.

»Wie bitte?«

»Ja. Die Sammlung ist verschwunden. Sie liegt nicht mehr an ihrem Platz.«

»Seit wann?«, wollte Olaf Knispel wissen.

»Seit dem Mord an meinem Mann.«

Konstanze Kannengießer holte tief Luft. »Frau Rübsam, wir hatten Sie ausdrücklich gefragt, ob Sie nach dem Mord etwas vermissen. Wir arbeiten schließlich auf zwei Ebenen an der Aufklärung dieses Tötungsdeliktes – es kann sich um einen Teil der Einbruchserie handeln, die wir in den letzten Wochen in Bremen zu beklagen haben. Es kann aber auch sein – und das halte ich für wahrscheinlicher –, dass hier ein sorgfältig geplanter Mord stattgefunden hat. Möglicherweise von langer Hand eingefädelt. Dabei ist es von ganz erheblicher Bedeutung, ob größere Vermögenswerte bewegt wurden. Sie haben dies auf Nachfrage verneint. Und jetzt kommen Sie und sagen: ›Nichts für ungut, aber mir fällt gerade auf, dass doch etwas fehlt. Und zwar im sechsstelligen Bereich.‹ Frau Rübsam, ich weiß noch nicht, was ich davon halten soll.«

Olaf Knispel begleitete die Ausführung seiner Kollegin, in dem er einen tadelnden Blick auf die Parzellistin richtete und bedeutungsvoll den Kopf schüttelte.

Konstanze hatte Mühe, ernst zu bleiben, denn diese Choreografie von Gestik und Mimik wirkte kaum eingeübt und zeigte weniger strafende, sondern eher senil wirkende Elemente. Ein junger Kommissar, der versuchte, ernst auszusehen und dabei mit dem Kopf wackelte – sie würde mit Olaf unbedingt darüber reden müssen.

Frau Rübsam hatte inzwischen trotzig die Unterlippe nach vorne geschoben. »Was Sie davon halten sollen? Begreifen Sie es einfach als Anzeige wegen Diebstahl und Unterschlagung!«

Konstanze und Olaf schauten ihren Gast verblüfft an. »Das meinen Sie ernst?«

»Jawohl!« Frau Rübsam sortierte sich auf ihrem Stuhl neu und schlug die Beine übereinander.

Konstanze aktivierte den Rechner, dessen Monitor vor ihr auf seinen Einsatz wartete. »Dann wollen wir mal«, murmelte sie verdrossen und wartete mit zusammengekniffenen Augen darauf, dass sich das benötigte Formular aufbaute.

»So, da haben wir's. Anzeige gegen Unbekannt.«

Frau Rübsam erwachte aus ihrer vorübergehenden Zurückhaltung. »Moment, das verstehe ich nicht. Wieso ist Frau Flottbeck eine Unbekannte?«

Konstanze hielt inne. »Soll ich Sie so verstehen, dass Sie Ihre Parzellennachbarin ernsthaft beschuldigen, die Münzsammlung entwendet zu haben?«

»Ja, natürlich. Was, glauben Sie, will ich Ihnen mit meinem Besuch sonst wohl vermitteln? Meinen Sie, ich komme nur kurz vorbei, um zu schauen, ob Ihre Topfblumen mal wieder gewässert werden müssen?«

Olaf machte ein wissendes Gesicht, sagte: »Ach, daher«, und machte ein paar Notizen. Wenigstens wackelte er nicht mehr mit dem Kopf, dachte Konstanze.

Nachdem Frau Rübsam die Anzeige unterzeichnet hatte, rückte sie ab.

Olaf kam steifbeinig aus der Besucherecke und wirkte einigermaßen ratlos. »Was war das denn?«, fragte er seine Kollegin.

»Die Abrechnung zweier Ehefrauen, die um denselben Ehemann bemüht sind. Um in eine solche Situation zu gelangen, muss man nicht aussehen wie George Clooney. Da reichte schon das Modell ›Erwin Rübsam‹. Naja, Olaf, jedenfalls war das wieder ein Schwank aus dem prallbunten Betriebsalltag eines Kriminalbeamten.«

»Und wie geht's weiter?«

»Wir müssen wohl unser frisch erarbeitetes gutes Verhältnis zu den Kollegen des Einbruch-Dezernats mit dieser

Anzeige belasten. Für Einbruch und Diebstahl sind wir nämlich nicht zuständig.«

»Auch dann nicht, wenn dabei ein Mord passiert?«, forschte Olaf.

Konstanze blätterte frustriert in der Akte mit dem Vorgang. »Danke, ich weiß selbst, dass sich die Delikte überlappen, und damit auch die Zuständigkeiten.« Sie klappte den Ordner zu. »Ich wollte, dass wir uns mit dem Chef besprechen könnten. Wo ist eigentlich unsere Volontärin, Frau Graf?«

»Die prüft doch die Einbrüche«, erinnerte sie Olaf.

»Na, das hilft in der Sache nicht weiter, aber sie ist wenigstens beschäftigt.«

»Ich finde, wir sollten die Theorie, dass hier kein Mord geplant war, sondern ein Einbruch aus dem Ruder gelaufen ist, nicht so einfach vernachlässigen«, plädierte Olaf.

»Nach dem, was eben gerade Frau Flottbeck und Frau Rübsam hier abgeliefert haben? Ach übrigens: Unter Numismatik versteht man die Münzenkunde.«

Konstanze versuchte, Strelitz' Handynummer einzutippen.

»Komisch«, meinte sie. »Seit kurzem springt nicht mal seine Mailbox an. Einfach tot. Vielleicht hat seine Frau ihn beim Telefonieren erwischt und daraufhin das Handy konfisziert.«

Die Oberkommissarin konnte nicht wissen, wie dicht sie an der Wahrheit war. Nur, dass der Kriminalrat beim Verlust seines Handys keine Hilfe seiner Ehefrau benötigt hatte. Sie ahnte allerdings auch nicht, dass Strelitz zahlreiche Versuche unternahm, um in fernmündlichen Kontakt mit ihr zu gelangen. Aber es traten immer neue Hindernisse auf, die Strelitz' Bemühungen entgegenstanden. Zunächst gab es kaum ein Zeitfenster, in dem er unbegleitet gewesen wäre – entweder hatte er seine Gattin an der Seite, oder das Fachpersonal des Kurhauses beschäftigte sich mit ihm.

Mit diesen Damen und Herren brauchte er über eine kleine Telefonpause nicht zu verhandeln. Irgendjemand schien die Parole ausgegeben zu haben, dass jegliche Form von Außenkontakt den Kurerfolg gefährden würde. Der Physiotherapeut, mit dem er jeden Vormittag eine Stunde verbrachte, vermittelte Strelitz sogar den Eindruck, als stünde sein Ableben unmittelbar bevor. Der Gute sprach leise, in verständnisvollem Ton, zweifellos jederzeit bereit, Strelitz' letzten Willen entgegenzunehmen und nötigenfalls auszuführen. Die Überlassung seines Handys schien jedoch nicht in dieses samariterhafte Dienstleistungspaket eingeschlossen zu sein.

»Wir müssen uns jetzt entspannen, alle Mühen des Alltags abstreifen und die Gedanken an Belastendes zurücklassen. Dann kann ich Ihre Verspannungen und Verkrampfungen sehr viel leichter auflösen. Sie wären überrascht zu hören, wie viele Blockaden nicht physischen, sondern psychischen Ursprungs sind«, erläuterte der massierende Fachmann seine Botschaft mit immer sanfter werdender Stimme bei zugleich immer fester zupackenden Handgriffen.

»Und Sie würden überrascht sein zu wissen, wie dicht Sie davor stehen, das Opfer einer Affekthandlung zu werden. Haben Sie hier übrigens eine Standleitung zu einem örtlichen Bestattungsunternehmen, oder was veranlasst Sie zu diesem pastoralen Gesprächston?«, schnauzte der Kriminalrat.

Jetzt platzte dem Physiotherapeuten der Kragen.

»Meine Güte, ich mache doch auch nur meinen Job.« Er hatte die Phonzahl seiner Ansage vervielfacht. Ein Kollege schaute erschrocken in das Behandlungszimmer, zog sich jedoch gleich wieder zurück.

»Sie glauben gar nicht, wie viele spezielle Anweisungen hier im Hause zirkulieren, in dem klare Regeln für den Umgang mit dem Patienten Strelitz festgelegt sind. Was machen Sie in Bremen eigentlich hauptberuflich? Polizeipräsident? Innensenator? Küstenschutzbeauftragter?«

Strelitz war ein paar Sekunden sprachlos. Der Übergang zwischen den Lautstärke-Stufen hatte kurzzeitig für Turbulenzen in seinen Gehörgängen gesorgt. Dann stand er auf und baute sich unmittelbar vor dem Physiotherapeuten auf, der ihn um Haupteslänge überragte.

»Von wem kommen diese Anweisungen? Wer hat sie veranlasst? Reden Sie, Mann, bevor ich ungemütlich werde!«

»Es gehört zu den Anweisungen, dass wir darüber keine weitergehende Auskunft geben dürfen!«

»Hören Sie, ich bin Leiter des Morddezernats, und ich versichere Ihnen, dass ich auf dem besten Wege bin, demnächst in eigener Sache ermitteln zu lassen.«

Jetzt war auch die Geduld des ganz in weiß gekleideten Mitarbeiters erschöpft. »Wenn ich Ihre Frage beantworte, bin ich meinen Job los. Schweige ich, drehen Sie mir die Gurgel um. Und zu welcher Alternative raten Sie mir jetzt?«

Strelitz nahm wieder Abstand. »Ich schlage Ihnen einen Deal vor: Ich bedränge Sie nicht weiter, und Sie lassen mich eine Viertelstunde mit Ihrem Handy allein. Gehen Sie auf meine Kosten ’nen schnellen Kaffee trinken!«

Als der Physiotherapeut nach einer halben Stunde zurückkam, war Strelitz nicht mehr da. Neben dem Handy lag ein Zehn-Euro-Schein und ein Zettel. Darauf stand: »Herzlichen Dank!«

Kapitel 34

Es mochte an den Witterungsbedingungen liegen, dass der Haussegen allerorts schief hing, denn der Wetterbericht hatte schwere Stürme angekündigt, die zum Abend Orkanstärke erreichen würden. Für die Nacht wurde über der nordwestdeutschen Tiefebene einschließlich der ostfriesischen Inseln eine Unwetterwarnung herausgegeben.

***

Familiäre Windstärken bauten sich woanders bereits im Verlauf des Tages auf. So hatte sich die Flandern-Rundfahrt von Andreas und Franziska zu einem wortkargen Sightseeing ausgewachsen, in dem es nur über diese Sehenswürdigkeiten vereinzelt zum Wortwechsel kam. Schließlich beschwerte sich der Nachwuchs über die »schweigeklosterähnlichen Verhältnisse«, was aber zunächst einmal nicht zu einer klimatischen Verbesserung innerhalb der Reise-Kleingruppe führte.

Erst die Rückreise löste die sprachliche Blockade auf. »Ich muss mich entschuldigen«, räumte Franziska ein. »Ich bin einfach tief frustriert über meinen Misserfolg als freie Planerin.«

Der Bus schaukelte indes weiter über die Straßen.

Andreas wollte beschwichtigen, aber Franziska war jetzt entschlossen, reinen Tisch zu machen. »Ich hab die Möglichkeiten einer beruflichen Selbstständigkeit völlig überschätzt. Jetzt muss ich meiner Schwester den Halbtagsjob kündigen, und in meiner Dienststelle werde ich kleine Brötchen backen müssen. Aber du schaffst einen Schritt nach vorn und erzählst davon eher zufällig. Das hat angesichts meines eigenen Scheiterns ziemlich wehgetan.«

»Weil ich wusste, dass es wehtun würde, habe ich gezögert, dir von meinen Perspektiven zu erzählen, bis der Zeitpunkt verpasst war. Und dann war es eben zu spät.«

»Dann hattest du ein edles Motiv für dein Schweigen, und ich ein niederes Motiv für meine Empörung«, bilanzierte Franziska verdrossen.

»Wie bitte?«, fragte die Restfamilie im Chor. Franziska war wieder einmal etwas kompliziert.

»Ist doch ganz einfach: Andreas mochte nichts sagen, weil er wohl Mitleid mit mir hatte. Und ich war beleidigt, weil ich neidisch bin.«

»Nun hör bitte auf, Asche auf dein Haupt zu streuen«, empfahl Andreas. »Stattdessen sollten wir zu unserem Lieblingsgriechen gehen und dort bei Feta und Ouzo überlegen, was wir tun werden.«

* * *

Olaf Knispel hatte nach vielen Gesprächsstunden mit Tatjana, die im Wesentlichen von der Redewendung »… ja, aber …« bestimmt worden waren, so etwas ähnliches wie einen verbalen Waffenstillstand erreicht. Dieser Zustand war jedoch äußerst fragil und ertrug keine weiteren Erschütterungen. Tatjana war noch immer nicht überzeugt, dass Olafs Aktivitäten auf Spiekeroog lediglich an dienstlichen Erfordernissen ausgerichtet waren. Dass sie im Moment nicht weiter insistierte, war weniger Olafs überzeugender Argumentation geschuldet, sondern ihrem Vater Rudi Klingebiel, der schließlich mit einem »Jetzt ist's aber mal gut!« auf den Tisch gehauen hatte.

* * *

Konstanze Kannengießer hatte beim häuslichen Abendbrot angedeutet, dass sie mit den Mordermittlungen auf der Stelle träte. Ihr Lebensgefährte Christian Schwalbach, Leiter des Drogendezernats, bot seinen fachlichen Rat an und war damit gleich knietief in ein Fettnäpfchen gestiegen, dessen verborgene Existenz zumindest aus seiner Sicht nicht zu erahnen gewesen war. Wenn jemand ein Problem vorträgt, dachte er irritiert, dann ist das doch immer auch ein Hilferuf.

Hier schien diese ungeschriebene Regel nicht zu gelten, denn schon sein erster Satz, mit dem er einen längeren Beitrag zur Falllösung einleiten wollte, verwandelte die sonst so abgeklärte Konstanze in eine Sektflasche, die man vor dem Öffnen kräftig geschüttelt hatte.

»Moment, Moment, Moment«, begehrte sie auf, als Christian dazu ansetzte, den Fall zu analysieren. »Ich hatte nur allgemein einen Beitrag zu unserer Unterhaltung liefern wollen. Das war nicht die Aufforderung, mich an die Hand zu nehmen und mich in die bunte Welt von Mord und Totschlag zu entführen. Wenn Strelitz aus der Kur zurückkommt, möchte ich die Lösung des Falles als ausschließliche eigene Leistung präsentieren – gern auch mit Olaf Knispel zusammen!«

Christian wurde klar, dass seine Lebensgefährtin im Begriff stand, ihre Meisterprüfung abzulegen. Also nahm er sich zurück. Da Konstanze auch einsilbig wurde, um ihrem Gegenüber keine neuen Ansatzpunkte zu geben, verlief der Abend ungewöhnlich unterkühlt.

Wenigstens hatte sie heute mit ihrem Chef Kontakt gehabt. Aber sie hatte feststellen müssen, dass er an dem Fall nicht sehr dicht dran war. Das zeigten seine Nachfragen und auch seine Handlungsempfehlung. »Frau Rübsam und Frau Flottbeck vernachlässigen und die Nähe zum Einbruchdezernat vertiefen«, hatte er ihr mit auf den Weg gegeben. »Ich bleibe dabei, der Mord an Rübsam war nicht geplant. Übrigens – ist die dritte Wettbewerbsfamilie bisher schon auffällig geworden?«

»Sie meinen die Bohnekamps? Nein, die haben zwar ein bisschen mitgepöbelt, aber sie scheinen nicht im Zentrum des Sturms zu stehen.«

»Ach ja, wo Sie gerade von Sturm reden, Konstanze – man erzählt sich hier im Kurort, dass sich an der Küste ein Orkan zusammenbraut. Passen Sie gut auf, dass Sie Ihre Gartenmöbel morgen nicht beim Nachbarn einsammeln müssen.« Strelitz hatte ein leutseliges Gelächter angestimmt und einen schönen Tag gewünscht. Anschließend hatte er kurzerhand sein Gelächter zusammen mit dem Handy abgestellt und die Fäuste in die Hüften gestemmt.

Konstanze hatte ratlos auf den Hörer geblickt. »Ich habe keinen Garten«, hatte sie gemurmelt. »Und wenn, dann hätte ich jetzt noch keine Gartenmöbel draußen stehen.«

Strelitz hielt nun ebenfalls Selbstgespräche. »Verdammt noch mal, ich will wieder an meinen Schreibtisch!«

Am Mittagstisch beschwerte er sich bei seiner Gattin Marga. Er erzählte ihr in aller Ausführlichkeit, was ihm der Physiotherapeut berichtet hatte.

»Es wäre nicht übertrieben zu sagen, dass ich mich hier mit dem Prädikat ›bedingt zurechnungsfähig‹ ausgestattet fühle. Und solch ein Gütesiegel wird man so schnell nicht wieder los. Ich würde gerne testen, was passiert, wenn ich den Versuch unternehme, dieses Haus durch den Haupteingang zu verlassen. Wird dann ohne Vorwarnung geschossen? Oder bringen mich einige stämmige Herren wie beim Rugby zu Fall? Ich bin wirklich versucht, es auszuprobieren!«

»Aber Karl-Eberhard ...« Marga legte ihre Hand auf seinen Arm.

»Karl-Eberhard ist sauer«, grollte er. »Der Physiotherapeut hat mir gesteckt, dass die Anweisungen von oben kommen. Marga, erzähl mir nichts – du steckst da auch mit drin, richtig?«

»Was immer hier geschieht, es ist zu deinem Besten.«

Strelitz schnaubte. »Am besten wäre es für mich, wenn ich wieder meiner Arbeit nachgehen würde!«

Marga musterte ihn eingehend. »Sag mir nicht, dass du Entzugserscheinungen hast!«

* * *

Isabel Graf, die engagiert zu Werke gehende Volontärin, hatte wiederum versucht, ihr Arbeitsergebnis zu präsentieren, in das sie Einiges an Arbeitszeit gesteckt hatte. Nach ihrer Auffassung konnte man zwar nicht viel aus den von ihr erhobenen Einbruchsdaten entnehmen, aber auch das war eine Erkenntnis, die kurz erörtert werden sollte. Signifikant war im Übrigen eine Konzentration der Einbrüche auf den Stadtteil Findorff – auch damit musste man ihrer Auffassung nach umgehen. Konstanze Kannengießer aber schien nicht interessiert zu sein, da sie eine andere Theorie verfolgte; Olaf schien nicht interessiert sein zu dürfen, weil Konstanze eine andere Marschrichtung vorgegeben hatte. Und die Kollegen des Einbruchdezernats winkten lächelnd ab. Man sehe sie immer gern als Gast, so die gönnerhafte Reaktion, aber einen Arbeitsauftrag aus dem Einbruchdezernat habe es zu keinem Zeitpunkt gegeben – wenn sie zu Erkenntnissen gekommen sei, wäre sicher ein Gespräch mit Frau Kannengießer der richtig Weg. »Käffchen?«

* * *

Eine ganz andere Auseinandersetzung gefährdete den abendlichen Frieden im Hause Bohnekamp. Friedo hatte angedeutet, auf eine Teilnahme am Wettbewerb um den schönsten Kleingarten zumindest in diesem Jahr verzichten zu wollen. Seine Gattin Elsbeth widersprach heftig. »Was heißt hier Rücksicht auf den tragischen Tod eines Nachbarn? Trude Rübsam, die ehrbare Witwe, nimmt doch auch teil!«

»Eben – gerade vor diesem Hintergrund sollten wir einige Schritt zurücktun. Das soll ja nicht heißen, dass ich demnächst Arm in Arm mit Trude durch die Parzellenwege ziehe, aber es ist doch Gebot des Anstandes …«

»Anstand? Diesen Begriff solltest du im Zusammenhang mit Trude nicht ohne Not strapazieren!«

Das Gespräch wurde immer hitziger, nahm sehr persönliche Züge an und lief unvermeidlich auf den Punkt zu, an dem Friedo das häusliche Wohnzimmer mit knallender Tür verließ, sich auf sein Fahrrad setzte und zum Landheim aufbrach, um sich mittels eines alkoholischen Selbstversuchs rückreiseuntauglich zu machen.

Als es deutlich später Zeit zum Aufbruch war, redete Rudi Klingebiel ihm ins Gewissen, nicht mehr mit dem Rad zu fahren, sondern ein Taxi zu nehmen. Der Kompromiss sah schließlich so aus, dass Friedo sein Rad schob, und zwar zu seiner Parzelle, um dort zu übernachten.

Rudi, der sich für seinen Gast verantwortlich fühlte, begleitete ihn, um sicherzugehen, dass Friedo nicht doch sein Rad besteigen würde. Er machte sich ernste Vorwürfe, verkannt zu haben, dass Friedo schon einigermaßen alkoholisiert an seiner Theke gestrandet war, wo er sehr entschlossen weitergetrunken hatte. Darüber hinaus musste Rudi feststellen, dass nicht nur Friedos Alkoholpegel gegen irgendwelche Experimente auf dem Rad sprach – der Sturm, der schon seit dem späten Nachmittag mit zunehmender Stärke auf sich aufmerksam gemacht hatte, schien Orkanstärke zu entwickeln. Rudi, der den stark schlingernden Friedo neben sich stützte und führte, sah im schwachen Schein des Fahrrad-Scheinwerfers manchen Zweig und einzelne Äste durch die Wege trudeln.

»Gute Güte«, murmelte der Gastwirt. Er schob, bei Friedos Laube angekommen, den Hausherrn rasch in die kleine, ausgekühlte Bude. Drinnen angekommen, konnte Friedo immerhin noch »Danke« lallen. Rudi machte sich rasch auf den Rückweg, während Friedo noch eine angebrochene Flasche Weinbrand zu fassen bekam. Eine Stunde später legte er sich im Spitzdach seiner Gartenlaube zur Ruhe, nachdem er die Leiter hinauf nur mit äußerster Mühe unfallfrei bewältigt hatte.

Isabel Graf wiederum hatte noch eine zweite Enttäuschung zu verarbeiten. Nachdem sie in ihrem beruflichen Umfeld bei allen Anlaufstellen abgeprallt war, nahm sie sich vor, stattdessen mit Markus die private Seite ihres irdischen Daseins zu vertiefen. Ein Gespräch darüber stand schon lange auf der Tagesordnung, musste aber immer wieder verschoben werden, weil sich in den Kalendarien der beiden kein deckungsgleiches Zeitfenster hatte nachweisen lassen. Das müsste doch heute machbar sein – bei einer Flasche Wein, während draußen an den Rolladen der Sturm zerrte. Isabels romantische Anwandlungen bekamen am Telefon, mit dem sie Markus hatte in ihre Wohnung locken wollen, eine kalte Dusche.

»Sorry, Isa«, kam die lockere Antwort, »aber heute ist doch Vorstandssitzung in meinem Yacht-Club. Wir wollen das ›Ansegeln‹ vorbereiten, erinnerst du dich? Hatte ich doch gestern Abend erwähnt. Wie? Habe ich nicht? Sorry, dumm von mir. Aber ich muss jetzt los. Man sieht sich. Wie bitte? Ja, ich dich auch!«

Funkstille. Isabel deaktivierte verärgert ihr Handy, kochte sich einen Tee und vertiefte sich in ihre dienstlichen Unterlagen, mit denen sie der Einbruchsserie zu Leibe gerückt war. Zwei Stunden später fielen ihre Augen zu. Während des Einschlafens kam sie noch auf eine völlig abstruse Idee. »Das ist ja seltsam«, dachte sie. »Das gibt's doch gar nicht.« Der Schlaf übermannte sie. »Wenn ich mit meiner Idee richtig liege, wäre heute wieder ein Einbruch fällig.« Dann begann sie zu schnarchen.

Dieses Stadium hatte inzwischen auch Rudi Klingebiel erreicht. Doch dann fuhr er hoch. Was waren das für Geräusche? Er vermeinte, etwas Knackendes gehört zu haben. Er schaute auf seine Frau Maria hinüber, die friedlich schnarchelnd neben ihm lag.

»Schläfst du schon?«

Zweifellos der dümmste Satz, den die Menschheit ersonnen hat. Maria entschied sich, nicht zu reagieren. Dass Rudi mindestens einmal pro Nacht Einbrecher im Hause vermutete, gehörte zu den Ritualen ihres Ehelebens. Nicht dazu gehörte allerdings, dass der Hausherr aus seinem Bett sprang, an das Fenster stürzte und, dort angekommen, »Nein, Verflucht!« rief.

Maria stand Momente später neben ihm. Beide waren angesichts des Schauspiels, das sich ihnen bot, sprachlos. Das Osterfeuer brannte in voller Ausdehnung, und die Flammen loderten, vom Orkan animiert, gierig in Richtung des Landheims ›Erntedank‹.

Kapitel 35

Alles geht irgendwann vorüber – Orkane, häusliche Streitigkeiten und Flandern-Rundfahrten. Der Bus, der die Reisegruppe aus Bremen zur Frühstückszeit hatte zurückbringen sollen, erreichte sein Ziel wegen der aktuellen Windstärken erst in den Mittagsstunden. Wenigstens hatte es – wie auch in Bremen – nicht geregnet. Seit der Aussprache hatte sich die Stimmung zwischen Franziska und Andreas deutlich verbessert. Man konnte im Grunde von einer Normalisierung sprechen. Letzte Unebenheiten bestanden durch Franziskas Unbehagen über ihr eigenes Verhalten.

»Ich war neidisch, es tut mir leid«, lautete ihr Mantra, seitdem sie Antwerpen verlassen hatten. Andreas hatte dieser Form der Selbstkasteiung mehrfach widersprochen und dabei Unterstützung durch Julia und Paul erhalten.

So gelangten sie vor ihr Haus in der Torgauer Straße.

Der Taxifahrer, der ihnen beim Bewältigen der letzten Etappe vom Busbahnhof am Breitenweg bis zur Haustür zur Seite gestanden hatte, setzte die kleine Reisegemeinschaft ab und war beim Ausladen der Reisetaschen behilflich.

»Wisst ihr was? Wir machen uns kurz frisch, und dann besuchen wir unseren Griechen«, verbreitete Andreas gute Laune.

»Das darf doch wohl nicht wahr sein«, kam die etwas ernüchternde Antwort von Franziska. Sie war vor Andreas in die Diele gegangen und stand jetzt im Türrahmen zum Wohnzimmer. Sie hatte ihre Reisetasche zu Boden gleiten lassen.

Andreas blinzelte irritiert und versuchte zu ergründen, womit er sich den neuerlichen Groll seiner Ehefrau zugezogen haben mochte. Er blickte über Franziskas Schulter und erkannte, dass Franziskas Kommentar nichts mit seinem Vorschlag zu tun hatte, den Griechen aufzusuchen. Das Wohnzimmer, Zentrum der Aufenthaltsqualität in diesem Hause, befand sich in einem rudimentären Zustand. Alle Schranktüren standen offen, alle Schubladen waren herausgerissen, die Inhalte über den Boden verstreut. Die übrigen Räume präsentierten sich in ähnlich angegriffener Verfassung.

»Alle raus, sofort!«, ordnete Franziska an. Andreas unterstützte sie und drängte den Nachwuchs, der in der Diele bereits für Stauungen gesorgt hatte, zurück auf die Straße.

»Was wird das denn?«, erkundigte sich Julia ängstlich. Sie hatte sofort begriffen, dass etwas nicht in Ordnung war.

»Ein Einbruch«, verkündete Andreas. »Wir dürfen jetzt keine Spuren vernichten. Und außerdem könnten der oder die Täter noch im Hause sein!«

»Hat jemand zum Ende der Reise noch Saft auf seinem Handy?«, wollte Franziska wissen. Es erwies sich, dass Pauls Akku noch für ein oder zwei Gespräche reichen würde. »Dann darfst du das Gespräch mit der Polizei selber führen!«

»Oh, das ist nett, aber nein, danke!« Er reichte sein Handy an Franziska weiter. Die tippte Olaf Knispels Telefonnummer ein.

»Hallo Olaf, ich bin's, Franziska. Ich … ja, wir sind wieder zurück. Ich … ja, es war schön, bis auf das Wetter. Hör mal … ja, ich weiß, hier war ein Orkan. Aber … Was? Wie konnte denn das geschehen? Hallo? Olaf? Hallo? Tot«, stellte Franziska mit Grabesstimme fest und gab das kleine Gerät an Paul zurück.

»Wer? Olaf Knispel?«, fragte Andreas besorgt.

»Nein, der Akku. Aber es gibt schlechte Nachrichten. Das Osterfeuer ist abgebrannt.«

Andreas musste erst einmal tief durchatmen. »Der ganze Stapel? Selbstentzündung durch Blitzschlag?«

»Nein, es gab in Bremen kein Gewitter, also auch keine Blitze, nur diesen heftigen Orkan. Kein Zweifel, da hat jemand nachgeholfen. Und die Feuerwehr hatte Mühe, ein Übergreifen auf das Landheim zu verhindern.«

»Aber wir hatten doch einen riesigen Abstand eingehalten!« Andreas geriet in Wallung.

»Wir hatten aber auch einen heftigen Orkan«, gab Franziska zu bedenken. Sie mochte sich ebenfalls nicht ausmalen, was passiert wäre, wenn das Landheim gebrannt hätte. Wer weiß, ob die Bewohner rechtzeitig wach geworden wären.

Andreas, sonst eher ein abgeklärtes Naturell, hatte Mühe, sich wieder zu beruhigen. Schließlich war das Osterfeuer seine Idee gewesen.

»Aber es ist richtig, dass es keinen Personenschaden gegeben hat?«, erkundigte er sich ängstlich.

»Nein, soweit ich Olaf Knispel verstanden habe.«

Julia meldete sich zaghaft zu Wort. »Äh, ich will ja nichts sagen, aber kann es sein, dass du eben am Handy kein Wort über den Einbruch verloren hast?«, fragte sie vorsichtig. Im Moment musste man die Erwachsenen als »leicht entzündbar« einordnen. Da entschied sich Julia zunächst einmal grundsätzlich für einen gedämpften Ton. Das ist bestimmt die Midlife-Crisis, überlegte sie. Welche sich zeitgleich zur Pubertät der Kinder einstellte, zum Nachteil der familiären Harmonie, die immer mal wieder von leidenschaftlichen Dialogen, tagelangem Gemaule und knallenden Türen überlagert wurde. Kaum ein Satz, der dann nicht mit mindestens einem Ausrufezeichen endete.

Franziska exponierte sich allerdings nicht. Sie meinte nur, bei dem aufgedrehten Kriminalkommissar habe dazu keine Gelegenheit bestanden.

»Ich gehe jetzt zur Nachbarin – ich bin sicher, dass wir dort Hilfe erwarten dürfen.«

So trafen schließlich doch noch einige zuständige amtliche Kräfte ein, um diesen Einbruch aufzunehmen.

»Das ist schon der 37., der in dieses Muster passt«, erklärte ein vorzeitig gealtert scheinender, übermüdet wirkender Kommissar, steckte sich eine Zigarette in den Mund, sah Franziskas Blick und steckte das Räucherstäbchen wieder ein.

»Machen Sie nur Statistik, oder lösen Sie die Fälle auch?«, grantelte Andreas.

Da ist sie wieder, diese Midlife-Crisis, dachte Julia. Und offenbar sind beide davon betroffen.

Kapitel 36

Zu diesem Zeitpunkt hatten Konstanze Kannengießer und Olaf Knispel bereits einen ähnlich anstrengenden Dialog hinter sich. Frau Flottbeck hatte aufgrund der Anzeige ihrer Nachbarin eine Vorladung zur Dienststelle erhalten. Die beiden Beamten hätten wetten mögen, dass die fraglos mit einem eigensinnigen Dickkopf ausgestattete Kleingärtnerin der Ladung nicht folgen würde.

Aber Frau Flottbeck war pünktlich erschienen und hatte ihrem Auftritt sogar garderobetechnisch Rechnung getragen. Es war zweifelsfrei erkennbar, dass ihr Ausflug dem Besuch einer behördlichen Einrichtung und nicht eines Kartoffelackers diente.

Sie bekam von Olaf Knispel einen Stuhl angeboten, während Konstanze mit dem Aufnahmegerät hantierte. Das nachfolgende Frage- und Antwortspiel brachte keine neuen Erkenntnisse. Sie blieb bei ihren Einlassungen sachlich und kompensierte die dafür notwendige Kraftanstrengung mit einer gehörigen Portion Bitterkeit. Zusammengefasst notierte Olaf folgende Lage im Protokoll:

Frau Flottbeck erhebt Anspruch auf die erwähnte fehlende Münzsammlung, die sich zurzeit im Besitz der Witwe Rübsam befindet. Sie leitet diesen Anspruch daraus ab, die Münzsammlung als erste Ehefrau des verstorbenen Herrn Rübsam in die Ehe mit eingebracht zu haben. Diese habe als Zugewinngemeinschaft funktioniert. Der mit der Anzeige von Witwe Rübsam postulierte Vorwurf, Frau Flottbeck habe sich widerrechtlich in den Besitz der Münzsammlung gebracht, entbehre jeder Grundlage und wird zurückgewiesen. Die beschuldigte Frau Flottbeck fühlt sich insoweit verleumdet und kündigt nach Rücksprache mit ihrem Rechtsbeistand die Beschreitung des Rechtsweges an.

»Zum Abschluss noch eine Frage: Zur weiteren Aufklärung des Vorwurfs der Unterschlagung würde ich gern eine Haussuchung bei Ihnen durchführen. Wären Sie damit einverstanden, oder benötigen wir einen Durchsuchungsbeschluss?«

»Kein Problem – Sie können gleich mitkommen«, kam die prompte Antwort.

Darauf war sie vorbereitet, dachte Konstanze. Die Nummer können wir uns schenken.

Sie sollte Recht behalten, die Durchsuchung ergab nichts.

»Wo wir schon dabei sind, sollten wir bei Frau Rübsam das gleiche Programm abarbeiten«, befand Konstanze, nachdem sie die Wohnräume der Frau Flottbeck ergebnislos durchkämmt hatten.

»Dank der Gegenanzeige von Frau Flottbeck hätten wir dafür einen ausreichenden Ansatzpunkt. Man darf gespannt sein, ob sie uns ebenfalls freiwillig einlässt.«

Kapitel 37

»Hat noch jemand Appetit auf den Besuch beim Griechen?«, fragte Andreas. Die Polizei einschließlich deren Kollegen der Spurensicherung hatte ihre Arbeit getan, und Andreas versuchte, ein Programm für den Rest des Tages zu entwickeln. Er schaute wütend auf die zahlreichen Spuren der Verwüstung.

»Das Muster ist immer gleich«, hatte einer der Beamten erklärt. »Es muss schnell gehen, es geht ausschließlich um Geld und Schmuck, und die Suche nach der Beute gestaltet sich nach Handlungsmustern, die nicht gerade kultivierten Standards unterworfen sind.«

Franziska hatte einen Vorschlag. »Wir verschieben den Griechen auf morgen. Jetzt räumen wir auf, und dann müssen wir zu Rudi ins Landheim. Der kann sicher auch jede Form von Zuspruch gebrauchen. Und mit Hermann möchte ich auch noch sprechen. Irgendwann zwischendurch kann Rudi uns vielleicht mit Bratkartoffeln und Spiegeleiern versorgen.«

Dann sorgte Julia für eine unerwartete Wendung.

»Ihr habt offenbar noch ein volles Programm vor euch. Hier ist mein Vorschlag: Johannes, Paul und ich räumen hier auf und lassen uns danach jeder eine Pizza kommen. Und ihr geht jetzt ins Landheim. Ist das okay für euch?«

Andreas stand mit offenem Mund da, und Franziska glaubte an einen Hörfehler. Also werden sie doch irgendwann erwachsen, dachte er. Laut stellte er fest, dass Julia soeben eine der besten Ideen der letzten 17 Jahre produziert habe. Franziska meinte, dass sie sich dem Vorredner anschließe.

Julias Bruder Johannes vermochte die Begeisterung nicht vollinhaltlich zu teilen. Aber er hatte noch Zeit bis zum Erwachsenwerden – er war erst 15 Jahre alt.

20 Minuten später verschafften sich Andreas und Franziska in ihrer Eigenschaft als Erster und Zweiter Vorsitzender ein Bild von der Situation am Landheim.

Rudi gab den beiden einen kurzen Überblick zu den Geschehnissen.

»Da ist nicht viel zu erzählen«, krächzte er. »Den ganzen Tag hat sich draußen der Orkan aufgebaut. In der Gaststube ist wenig los gewesen. Irgendwann ist sogar Hermann mit seinem Dackel nach Hause gegangen. Friedo Bohnekamp ist danach der einzige Thekengast gewesen. Er strandete hier regelrecht. Ich habe erst spät gemerkt, dass er schon einiges intus gehabt haben muss. Muss wohl Ärger mit seiner Elsbeth gehabt haben. Er schimpfte abwechselnd auf ›Betty‹ und dann wieder auf alle Frauen dieser Erde. ›Kennste eine, kennste alle‹, hat er immer wieder gelallt. Dann wollte er mit dem Rad nach Hause. Ich hab es ihm weggenommen und dann beide – das Rad und ihn selbst – zu seiner Parzelle geschoben. Ich hab noch gesehen, wie er es sich in seiner Laube gemütlich machte, und hoffte, dass er dort keinen Alkohol gehabt hat.«

»Und dann bist du zurück zum Landheim?«

»Ja. Oder glaubt ihr, ich hätte noch eine Runde über die Osterwiese gedreht? Der Sturm war nämlich so heftig, dass man schon nachmittags einige Karussells außer Betrieb genommen hat.«

»Hoffentlich ist Friedo nicht doch noch auf sein Rad gestiegen«, gab Andreas zu bedenken.

»Nein, keine Sorge, nicht in seinem Zustand! Der wäre in der nächsten Hecke gelandet.«

»Oder in einen Graben gefallen«, überlegte Andreas ernst.

»Er muss immer vom Schlimmsten ausgehen, richtig?«, stöhnte Rudi und zeigte auf den Ersten Vorsitzenden. »Aber zurück zu gestern Abend. Kurz nach Mitternacht wollte ich endlich schlafen. Ich lag schon im Bett, neben mir schnarchte

Maria, und dann hörte ich es knacken. Und ich sage euch, das waren nicht meine Bandscheiben. Ich also raus aus dem Bett, hin zum Fenster, und da sah ich, wie der Osterfeuer-Stapel in Flammen stand. Der ist knochentrocken gewesen und hatte sich auf eine Höhe von drei Metern, vielleicht sogar mehr, aufgetürmt. Zweige, Äste, Baumkronen, Stämme.«

»Und dann hast du die 112 benachrichtigt?«

»Ja, es war furchtbar, zumal die Windrichtung fatal war.« Rudi schluckte und musste sich räuspern. »Die Flammen bewegten sich auf uns zu, und wenn die Feuerwehr nicht so schnell dagewesen wäre …«

»… und wenn du nicht so schnell aus dem Bett gekommen wärst?«

»Jedenfalls wäre ich ja nie wieder froh geworden, wenn etwas passiert wäre.«

In der Ecke saß Hermann, der sich in diesem Moment entfernen wollte.

»Oh, Hermann, bleib doch noch und leiste uns beim Essen Gesellschaft«. Franziska machte Rudi ein Zeichen. »Machst du uns Bratkartoffeln mit je zwei Spiegeleiern?«

»Nein«, kam Rudis völlig unerwartete Antwort. Er schaute auf seine Armbanduhr. »Ihr müsst gleich den Rückzug antreten, weil in einer halben Stunde Herr Feinripp kommt.«

»Herr Feinripp?«, fragten Andreas und Franziska gleichzeitig.

»Ja, Theobald Feinripp, das ist der Leiter dieser Verkaufsveranstaltungen. Rheumadecken, Topfgarnituren, der ganze Trödel, ihr wisst schon. Ich hatte ja erzählt, dass die Kripo noch mehr Material haben will. Aber heute«, Rudi senkte die Stimme zu einem konspirativen Raunen, »heute kommt es zum Zugriff.«

»Dann gehen wir in das Hinterzimmer«, schlug Andreas vor.

Rudi schüttelte den Kopf. »Da sitzt schon die Kripo, acht Personen. Aber in der Küche kann ich noch Platz für vier

Leute schaffen, aber rasch, ihr müsst aus dem Blickfeld! Und nehmt Hermann gleich mit. Noch'n Bier, Hermann? Okay – ich bring's dir in die Küche. Und wenn ihr wegwollt, geht einfach hinten raus, nicht durch die Gaststube!«

Der Gastwirt führte sich auf, als würde gleich ein heftiger Schusswechsel einsetzen, aber soweit war es noch nicht.

Während in der Gaststube schon bald darauf gutgelauntes Stimmengewirr vom Eintreffen der Gäste zeugte, verlief die Unterhaltung in der Küche leise und zudem wortkarg.

»Hermann, was ist los mit dir?«, startete Franziska schließlich einen Frontalangriff. »Seitdem Andreas die Idee vom Osterfeuer verkündet hat, bist du nicht mehr der Alte! Sprich mit uns. Gibt es irgendetwas, das wir wissen müssten? Du bist des Vereins ältester Kleingärtner, du weißt mehr als alle anderen!«

Hermann druckste herum, blieb aber letztendlich stumm. Dackel Friedhelm gähnte ausführlich, kratzte sich am Hals und schüttelte sich.

Jetzt griff der Pädagoge Andreas ein. »Hermann, dich bedrückt doch was. Und ich denke, wir sind so vertraut miteinander, dass du mit uns über alles reden kannst!«

Hermann schien nachzudenken.

Andreas drängte. »Raus damit, Hermann. Du warst von Anfang an gegen das Osterfeuer. Sag ganz ehrlich: Hast du das Feuer in der letzten Nacht angezündet?«

Durch Hermann ging ein Ruck. Er bekam für einen Moment einen starren Blick, trank dann sein Bier mit einem Zug aus und verließ die Küche grußlos über den Hintereingang.

»Was war das jetzt?«, fragte Andreas stirnrunzelnd.

»Auf jeden Fall keine Sternstunde für sensible Seelen«, meinte Franziska. »Aber du hättest ihn beliebig angehen können – der wollte nichts sagen. Es sah so aus, als wenn er schon seit Jahren etwas mit sich herumträgt …«

»… etwas, das er gut begraben hatte und das jetzt wieder zum Vorschein kommt!«

In diesem Moment ging die rückwärtige Küchentür auf. Und Isabel Graf, die junge Volontärin, trat ein.

»Der Herr da draußen, der …«

»… Herr Schilling.«

»Genau, der Herr Schilling hat mir empfohlen, die Gaststätte heute zur Abwechslung durch den Lieferanteneingang zu betreten. Was hat das zu bedeuten?«

»Oh«, meinte Franziska lächelnd, »da ist geschlossene Gesellschaft. Rentnerbespaßung zum Sonderpreis.« Sie zeigte auf die Gaststube.

»Den akustischen Signalen nach zu schließen, ist die Stimmung gut«, stellte Isabel fest. »Die Senioren scheinen sich bestens zu unterhalten.«

»Naja, wenn der Moderator Theobald Feinripp heißt, muss die Veranstaltung ja lustig werden«, kommentierte Andreas. »Die Leute sind einfach froh, noch mal vor die Tür zu kommen, ein bisschen Gesellschaft zu haben, ein bisschen einkaufen …«

»… und das zum doppelten bis dreifachen handelsüblichen Preis!«

Isabel zuckte mit den Achseln. »Man muss ja nicht kaufen …«

»Doch«, widersprach Franziska, »sonst wird man nämlich nicht wieder nach Hause gebracht. Und der Heimatort der mitreisenden Damen und Herren ist in der Regel zwei bis drei Bus-Stunden entfernt.«

»Das ist ja eine riesige Sauerei«, empörte sich Isabel.

»Darum geht es dem Veranstalter heute auch an den Kragen.«

»Fein – dann wird es ja noch lebhaft. Aber was war denn eben mit dem Herrn Schilling los? Der stand ja regelrecht neben sich«, wollte Isabel wissen.

»Wir hatten versucht, ein familiäres Gespräch mit ihm zu führen«, seufzte Franziska, »haben aber im Nebel gestochert und ihn schließlich an einer falschen Stelle getroffen.«

»Genauer gesagt, ich hab's verbockt«, bedauerte Andreas. »Ich hatte vor kurzem die Eingebung, die neue Saison wie in früheren Jahren mit einem Osterfeuer zu eröffnen. Keine neue Idee, eher eine gern gepflegte Tradition. Aber vor 25 Jahren war plötzlich Schluss mit lustig. Und Hermann Schilling ist im Verein der einzige Zeitzeuge und könnte von damals berichten. Warum hat es jahrelang funktioniert, und warum gab es plötzlich einen Schlussstrich? Alle anderen Mitglieder sind meines Wissens später eingetreten. Aber Hermann redet nicht.« Der Erste Vorsitzende stutzte. Franziska sah ihn fragend an.

»Es gibt noch jemanden. Vorausgesetzt, ich rechne richtig«, überlegte Andreas. »Einer unserer Dauerwettbewerber dürfte damals schon dabeigewesen sein.«

»Friedo Bohnekamp!«, stellte Franziska fest. »Da könntest du Recht haben, das kommt hin. Aber seine Frau kam später – die sind erst um die 20 Jahre lang verheiratet. Aber noch mehr Mitglieder aus dieser Zeit gibt es definitiv nicht. Wir haben in der jüngeren Vergangenheit einen starken Generationswechsel gehabt.«

Franziska hatte eine Eingebung. Sie wandte sich an die Volontärin. »Vielleicht können Sie uns helfen. Wie schon gesagt, es geht im Kern um ein traditionelles Osterfeuer, das vor 25 Jahren plötzlich eingestellt wurde. In den Vorstandsprotokollen ist darüber nichts zu finden – allerdings ist auch eine Seite entfernt worden. Sie arbeiten doch bei der hiesigen Presse – könnten Sie dort bei Gelegenheit ins Archiv steigen und für uns recherchieren? Es geht mir darum, ob beim letzten Osterfeuer irgendetwas vorgefallen ist. Ich schreib es Ihnen mal kurz auf.«

Isabel Graf nahm den Zettel entgegen. »Wie schnell benötigen Sie die Info?!«

»Bis gestern.«

»Autsch. Also gut, ich versuche mein Bestes«, versprach Isabel. »Im Gegenzug möchte ich etwas über den Einbruch hören, der bei Ihnen stattgefunden hat. Ich darf an der Theorieachse ›Einbruch‹ arbeiten, weil Oberkommissarin Kannengießer zum Mord an Herrn Rübsam eine andere Auffassung hat. Und deswegen stehe ich mit den Kollegen des Einbruchsdezernats in Verbindung. Die haben mir die Info über den Einbruch bei Ihnen gegeben. Mögen Sie mir kurz erzählen, was passiert ist?«

Franziska brachte es kompakt auf den Punkt. »Wir waren drei Tage unterwegs, kommen heute wieder und finden unsere Wohnung verwüstet vor. Es fehlt der wenige Schmuck, den ich habe – überwiegend Familienerbstücke. Das sind natürlich auch ideelle Werte. Dazu 250 Euro, die wir stets als eiserne Reserve im Hause haben.«

Isabel notierte sich alles sehr aufmerksam.

»Gibt es denn einen Ansatz? Irgendeine Idee?«, erkundigte sich Andreas.

»Nichts, was ich ernsthaft vortragen könnte. Das Einzige, was mir Mut gibt, ist die Tatsache, dass Kriminalrat Strelitz ebenfalls die Auffassung vertritt, wonach der Mord an Herrn Rübsam kein geplantes Tötungsdelikt gewesen ist, sondern ein eskalierter Einbruch.«

»Aber wenn ich bei Ihnen ein wenig zwischen den Zeilen horche, haben Sie zumindest eine Ahnung, eine Vermutung oder eine Vorstellung zu den Hintergründen der Einbrüche und des Mordes?«

Isabel druckste. »Wenn ich ehrlich sein soll – mehr als das. Aber es ist so abstrus und noch nicht zu Ende gedacht, dass ich es für mich behalten werde – einstweilen.«

»Oje«, meinte Franziska, »dann aber bitte irgendwo notieren und hinterlegen, weil in Filmen und Romanen gerade Personen mit einer frühzeitigen Ahnung hochgradig gefährdet sind!«

Andreas warf ihr einen vorwurfsvollen Blick zu. »Franziska«, monierte er mit gespielter Entrüstung, »ich muss doch sehr bitten! Du verunsicherst gerade eine in Ausbildung befindliche junge Frau. Heute Abend mag sie nicht allein ins Bett gehen.«

Isabel wollte gerade abwiegeln, als es in der Gaststube laut wurde.

»Das ist doch Betrug!«, hörte man eine weibliche Stimme, und ein tragender Bass ergänzte: »Beschiss! Megamäßiger Beschiss!«

Die drei Personen in der Küche sprangen auf. »Es geht los!«

Allgemeines Stimmengewirr, Aufregung. Ein Stuhl schien umzufallen. Herr Feinripp holte zu einigen sehr intensiven Sätzen der Rechtfertigung aus.

Er wurde gleich durch zwei Personen unterbrochen.

»Kann mir irgendjemand sagen, wo sich Friedo aufhält?«, fragte eine ältere Dame, die gerade die Gaststube betrat.

»Zugriff!«, donnerte in diesem Moment ein befehlsgewohnter jüngerer Vertreter der männlichen Spezies.

Kapitel 38

Als das Küchen-Trio in die Gaststube vorstieß, boten sich dem neutralen Besucher zahlreiche neue Eindrücke, deren Wahrnehmung und Verarbeitung einige Momente der Ruhe bedurften.

Die gesamte Gesellschaft war aufgesprungen und stand nun unentschlossen hinter den Stühlen.

Rudi war gerade im Begriff gewesen, mit einem Tablett voll Biergläsern den Durst seiner Gäste zu bekämpfen. Er hatte allerdings im Wege gestanden und saß nun in einer großen Bierpfütze am Boden. Vier Beamte hatten Herrn Feinripp zu Boden gerungen und überwältigt. Ein ganz junger Beamter war offenbar etwas zu langsam gestartet und saß jetzt auf Elsbeth Bohnekamp.

Er wirkte dort etwas deplatziert, suchte unentschlossen den Blickkontakt mit dem Einsatzleiter und half der wackeren Kleingärtnerin schließlich wieder auf die Füße.

Die suchte erst einmal Zuflucht bei Andreas, der seinerseits damit beschäftigt war, Rudi Klingebiel aufzurichten.

»Ich glaube, wir werden im Moment nicht gebraucht«, stellte Rudi stolz fest. Er empfand angesichts des rustikalen Ablaufs der Aktion, für die er mit seiner Gaststube die Kulisse geboten hatte, große Genugtuung.

»Das trifft endlich mal den Richtigen«, freute er sich, als zwei stämmige Uniformierte den Leiter der Verkaufsveranstaltung nach draußen zerrten. »Feinripp! Das ist doch ein Tarnname!«, war Rudi überzeugt.

Der Einsatzleiter, der zu ihm kam, um sich für sein Mitwirken zu bedanken, bestätigte den Verdacht des Gastwirtes. »Tatsächlich heißt der Mann Lothar Schlackenriede, hat ein umfangreiches Vorstrafenregister und dürfte jetzt einige Zeit in geschlossenen Räumen verbringen.«

In diesem Moment erschienen drei neue Gäste, sehr eng von den Einsatzkräften begleitet.

»Was wird das denn?«, fragte Andreas verblüfft.

Bei den drei Herren handelte es sich um die Neu-Kleingärtner Weber, Matuschek und Przyblynski.

»Die drei behaupten, Pachtverträge für ihre Kleingärten abschließen zu wollen. Ich halte sie für die Hintermänner dieses Betrugsunternehmens«, machte einer der uniformierten Akteure beim Einsatzleiter Meldung.

Bevor die Situation entgleiste, entschärfte Andreas die Situation. »Tut mir leid, aber die drei gehören tatsächlich zu uns. Sie kennen sich nur noch nicht mit den Sprechzeiten des Vorstandes aus.«

Jetzt meldete sich Elsbeth Bohnekamp zu Wort: »Schön, dass sich alle so gut unterhalten, aber kann ich auch mal was sagen? Ich suche meinen Mann!«

»Da kann ich weiterhelfen«, verkündete Rudi vergnügt. »Friedo hatte gestern Abend ein bisschen zu viel über den Durst getrunken. Jedenfalls war er nicht mehr fahrtüchtig. Deshalb habe ich ihn von seinem Rad getrennt und zu seiner Laube eskortiert. Mehr ging nicht, Elsbeth. Ein Taxi hätte ihn nicht mitgenommen. Hattet ihr Zoff?«

Elsbeth wirkte bei weitem nicht so aufgekratzt wie der Gastwirt. »Ich werde ihn mal einsammeln gehen«, beschloss sie in einem Ton, der für Friedo nichts Gutes ahnen ließ.

Franziska schaltete als Erste. »Wir kommen mit, Elsbeth«.

»Wartet eben auf mich, ich bediene kurz unsere drei neuen Mitglieder mittels Unterschrift, danach bin ich bei euch«, meinte Andreas.

»Ja, und ich hab auch noch zu tun«, verabschiedete sich die Volontärin Isabel. »Vielen Dank für das Gespräch und den kurzweiligen Nachmittag!«

Kapitel 39

Franziska, Andreas und Elsbeth Bohnekamp sahen es schon von weitem. Dann vor der Hecke des Kleingartens stehend, gewann das sich ihnen bietende Bild an Dramatik: Der mächtige Birnbaum hatte den Orkan nicht überstanden. An der Kante der Terrasse verwurzelt, hatte er seine seit Jahrzehnten behauptete Standfestigkeit verloren, war auf die Gartenlaube gestürzt und im Spitzdach eingeschlagen – mit der furchtbaren Wucht, die freigesetzt wird, wenn ein solcher Baumriese erst einmal ins Trudeln kommt.

»Bleib hier, Elsbeth, ich guck mir das aus der Nähe an.« Andreas schob Elsbeth in die Arme von Franziska, die sofort mit einem Klammergriff reagierte.

Doch Elsbeth war nicht zu stoppen.

»Friedo!«, rief sie ein ums andere Mal, und allen dreien war ein beklemmender Umstand nicht entgangen: Sein Fahrrad lehnte an der Gartenlaube. Er musste noch im Haus sein.

Andreas schüttelte den Kopf. »Das sieht böse aus, ganz böse«, raunte er Franziska zu. Die versuchte inzwischen vergeblich, Elsbeth am Eindringen in die Trümmer der Gartenlaube zu hindern.

Ein Blick genügte, um zu erkennen, dass Friedo nicht im Hauptraum, sondern im Spitzboden geschlafen haben musste – es sei denn, dass er sich entschlossen hatte, doch noch zu Fuß aufzubrechen. Rudis Schilderung zufolge war das aber unwahrscheinlich – bestenfalls würde er dabei in irgendeinen Graben gestürzt sein – mit ungewissem Ausgang. Die Karten waren für Friedo Bohnekamp schlecht gemischt gewesen. Franziska hatte ihr inzwischen wieder aufgeladenes Handy für ein 112-Gespräch aktiviert.

»Ein vom Orkan umgewehter Birnbaum im Parzellengebiet?«, fragte der Feuerwehrmann gedehnt. »Was, glauben Sie, haben wir nach dem Orkan für Prioritäten? Oder, anders herum gefragt, welche Prioritätsstufe besitzt an einem Tag wie heute ein umgestürzter Birnbaum in einem Kleingartengebiet?«

»Und wenn ein Mensch darunter liegt?«

Der Beamte in der Notrufzentrale war für drei Sekunden still. Dann fragte er: »Bickbeerweg, sagten Sie?«

»Ja.«

»Wir kommen!«

Bis zum Eintreffen des Bergungstrupps waren Andreas und Franziska damit beschäftigt, Elsbeth ruhigzuhalten und ihr Eindringen in das Gartenhäuschen zu verhindern. Der Schaden an der Bausubstanz war im Wohnbereich der Laube noch verkraftbar. Im Bereich des Spitzdachs war jedoch kaum ein Quadratmeter unbeschädigt geblieben. Und dort, wo der Baumstamm eingeschlagen hatte, war das Dach regelrecht pulverisiert worden. Wer oder was immer sich dort befunden hatte, war mit Sicherheit zerstört.

Die Feuerwehr arbeitete sich mit größter Vorsicht an die Einschlagstelle vor. Das Dach wurde in kleinen Teilen abgetragen. Dann kam der Moment, der Gewissheit brachte: Einer der Feuerwehrleute hatte sich so weit vorgearbeitet, dass er einen Einblick auf das Innere des Spitzbodens erhielt.

Was er dort fand, machte eine längere Untersuchung überflüssig. Er verließ die Leiter und machte Platz für den Notarzt. Bange Blicke von Elsbeth, Franziska und Andreas folgten dem Mediziner auf seinem Weg nach oben.

Dort angekommen, verschaffte er sich einen Eindruck und kam ebenfalls rasch wieder heruntergeklettert. Er begab sich zu den drei Wartenden.

»Es tut mir leid. Aber da gibt es ist nichts mehr, was wir für ihn tun könnten. Der Mann war sofort tot!«

Mit ernster Stimme bat er Elsbeth, die Bekleidung ihres Mannes vom gestrigen Abend zu beschreiben. Elsbeth nannte mit zitternder Stimme dunkelblaue Jeans, ein paar schwarze Schuhe und eine auffällig rot-gelb karierte Jacke.

Der Notarzt nickte. »Der Mann da oben trägt eine solche Jacke«, nickte er. »Mein Beileid.«

Elsbeth wollte die Leiter hinauf und sich Gewissheit verschaffen. Der Notarzt hinderte sie daran. »Bleiben Sie bitte hier unten«, ordnete er mit fester Stimme an. »Den Anblick sollten Sie sich unbedingt ersparen!«

»Aber vielleicht lebt er noch«, beharrte Elsbeth Bohnekamp eigensinnig. »Sie haben ja nur kurz geschaut.«

Andreas nahm sie bei den Schultern und führte sie behutsam, aber bestimmt von der Gartenlaube fort.

»Tja, da hat der Orkan ganze Arbeit geleistet«, erklärte der Notarzt mit leiser Stimme der neben ihm stehenden Franziska. »Der Mann ist von dem Stamm voll getroffen worden, und einige stabile Äste haben ihm ebenfalls heftig zugesetzt. Die Ehefrau sollte das auf keinen Fall sehen!«

Franziska schaute sich die zertrümmerte Laube und den umgestürzten Baum nachdenklich an und sagte dann: »Nein.«

Der Notarzt runzelte die Stirn. »Was heißt ›nein‹? Glauben Sie etwa auch, dass der Mann noch leben könnte?«

»Nein, da ist Ihr Befund zweifellos zutreffend«, beruhigte sie den Notarzt.

»Aber?«, fragte er.

»Aber es war nicht der Orkan. Wir benötigen vielmehr die Beamten der Kripo.«

Der Notarzt stutze, schaute und sagte dann einigermaßen konsterniert: »Sie haben Recht. Ich sehe jetzt, was Sie meinen. Der Baum ist nicht entwurzelt.«

»Nein, ist er nicht, sondern abgesägt worden.«

Eine halbe Stunde später waren auch Oberkommissarin Kannengießer und Kommissar Knispel vor Ort.

»Es ist doch erstaunlich, dass das Auge erst einmal das sieht, was es sehen will«, stellte Franziska fest. »In unserer Vorstellung konnte ein umgestürzter Baum nach dem Orkan der gestrigen Nacht gar nicht anders zu Fall gekommen sein als durch Entwurzelung. Außerdem ging der Blick immer in Richtung Baumkrone, weil sich die Dramatik am oberen Ende des Baumes abgespielt hatte, und nicht am unteren Ende. Es war eher ein Zufall, dass ich zum Schluss noch einen Gesamtblick für die Szenerie hatte – etwa wie ein Maler, der nach dem letzten Pinselstrich einen Schritt zurücktritt, um sein Werk zu betrachten«, erklärte Franziska.

Andreas war mir Elsbeth Bohnekamp zurück zu dem ebenfalls schockierten Rudi Klingebiel. Dieser hatte seine eigene Betroffenheit zurückgestellt und leistete Andreas mit seiner volkstümlichen, bodenständigen Art wertvolle Unterstützung.

Olaf Knispel fühlte sich derweil am Tatort veranlasst, an seinem professionellen Profil zu arbeiten und eine eigene Theorie aufzubauen. Zu diesem Zweck suchte er zunächst nach einer Schwachstelle in den bisherigen Erkenntnissen.

»Es ist eigentlich kaum vorstellbar, dass hier in der friedlichen Abgeschiedenheit des Kleingartenvereins jemand mit einer kapitalen Motorsäge einen Baumriesen wie diese Birne erlegt und dabei auch noch gezielt einen Anschlag auf das Leben eines unbescholtenen Kleingärtners verübt.«

Konstanze widersprach sofort: »Das sehe ich anders, Olaf. Sicher ist der Tatort als abgeschieden und friedlich einzuordnen. Aber wir müssen die Begleitumstände der gestrigen Nacht berücksichtigen. Und die sind sicher ungewöhnlich: ein Orkan, ein stark alkoholisierter Kleingärtner und eine Jahreszeit, während der das Kleingartengebiet nachts ohnehin leer steht. Das alles sind in der Summe Voraussetzungen, die es ermöglichen, jemanden mit Motorsäge und Birnbaum umzubringen, ohne dass irgendjemand etwas bemerkt – auch wenn das Sägen eine Stunde und länger dauert. So abwegig sich das anhört, Olaf, es funktioniert. Und ich glaube, dass der Rübsam- und Bohnekamp-Mord zusammenhängen, und jetzt suchen wir Verdächtige, die ein Motiv und eine Gelegenheit hatten, die Morde zu begehen.« Sie schaute auf Franziska und erwartete Zuspruch. »Wie siehst du das?«, fragte sie aufmunternd.

Franziskas Antwort kam schnell und trocken. »Haltet euch verschiedene Denkmodelle offen. Es ist noch zu früh, jetzt schon Setzungen vorzunehmen. Der Mord an Rübsam kann geplant gewesen sein, aber er kann auch aus einem Einbruch heraus geschehen sein. Das Gleiche gilt für Friedo Bohnekamp.«

»Wieso glaubt keiner an einen geplanten Mord an Erwin Rübsam?«, fragte Konstanze verzweifelt zurück. »Für mich ist das eigentlich die naheliegendste Lösung!«

»Ganz einfach«, erklärte Franziska. »Wer irgendwo eindringt, um einen Mord zu begehen, der führt eine Waffe mit sich und setzt sie auch ein. Umkehrschluss: Der Täter oder die Täterin wird nicht denken: ›Ich gehe jetzt mal den Rübsam umbringen, und vielleicht hat er einen Kamin, und vielleicht gibt es dort auch einen Schürhaken, und vielleicht dreht der Rübsam sich so günstig, dass ich ihm mit dem Kamingerät den Schädel einschlage.‹ Nein, ich glaub nicht daran.«

Konstanze wirkte verunsichert. »Und dieser Mord?« Sie zeigte auf Bohnekamps Laube.

»Auch da wäre ich vorsichtig. Wer sagt denn, dass es im Kalkül des Täters lag, Friedo Bohnekamp umzubringen? Niemand konnte wissen, dass Friedo hier übernachten würde. Der Einzige, der es genau gewusst hat, war unser Gastwirt, Rudi Klingebiel.«

Olaf wurde hellwach. »Mein Schwiegervater ist kein Mörder!«

»Eben«, setzte Franziska ihre Gedanken fort. »Ich denke, hier wollte man das Ehepaar Bohnekamp ärgern. Die Baumfällaktion galt der Gartenlaube, nicht dem Hausherrn. Das Motiv ist naheliegend – ich meine den Wettbewerb –, aber eigentlich schon wieder zu offensichtlich. Außerdem kann ich mir zum Beispiel nicht vorstellen, dass Karlchen Flottbeck nachts mit einer Motorsäge unter dem Arm durch die Gärten tingelt. Vielleicht müsst ihr bei der Motivsuche völlig neu ansetzen.«

Die Kripobeamtin bekam das Gefühl, dass man ihr zunehmend den Teppich unter den Füßen wegzog. »Ich muss dringend Kontakt mit dem Kriminalrat herstellen«, murmelte sie. »Er muss die neuesten Entwicklungen hören.«

»Dann vergiss nicht, das vorzeitige Abbrennen des Osterfeuers zu erwähnen. Das muss nämlich auch noch in das Gesamtbild gesetzt werden. Glaub ich zumindest …«, ließ Franziska ihre Denkhilfe für die Freunde des Morddezernats ausklingen.

Kapitel 40

Der weitere Verlauf des Tages lief einigermaßen unstrukturiert ab. Konstanze und Olaf verblieben zunächst mit den Kollegen der Spurensicherung am Tatort und hofften auf Erkenntnisse, die sich bei der weiteren Ermittlungstätigkeit als hilfreich erweisen konnten. Die Spurensicherung wiederum gingen ihrer Arbeit nicht mit letzter Begeisterung nach – immerhin war Karfreitag.

Die sterblichen Überreste des armen Friedo Bohnekamp wurden abtransportiert. Eine Motorsäge konnte nicht entdeckt werden. »Die Tatwaffe bleibt zunächst verschwunden«, informierte einer der Kriminaltechniker.

»Wieso?«, widersprach Olaf. »Der Baum liegt doch für alle sichtbar hier!«

»Den Baum haben wir eigentlich nicht als Tatwaffe verkartet. Ich hatte mehr an die Motorsäge gedacht«, erläuterte der leicht irritierte Kollege und schüttelte mit dem Kopf. Meinte der Knispel das wirklich ernst?

Konstanze ging dazwischen. »Kollege Knispel kompensiert die Belastungen des Berufsalltags gern mit einem etwas speziellen Humor. Das Auffinden von Todesopfern verarbeitet jeder von uns letztendlich unterschiedlich. Oder?« Sie tippte einige Zahlen in ihr Handy. »Ich krieg den Kriminalrat nicht zu fassen«, raunte sie. »Nichts, nicht mal der AB oder irgendeine Warteschleife!«

»Wir müssen noch etwas nachholen, Konstanze. Wir haben eine Sache nicht zu Ende gedacht.«

»Nämlich?«

»Unsere Haussuchung, die wir bei Frau Rübsam und Frau Flottbeck mit deren Einverständnis durchgeführt haben …«

»Ja?« Konstanze wurde ungeduldig. Olaf Knispel hatte sich in den letzten Monaten außerordentlich bewährt, aber an manchen Tagen konnte er ziemlich anstrengend sein. Heute war ein solcher Tag.

»Wir hätten die Kleingärten der beiden Damen mit einbeziehen sollen.«

Konstanze Kannengießer sehnte sich mehr denn je nach Karl-Eberhard Strelitz. Olafs Hinweis war völlig zutreffend gewesen. *Darauf hätte ich als Leiterin der Ermittlung auch selbst kommen können,* schalt sie sich insgeheim.

In diesem Moment erschienen wie aufs Stichwort die beiden Parzellennachbarinnen. Der Bohnekampsche Kleingarten lag in der Mitte der Wettbewerbstroika. Die beiden Damen näherten sich und blieben, als sie den umgestürzten Baum und die zertrümmerte Laube ihres Nachbarn sahen, sichtlich erschrocken stehen. Konstanze empfing die beiden mit einem munteren: »Gerade haben wir von Ihnen gesprochen!«

»Was ist denn hier passiert«, wollte Frau Rübsam mit heiserer Stimme wissen und zeigte auf das Unglücks-Szenario. »War der Orkan so stark, dass die Bohnekamps jetzt kein Gartenhäuschen mehr haben?«

»Das ist noch das Geringste«, gab Konstanze zurück und beobachtete die beiden Damen genau. »Frau Bohnekamp hat auch keinen Mann mehr.«

Nach dieser Antwort herrschte absolute Stille.

Dann wurden die beiden lebhaft. Man zeigte sich schockiert, ließ Anteilnahme durchblicken, und vor allem begehrte man Einzelheiten zu erfahren – einschließlich des derzeitigen Aufenthaltsortes von Elsbeth Bohnekamp.

Konstanze schaltete blitzschnell. »Ich möchte Ihnen einen Handel vorschlagen. Wir durchsuchen jetzt Ihre Parzellenhäuschen, sozusagen in Fortsetzung der großen Aktion bei Ihnen zu Hause, und im Anschluss sage ich Ihnen, wo Sie Frau Bohnekamp finden. Ist das okay für Sie?«

Der Vorschlag erwies sich als realisierbar. Während die Durchsuchung der Gartenlauben ablief, bedrängten Frau

Rübsam und Frau Flottbeck die beiden Beamten mit allen erdenklichen Fragen.

Die Visitation der 20-Quadratmeter-Wohnfläche konnte rasch abgeschlossen werden und förderte keine Münzsammlung zutage. Auch war keine Motorsäge, nach der Konstanze nebenbei Ausschau gehalten hatte, unter den Gegenständen, die sich in den beiden Lauben fanden.

»So, jetzt will ich kurz auf Ihre Fragen eingehen«, kündigte die Oberkommissarin an. »Also, Herr Bohnekamp hat gestern Abend im Landheim ohne seine Gattin das eine oder andere Glas Alkohol aufgenommen und war schließlich nicht mehr in der Lage, den Heimweg anzutreten. Rudi Klingebiel hat ihn daraufhin in seinen Garten gebracht. Dort hat Friedo Bohnekamp auch übernachtet. Sein Fahrrad steht noch da.« Konstanze zeigte auf ein in die Jahre gekommenes Damen-Rad, das an der Rest-Laube lehnte.

»Und dann kam der Sturm«, stellte Frau Rübsam fest.

»Nein, dann kam eine Motorsäge«, korrigierte Olaf. »Mit einem Menschen dran. Der Birnbaum wurde angesägt, und zwar zum Nachteil von Friedo Bohnekamp. Der Geschädigte schlief genau unter der Stelle des Daches, in den dieser gewaltige Obstbaum eingeschlagen ist.«

An dieser Stelle war es um die Fassung von Frau Flottbeck geschehen. Sie schnäuzte in ihr Taschentuch und produzierte ein Zittern, das den gesamten Körper zu erfassen schien.

»Na-na-na«, machte Frau Rübsam, nahm die Nachbarin in den Arm und führte sie vorsichtig und immer noch etwas distanziert wirkend von der Bohnekampschen Parzelle wieder auf den Bickbeerweg. »Wir gehen jetzt zum Landheim. Rudi wird sicher einen Seelentröster zur Hand haben.«

Kapitel 41

Im Landheim herrschte eine wochenmarktähnliche Atmosphäre. Die Polizei war mit Theobald Feinripp alias Lothar Schlackenriede, den sie fürsorglich in die Mitte genommen hatte, abgezogen. Die Abhörtechnik war ebenfalls demontiert worden. Nur die Reisegruppe hatten die Ordnungskräfte zurückgelassen. Dieser Umstand wurde gerade mit der gesamten Tragweite seiner Bedeutung erörtert.

»Und wie kommen wir wieder nach Hause?«, krähte einer der betrogenen Mitreisenden und brachte damit das Hauptproblem der Reisegruppe auf den Punkt. Jeder der Damen und Herren, die sich in die Hände des Herrn Feinripp-Schlackenriede begeben hatte, führte einige Jute-Beutel mit sich, in denen die zuvor erworbene Qualitätsware, wie er seinen Trödel nannte, verstaut worden war. Die Jute-Behältnisse waren den Kunden von Herrn Schlackenriede zum Vorzugspreis von fünf Euro überlassen worden.

»Wird normalerweise für den Transport von Gütern aus dem hochpreisigen Segment eingesetzt«, hatte Feinripp während der Veranstaltung versichert. »Die Beutel stinken«, hatte eine Dame festgestellt. »Dieser Eindruck entsteht häufig, ist aber nicht zutreffend«, hatte der Verkäufer kurz vor seiner Verhaftung mit öliger Stimme gekontert. »Was Sie gerade geruchstechnisch wahrnehmen, ist das biologisch abbaubare Imprägniergranulat, mit dem die Beutel wetterbeständig werden.«

Wenige Momente später hatte der Zugriff-Befehl des Einsatzleiters der kleinen Verkaufsmesse ein Ende bereitet.

Rudi war jedoch nach dem Abrücken der Polizei mit der Gesamtsituation ein gutes Stück überfordert. Würde man die Reisegesellschaft noch zur Vernehmung abholen? Oder würden Spezialkräfte auftauchen, um die Vernehmung im Landheim abzuwickeln? Und wie sollten die Damen und Herren nach Hause kommen? Hilfe suchend schaute er auf die beiden Vereinsvorsitzenden. Die wirkten ebenfalls ratlos.

Als Rudi jetzt nicht nur Frau Rübsam und Frau Flottbeck, sondern auch Konstanze Kannengießer samt Rudis Schwiegersohn Olaf Knispel in die Gaststube eintreten sah, atmete er auf. Er winkte Olaf zu sich heran und zeigte auf die gestrandete Reisegruppe.

»Kannst du mal klären, was aus dieser Karawane werden soll? Kommt da noch jemand, der sich um die Heimfahrt kümmert? Die Stimmung wird nämlich allmählich kritisch, und am Ende gibt es hier noch ’ne Revolte!«

Olaf wirkte erschöpft. »Du weißt schon, dass ich zum Mord-Dezernat gehöre, oder? Und soweit ich sehe, sind noch alle am Leben.«

»Und damit das so bleibt, weck mal deine zuständigen Kollegen auf. Sag denen, dass sie einige Herrschaften vergessen haben. Das ist hier ein Landheim und keine Bahnhofsmission!«

Olaf erinnerte daran, dass heute Karfreitag sei. »Das senkt die Wahrscheinlichkeit, einsatzbereite Kollegen aufzutreiben«, erklärte er so behutsam, als müsse er einer imaginären Familie den ersatzlosen Ausfall der diesjährigen Ostereisuche mitteilen. Er kannte Rudi inzwischen gut genug, um zu ahnen, was den Gastronomen tatsächlich umtrieb: Der alte Fuchs hatte überhaupt nichts gegen die so unverhofft zurückgebliebene Reisegesellschaft. Er wollte aber sicher sein, dass der zu erwartende Verzehr beglichen wurde – von wem auch immer. Und Rudi ahnte, dass es zu dieser Frage unterschiedliche Auffassungen geben konnte.

Denn bei Gerichtsprozessen wusste man letztlich nie, was die Herren in Schwarz im Kaffeesatz lesen würden. Von dem betrügerischen Reise-Gesellschafter konnte er kein Geld erwarten, so viel war ihm klar. Die Mitglieder der Reisegruppe hatten wiederum keine Veranlassung, Geld auf den

Tisch zu legen – sie hatten einen »All-Inclusiv-Vertrag« mit Herrn Feinripp. Also musste man das Ganze als polizeiliche Maßnahme darstellen. Und für diese Veranstaltung sollte der Einsatzleiter in die Tasche greifen. Oder der Polizeipräsident. Oder der Innensenator. Rudi war da nicht wählerisch.

Jetzt wurde es jedoch an der Theke laut. Rudi schreckte aus seinem gedanklichen Sinkflug auf.

»Euer Beileid könnt ihr Euch in die Haare schmieren, ihr scheinheiligen Schnapsdrosseln!«

Aha, dachte Rudi, die Damen der Wettbewerbsparzellen haben sich getroffen. Ich sollte den zerbrechlichen Teil meiner Einrichtung entfernen.

Olaf Knispel hatte die Unterbrechung des Gesprächs mit Rudi dankbar zum Anlass genommen, sich von seinem Schwiegervater abzuwenden und die Streithennen zu beschwichtigen. Er eilte mit ausgebreiteten Armen auf die übellaunige Damenriege zu und versuchte zu vermitteln.

»Meine Damen«, begann er. Die drei apokalyptischen Reiterinnen nahmen ihn jedoch überhaupt nicht wahr. Olaf existierte für die betagten Amazonen schlicht nicht. Umso intensiver wurde die Konfrontation der Damen, die im Begriff standen, die rein verbale Ebene zu verlassen. Nach kurzem Gerangel geriet Olaf zwischen die drei Walküren und stand so für Momente im Auge des Sturms. Die übrigen Gäste rückten näher, und Olaf Knispel spürte instinktiv, dass er ab jetzt nur noch Fehler begehen konnte.

Zum einen wollte er seine amtliche Autorität nicht unterlaufen lassen. Andererseits musste er bei allem, was er tat, den Grundsatz der Verhältnismäßigkeit beachten.

Olaf sah schließlich rot. Vor zahlreichen Beobachtern, darunter auch seinem Schwiegervater, wurde er von diesen drei Kleingärtnerinnen, die altersmäßig jenseits der 60 standen, bloßgestellt. Es gelang ihm nicht, sie voneinander zu trennen, und seine Ansagen drangen gegen den Lärm der hysterisch zankenden Grazien nicht durch.

Er entschloss sich, mit einem Schuss in die Decke die verlorengegangene Ruhe und Ordnung wieder herzustellen. Er holte seine Dienstwaffe aus dem Jackett, übersah jedoch, dass die meisten Anwesenden noch nicht wussten, dass er Polizist war.

Die Oberkommissarin ahnte Unheil. Sie war ihm bislang nicht zur Seite gesprungen, weil sie ihm die Chance geben wollte, die Situation selbst zu bereinigen. Jetzt schien sich das Gegenteil anzubahnen. Um die außer Kontrolle geratenen Seniorinnen, zwischen denen Olaf wie ein Jojo hin und her gestoßen wurde, hatte sich ein Ring von Neugierigen gebildet, die das Geschehen lautstark und nicht immer stilsicher kommentierten. Olaf hielt den Moment für gekommen, seine Dienstpistole einzusetzen.

»Achtung, er hat eine Waffe!«, rief der Mann, der schon während der Verkaufsveranstaltung durch seine lautstarken Zwischenrufe aufgefallen war. Er war um die 50, von überdurchschnittlicher Körpergröße und lief mit ausgebreiteten Armen in die Personengruppe, bestehend aus den drei kampfbereiten Damen mit Olaf in der Mitte, hinein.

Das jetzt einsetzende Szenario zeigte Personen, die über- und durcheinander purzelten. Die akustische Untermalung war von Schmerzensschreien, Verwünschungen und Flüchen gekennzeichnet. Olaf versuchte vergeblich, mit polizeilichen Ansagen die Rolle des Alpha-Männchens in diesem Menschenknäuel zu erobern. Stattdessen schlug er mit dem Kopf gegen einen umstürzenden Barhocker mit der Folge, dass ihm seine Waffe entglitt.

Rudi Klingebiel, der gerade im Begriff stand, seinem Schwiegersohn zu Hilfe zu eilen, brachte die Waffe geistesgegenwärtig an sich und verwahrte sie jenseits der Theke in der Nähe der Zapfhähne. Dann eilte er zurück, denn die Situation wurde für Olaf immer bedrohlicher. Es gab einfach zu viele Personen, denen sein Status als Zivilkleidung tragender Kriminalbeamter unbekannt war.

Andreas und Konstanze konnten ebenfalls nicht entscheidend eingreifen – einige der männlichen Anwesenden des Rentnershoppings bestimmten jetzt die Szene. Zwar befanden sich alle Herren deutlich in der zweiten Lebenshälfte, aber sie waren zahlreich. Andreas konnte schließlich den drei unentschlossen dastehenden Neuparzellisten Weber, Matuschewski und Pryszyblynski ein Zeichen geben, zugunsten des Beamten Knispel einzugreifen.

Und dann war es tatsächlich Konstanze Kannengießer, die mit ihrer Waffe in die Decke schoss. Für einen Moment erschraken die Kämpfenden, und die Oberkommissarin konnte das Kommando übernehmen.

Schwer atmend kam man wieder auf die Beine, umgestürzte Stühle und Barhocker wurden aufgerichtet, zerbrochene Gläser zusammengefegt. Eine allgemeine »Nichts-für-ungut-Stimmung« griff um sich. Rudi stellte den drei »Neuen« eine Runde Bier auf den Tisch. »Zum Wohle«, meinte der Gastwirt. »Prost«, kam es in gebrochenem Deutsch zurück. »Bin ich Przyblynski, aus Olsztyn.«

»Pritschi …?«

»Przyblynski.«

Rudi seufzte. Da gab es nur eine Antwort. »Ich heiße Rudi!«

»Krzysztof!«

»Christoph? Na, geht doch!«

Konstanze Kannengießer wusste nicht, ob sie sich die Anwesenheit ihres Chefs wünschen oder doch froh sein sollte, dass Kriminalrat Strelitz nicht Augenzeuge dieses Fiaskos geworden war.

Sie beschloss, die drei Unruhestifterinnen noch einmal einzeln und sehr eindringlich zu befragen, denn während der eben erlebten Auseinandersetzung war ihr eine völlig neue Idee gekommen.

»Meine Damen, wir werden uns noch einmal intensiv unterhalten, und zwar jetzt und hier. Das Schauspiel, das Sie eben inszeniert haben, war sehr beeindruckend – zumindest für jeden, der Ihnen das Nachbarschafts-Drama abnimmt. Mein Kollege und ich sind von Berufs wegen Skeptiker. Deswegen haben wir Gesprächsbedarf. Wir beginnen mit Frau Rübsam. Kommen Sie bitte?«

Konstanze hielt die Tür zum Hinterzimmer auf, und Olaf Knispel hatte seine in Schieflage geratene Gedankenwelt wieder soweit ordnen können, dass er begriff, was von ihm verlangt wurde: unbedingtes Mitziehen bei Konstanzes Verhör-Offensive. Er trat an die verwirrt dreinschauende Frau Rübsam heran und sagte: »Darf ich bitten?«

Frau Rübsam reagierte ungehalten. »Fassen Sie mich nicht an«, giftete sie.

Konstanze hatte sich auf eine Widerstandshandlung der streitbaren Parzellistin eingerichtet, aber Trude Rübsam, die mit dem Gedanken gespielt hatte, das Landheim schlicht durch die Vordertür zu verlassen, besann sich eines Besseren.

Konstanze Kannengießer wies ihr einen Stuhl zu und ging sofort zum Angriff über. »Ich habe mit Interesse verfolgt, wie dicht das beileidsbeladene Miteinander und die Bereitschaft, sich gegenseitig den Schädel einzuschlagen, bei Ihnen und Ihren Nachbarinnen angesiedelt sind. Diese Erkenntnis bringt mich auf einen ganz neuen Gedanken.«

Die Oberkommissarin, die bis hierher noch auf und ab gegangen war, unterbrach ihre Schritte, stützte sich vor Frau Rübsam auf der Tischkante auf, beugte sich vor und setzte ihren Monolog mit schneidender Stimme fort.

»Wissen Sie, ich frage mich, ob sich hinter dem Gruppenbild der streitbaren Rentnerinnen nicht eine verschworene Gemeinschaft Schwarzer Witwen verbirgt, die sich gegenseitig – oder auch mit Hilfe einer externen Kraft – von ihren Ehemännern befreit, weil ...«

Olaf Knispel konnte nicht sagen, wie seine Kollegin auf den Fußboden geraten war. Doch es gab keine andere Erklärung: Frau Rübsam hatte blitzartig zugeschlagen. Konstanze wollte schnell wieder auf die Füße kommen, zeigte aber nach dieser trocken geschlagenen Geraden, die sie direkt am Kinn getroffen hatte, Wirkung.

Frau Rübsam hatte sich zurückgelehnt. Ganz ruhig stellte sie fest: »Es gibt Dinge, die muss ich mir nicht gefallen lassen. Weder von einer Oberkommissarin noch vom Polizeipräsidenten. Ich möchte jetzt sofort Ihren Vorgesetzten sprechen!«

Konstanze betastete ihr Kinn. Olaf half ihr auf die Beine, und sie nahm gegenüber der wehrhaften Seniorin Platz.

»Ich hatte mich lediglich Ihren Umgangsformen anpassen wollen. Gehen Sie jedenfalls davon aus, dass Ihr Angriff schwerwiegende Folgen haben wird.« Sie ließ ihren Unterkiefer los. Es schien alles heil geblieben zu sein, aber der Schlag der Frau Rübsam hatte bei Konstanze Spuren hinterlassen.

Ihr selbstbewusstes Auftreten war einer deutlich spürbaren Verunsicherung gewichen. Wäre diese Attacke bei einer Auseinandersetzung mit einem jungen, renitenten Tatverdächtigen passiert, hätte sie damit rational umgehen können – mehr noch, es wäre vermutlich gar nicht so weit gekommen, denn sie wäre wachsam gewesen. Mit der Dame im reifen Alter dachte sie allerdings, ein leichtes Spiel zu haben. Und so war sie aufgetreten wie ein Großinquisitor. Sie war von Frau Rübsam schlicht von den Füßen geholt worden – die hatte sich zu diesem Zweck nicht einmal erhoben.

Konstanze versuchte, sich wieder in die Befragung, die streng genommen noch gar nicht begonnen hatte, einzufädeln. Olaf zeigte jetzt einen seiner stärkeren Momente – er hatte die neue Marschrichtung verstanden und versuchte, die Lücke zu nutzen, die Konstanze offen ließ. Dabei achtete er sorgfältig darauf, außerhalb der Reichweite der rustikalen Kleingärtnerin zu bleiben.

»Was meine Kollegin zum Ausdruck bringen wollte, ist Folgendes: Wir werden Ihre Handgreiflichkeiten nicht dulden sowie in unseren Ermittlungen auch Überlegungen anstellen, die auf den ersten Moment abwegig erscheinen. Kurz: Sie sollten wissen, dass wir jede Form mangelnder Kooperation sorgfältig registrieren und gegen Sie verwenden werden.«

»Gut, dass wir noch mal drüber gesprochen haben«, stellte Frau Rübsam fest. »Von mir dürfen Sie keine Unterstützung mehr erwarten. Ich habe eine Hausdurchsuchung ohne Beschluss zugelassen, einen tiefen Einblick in meine persönlichen Verhältnisse gestattet und werde zum Dank in die mögliche Nähe einer Gatten-Mörderin gerückt. Für meinen Schlag in Ihr Gesicht entschuldige ich mich, aber welche Reaktion erwarten Sie denn bei solch einem Vorwurf? Schreiben Sie ruhig eine Anzeige wegen Körperverletzung. Ich werde dafür eine Antwort finden. Außerdem glaube ich, dass Sie wenig Interesse daran haben werden, dass die kleine Szene von eben bekannt wird. Oberkommissarin im Verhör von alter Frau niedergeschlagen – das würde man sich auf Ihren Betriebsfesten noch jahrelang erzählen.«

Konstanze Kannengießer tat das einzig Richtige – sie brach das Gespräch ab.

»Berichten Sie Ihren … Kampfgefährtinnen von der neuen Gefechtslage zwischen uns. Kommissar Knispel hat die richtigen Worte gefunden. Und im Übrigen halten Sie sich zu unserer Verfügung, Bremen nicht verlassen!«

Frau Rübsam verließ den Raum, und Konstanze versank in dumpfes Brüten. Sie war eine erfahrene, in sich ruhende, in jeder Hinsicht gestandene Beamtin. Aber seitdem sie Strelitz vertrat, hatte sie keine glückliche Hand, wenn es um die kleinen und großen Weichenstellungen in der Ermittlungsarbeit ging. Sie hatte den Ehrgeiz, den Mord an Erwin Rübsam vor dem Ende der Kur ihres Chefs aufzuklären, und sie spürte, dass sie sich damit ein zu hohes Ziel gesetzt hatte.

Ein zweiter Todesfall war hinzugekommen sowie von Tätern und Motiven weit und breit keine Spur. Im Gegenteil

– Strelitz teilte ihre Auffassung im Fall des Erwin Rübsam nicht, und das Umschwenken auf eine völlig neue Idee war zwar durchaus vertretbar, aber amateurhaft vorgetragen. Die Idee, dass hier eine »Arbeitsgemeinschaft Schwarzer Witwen« unterwegs war, hätte sie nie und nimmer als Frontalvorwurf formulieren dürfen! Und dann noch dieser hochgradig peinliche Niederschlag!

Olaf unterbrach ihr Grübeln. »Ich hol mir mal eben meine Dienstwaffe.«

»Mach das. Gut, dass dein Schwiegervater so schnell reagiert hat.«

»Ja, in der Tat. Aber es kann ja auch nicht alles schiefgehen.«

Doch, konnte es. Eine Minute später kam Olaf betreten dreinschauend ins Hinterzimmer zurück.

»Die Waffe ist weg!«

Kapitel 42

»Wie bitte?« Konstanze war sofort auf den Beinen und begab sich mit Olaf an die Theke. Dort stand Rudi Klingebiel mit entgeistertem Gesichtsausdruck.

Er zeigte hinter die Zapfhähne. »Da hat sie gelegen. Für andere gar nicht zu sehen, gut versteckt!«

Konstanze sah sich in der Gaststube um. Nicht nur die Waffe war weg, sondern auch sämtliche Gäste. Sie hatten innerhalb der letzten Viertelstunde komplett den Rückweg angetreten. Die Reisegesellschaft war von einem Kollegen des Betrugsdezernats in ihren Bus verfrachtet worden und hatte den Heimweg angetreten. Nur Franziska und Andreas waren noch präsent.

Konstanze reagierte sofort, und diesmal richtig: »Olaf, ab zur Dienststelle, und melde dort den Verlust der Dienstpistole. Karfreitag oder nicht – wir können die Meldung nicht anstehen lassen. Wer immer die Waffe jetzt in Händen hält, der hat Pläne, und zwar keine guten.«

Sie holte tief Luft.

»Für mich verdichtet sich meine Annahme, dass hinter allem unser finsteres Damentrio steckt. Wenn aber mein Verdacht zutrifft, schwebt Karlchen Flottbeck in höchster Gefahr. Er ist der einzig Überlebende der drei Herren.«

»Oder er ist Teil dieser Verschwörung«, warf Olaf ein. Er schien der Auffassung zu sein, sich keine eigene Meinung mehr leisten zu können – zumindest nicht, nachdem er den Verlust seiner Waffe zu beklagen hatte. So schwenkte er auf Konstanzes Linie ein.

»Auf jeden Fall können wir uns keinen weiteren Fehler erlauben«, stellte die Oberkommissarin fest. »Ich weiß nicht, wie wir Kriminalrat Strelitz das bisher Geschehene vermitteln können, ohne dass er eine Nachkur benötigt.

Erschwerend kommt hinzu, dass wir den eigentlich verabredeten regelmäßigen Kontakt nicht zustande bekommen.«

»Eigentlich benötigt Herr Flottbeck Personenschutz«, überlegte Olaf.

Konstanze nickte. »Im Grunde schon. Aber ich kenne meine Grenzen – es wird mir nicht gelingen, dafür Personal zu bekommen. Da wird man höheren Orts allenfalls mit einem nachsichtigen Lächeln reagieren – und mit Schenkelklopfen, sobald ich den Raum verlassen habe.«

* * *

Dieses Thema stand am nächsten Morgen auch im Mittelpunkt des Gesprächs zwischen Karl-Eberhard und Marga Strelitz. Beide saßen beim Frühstück im Kurhaus. Der Kriminalrat hatte gerade sein Frühstücks-Ei bearbeitet und wandte sich mit missbilligendem Blick an seine Frau.

»Du magst darüber den Kopf schütteln, Marga, aber diese Kur ist das Letzte, was ich wirklich benötige. Außerdem spüre ich, dass meine Mannschaft mich braucht!« Strelitz schenkte sich den Kaffee mit etwas zu viel Schwung ein. Der Pegel stieg rasant an und kam erst kurz vor der Oberkante zum Stehen.

»Du kannst nicht mal deinen Kaffee kontrolliert eingießen und willst mir erzählen, dass du keine Kur benötigst?«

»Das sind keine Burnout-Symptome, das sind Entzugserscheinungen«, wiegelte der offensichtlich dünnhäutig gewordene Kriminalrat ab. »Außerdem ist mir neu, dass die Kurbedürftigkeit eines Patienten vom Temperament des Kaffee-Eingießens abgeleitet wird!« An den Nachbartischen wurden die ersten Kurgäste aufmerksam.

»Karl-Eberhard, du sitzt hier in einer derart aufgeladenen Stimmung, als hättest du gerade mit einem nassen Finger in eine Steckdose gefasst. Aber du brauchst unbedingt einen Schreibtisch und dein Team. Verstehe ich das richtig?«

Strelitz war gesprächserfahren genug, um zu wissen, dass der Dialog mit seiner im Übrigen sehr geschätzten Lebenspartnerin mit hoher Geschwindigkeit direkt auf einen Disput zusteuerte, der dem Ehefrieden abträglich sein konnte. Gleich würde sie gegen das Kriminalteam ihre eigene Person in die Waagschale werfen.

»Na, Hauptsache, dir und deiner Mannschaft geht's gut. Da kann die Ehefrau gern am Wegesrand verkümmern«, bemerkte Frau Strelitz spitz und patschte mit einem Teelöffel Konfitüre auf ihren Toast.

Strelitz hielt inne und ließ das Käsemesser sinken. »Das ist doch ein Stück Ehrlichkeit, das uns weiterhilft«, ließ sich der Kriminalrat in versöhnlichem Ton vernehmen. Über sein Gesicht breitete sich ein verständnisvolles, geradezu herzliches Lächeln aus, als er bemerkte: »Es geht dir also nicht nur um mich, sondern auch um dich.«

Marga Strelitz wollte aufbegehren, aber der alte Fuchs blieb am Ball.

»Versteh mich nicht falsch, Liebes, es ist doch legitim, dass du auf deine Befindlichkeit hinweist. Du bist doch in unserer Ehe ein Teil vom Ganzen. Der wichtigere Teil, aus meiner Sicht zumindest. Darüber muss man doch reden dürfen.« Er tätschelte ihre Hand. »Aber ich darf dich daran erinnern, dass du deine Kur vor gar nicht allzu langer Zeit selbst abgebrochen hast.«

Strelitz lehnte sich mit dem sicheren Gefühl zurück, dass er das weitere Gespräch aus einer gefestigten Position würde führen können.

Marga lehnte sich ebenfalls entspannt zurück: »Das stimmt. Ich hab die Kur abgebrochen. Mich hatten aus Bremen Signale erreicht, wonach es dir zu Hause ohne mich nicht gut ging.« Sie lächelte unschuldig.

»Wer hat das gesagt?« Strelitz' Stimmungsbarometer erlitt einen Kurssturz. »Frau Kannengießer? Herr Knispel? Frau Morgenstern?«

»Deine Kaffeemaschine Rudolf«.

Kapitel 43

Isabel Graf, die umtriebige Volontärin in Diensten des Strelitzschen Ermittlungsteams, hatte ein ähnlich angespanntes Frühstück zu absolvieren. Immerhin hatte ihr Markus die Nacht mit ihr gemeinsam verbracht, aber – so die ernüchternde Bilanz, die sie beim Zähneputzen zog – eine Offenbarung war es nicht gewesen.

Sätze wie »Die Luft ist raus«, »die Gemeinsamkeiten sind aufgebraucht«, »Routine statt Liebe«, »habe ich den Altersunterschied unterschätzt?« drängten sich aus dem Labyrinth ihrer noch nicht tageslichttauglichen Gedankenwelt nach vorn, wurden sofort verscheucht und hakten sich irgendwo in den Katakomben ihres Kleinhirns fest.

Jetzt triff zwischen Darmentleerung und Zahnpflege bloß keine voreiligen Entscheidungen, mahnte ihre innere Stimme. Hast du auf Spiekeroog nicht versucht, die Schutzwälle des Kommissars Knispel zu stürmen? Jedenfalls war es Zeit für eine kleine Beziehungspause, um die persönlichen Positionen neu zu justieren und den aktuellen Lebensentwurf zu überarbeiten, lautete das interne Resultat.

In diesem Moment schob Markus sich von der Seite her in das Badezimmer-Spiegelbild, die Zahnbürste quer im Mund, mit schütter werdendem Haar, das heute morgen an ein zerzaustes Vogelnest erinnerte, in dem offenbar der missglückte Landungsversuch eines Albatrosses stattgefunden hatte, dazu noch zwei reliefartige Tränensäcke, deren Besitzer in der zweiten Lebenshälfte angekommen war. Isabel war versucht, ihre Überlegungen umgehend Wirklichkeit werden zu lassen. Die erste halbe Stunde kann auch für Zaubermäuse sehr ernüchternde Momente bereithalten.

Stattdessen saß sie eine Viertelstunde später am Frühstückstisch und löffelte gelangweilt in ihrem Früchte-

Müsli. Markus hatte sich hinter dem Sportteil der Tageszeitung versteckt.

Wie ein altgedientes Ehepaar, dachte sie resignierend.

»Sag mal, wie wird sich das Osterfest für uns entwickeln? Du bist einem Gespräch darüber bislang erfolgreich aus dem Weg gegangen«, eröffnete Isabel den Dialog. Markus ließ die Zeitung sinken und sie musste ihre Frage wiederholen, da er nicht gleichzeitig zuhören und lesen konnte.

»Naja«, meinte er mit gedehnter Stimme, »ich habe heute noch ein paar Dinge zu regeln.«

»Wie wäre es heute Abend mit Kino? Oder ich koche für uns, und wir machen uns einen gemütlichen Film-Abend zu Hause …«

»Hatte ich nicht erzählt, dass ich heute besetzt bin?«

»Schach- oder Yachtclub?«

»Weder noch. Vorstandssitzung der Golfer. Wenn alles glattläuft, werde ich heute zum Präsidenten gewählt. Und danach steht natürlich im 19. Loch ein Umtrunk an. Der ist aber nur für Mitglieder.«

»Im 19. Loch?

»Aber ja. Das ist eine Umschreibung für das Vereinsheim, verstehst du? Das eigentliche Spielfeld erstreckt sich über 18 Löcher, und …«

»Danke, ich hab's verinnerlicht.« Da war wieder ihre Abneigung gegen Markus' Umfeld. Er war Sohn aus sehr gutem Hause und lebte dementsprechend in einem adäquaten Milieu. Dort fühlte sie sich unwohl. Da komme ich nicht her, und da will ich nicht hin, war ihre Maxime, mit der sie sich regelmäßig und erfolgreich gegen eine zu starke Einvernahme in die Welt der Reichen und Schönen wehrte.

»Da bin ich also am Oster-Sonnabend allein«, stellte Isabel fest.

»Das sieht so aus, ja«, bestätigte er. Die immer realer werdende Gefahr eines Zerwürfnisses blendete er offenbar aus oder nahm sie sogar billigend in Kauf. »Aber ich denke, du wirst damit klarkommen, oder? Und Morgen sieht es auch nicht besser aus, den Tag muss ich mit der Familie verbringen. Aber der Ostermontag gehört uns, dafür kann ich schon jetzt zusagen!«

Isabel nahm das großzügige Angebot kühl zur Kenntnis.

»Also muss ich schauen, ob ich für den Ostermontag ein Zeitfenster für uns verteidigen kann. Wir haben einige Untiefen in einem Fall, der es eigentlich überhaupt nicht verträgt, aus der Hand gelegt zu werden. Ich werde wohl heute noch im Archiv unseres gemeinsamen Arbeitgebers forschen, und dann sehen wir mal weiter.« Sie schaute demonstrativ auf die Uhr. »Ich muss dann auch los«, verkündete sie und stand abrupt vom Frühstückstisch auf. »Ach, übrigens: Der Kühlschrank muss mal wieder gefüllt werden.«

Markus hatte sich schon wieder in die Zeitung vertieft und kaute an einem Käsebrötchen. Die Zustandsmeldung zum Innenleben des Kühlschranks prallte an ihm ab.

Isabel ließ die Wohnungstür ins Schloss fallen. Markus hob kurz den Kopf, horchte, zuckte mit den Achseln und setzte seine Lektüre fort.

Kapitel 44

Konstanze und Olaf saßen in Strelitz' Dienstzimmer. Beide befanden sich in einem nachdenklichen Zustand. Sie hatten sich schließlich doch entschieden, das Flottbecksche Haus zu überwachen. »Wir müssen unseren Weg jetzt auch konsequent weitergehen«, hatte Olaf erklärt. Konstanze hatte ihm Recht gegeben und ihn für die erste Hälfte der Nacht eingeteilt. Ab zwei Uhr morgens hatte sie den Kollegen abgelöst. Das Einzige, allerdings optisch deutlich ablesbare Ergebnis waren zwei übernächtigt aussehende Kriminalbeamte, die sich mit Hilfe von Rudolf, der extrovertierten Kaffeemaschine, die Augenlider hochschrauben wollten. Ein starkes Gebräu war das Ziel, aber es schien, dass auch Rudolf unter der Abwesenheit des Kriminalrats litt. Für ihre Verhältnisse schnuffelte die Maschine nahezu unauffällig vor sich hin und lieferte ein Getränk ab, das Konstanze umgehend an Strelitz' Gummibaum goss.

Dann entwickelten sie mit glasigen Augen und einem Becher Kaffee aus der Kanne der Vorzimmerkollegin etwas schwerfällig den Marschplan für den Karsamstag.

»Wir können nicht so tun, als hätte sich deine Waffe einfach aufgelöst. Aber eine Personen-Aufstellung der Reisegruppe des Herrn Feinripp werden wir möglicherweise erst nach Ostern bekommen. Ich glaube nicht, dass es in dem Unternehmen auch nur im Ansatz geordnete Unterlagen gibt. Wir müssen uns weiter auf die Damen Rübsam, Flottbeck und Bohnekamp konzentrieren«, dozierte die Oberkommissarin.

»Hast du ›Damen‹ gesagt?«, erkundigte sich Olaf verbittert.

Konstanze ließ sich nicht ablenken. »Herr Flottbeck hat vorhin die Tageszeitung reingeholt. Er hat also die Nacht überlebt. Es hilft nichts, wir müssen für alle drei Wohnungen der drei Kleingarten-Wettbewerber eine erneute Haussuchung vornehmen …«

»… einschließlich Parzellen«, unterstrich Olaf mit erhobenem Zeigefinger, »und die Durchsuchung sollten wir selbst …«

»Nein«, lehnte Konstanze Kannengießer ab. »Das sollen Kollegen machen, die dort noch nicht durchgegangen sind. Wenn wir durchsuchen würden, müssten wir uns unendliche Stänkereien anhören.«

»Hast Recht. Und was machen wir nun?«

»Wir laden Herrn Flottbeck vor. Ich will herausfinden, ob er das nächste Opfer wird oder das heimliche Haupt der Verschwörung ist.«

»Geht in Ordnung«, dienerte Olaf und griff zum Hörer.

* * *

Franziska und Andreas setzten am Mittagstisch den jüngeren Teil ihrer Familie über die turbulenten Ereignisse im Landheim in Kenntnis. Dort war man vom temperamentvollen Abmarsch des Herrn Feinripp alias Schlickenriede sehr angetan und bedauerte, nicht dabeigewesen zu sein.

»Gab es auch einen anständigen Schusswechsel?«, wollte Johannes wissen.

»Nicht doch, im Landheim wird doch nicht geschossen«, wiegelte seine Schwester Julia ab.

»Da wär ich nicht so sicher«, meinte Paul, der Freund von Julia.

Andreas gab ihm Recht. »Rudi Klingebiels Gaststube ist ein hochemotionaler Ort. Es kann sein, dass im Hochsommer nichts los ist bis auf einen Rest Stammgäste, die zwischen ihrer Hollywoodschaukel und Rudis Theke pendeln. Und dann gibt es Momente, da brennt hier die Luft. Ich denke an das Attentat, das Rudis zweite Ehefrau auf ihn verübt hat.

Bei einer anderen Gelegenheit hat ein Kriminalbeamter in die Musikbox geschossen – eine echte Wurlitzer. Rudi hat dem Schützen damals beinahe den Kopf abgeschraubt. Ich könnte euch noch mehr Döntjes erzählen. Jedenfalls hat Paul Recht – das Landheim sollte man nicht unterschätzen.«

Julia blieb neugierig. »Und was ist mit den Mordermittlungen? Gibt es schon Festnahmen?« Diese Frage war eindeutig an Franziska gerichtet.

»Nein, und es sieht so aus, als wären Kannengießer und Knispel mit ihren Ermittlungsarbeiten in eine Sackgasse geraten. Aber ich will dabei nicht die Oberschlaue spielen – dafür weiß ich zu wenig und bin auch nicht nahe genug an dem Fall dran. Aber es scheint, dass Kriminalrat Strelitz an allen Ecken und Enden fehlt.«

Kapitel 45

Dass ihr Markus an allen Ecken und Enden fehlte, konnte Isabel beim besten Willen nicht feststellen. Sie erledigte ihre Einkäufe und begab sich in die Dienststelle zu Konstanze und Olaf. Es war zwar Karsamstag, aber sie vermutete, dass nach Lage der Dinge nicht von einer Fünf- oder gar Vier-Tage-Woche auszugehen war. Ihre Einschätzung war zutreffend. Kannengießer und Knispel befanden sich jedoch im Gespräch mit einem älteren Herrn, und sie gaben ihr kein Zeichen, teilzunehmen. Ganz großartig, dachte Isabel verdrossen. Die Welt ist nicht mehr an mir interessiert. Zeit, sich ins Presse-Archiv zurückzuziehen.

So begab sie sich zu ihrem eigentlichen Arbeitgeber ins Pressehaus.

Die wenigen Kollegen, die dort Wochenenddienst hatten, versprühten weder Heiterkeit noch übermäßige Kommunikationsfreude. Obwohl die Witterung weiterhin eher spätwinterlich war – keine Spur von mildem Klima, kein Hoch über den Azoren, nichts. Goethe hätte die Arbeiten an seinem legendären Frühlingsgedicht vermutlich vertagt. Nichts war vom Eise befreit – und ihre Beziehung schon gar nicht.

Die richtigen Rahmenbedingungen für Archivarbeit. Zunächst verfolgte sie die Berichte über die Einbruchserie und beschäftigte sich mit ihrem Verdacht, der ihr zwar unverändert absurd vorkam und auch mit dem Duo Kannegießer/Knispel nicht ernsthaft erörtert werden konnte. Aber wenn sich ein kleiner gedanklicher Störenfried wie dieser Anfangsverdacht erst einmal in die Wandelgänge der persönlichen Denk- und Schaltzentrale eingenistet hatte, dann musste man sich bei aller Abwegigkeit mit ihm auseinandersetzen.

Da die Einbruchsserie noch ein neues Phänomen war, musste sie nicht allzu tief in die Vergangenheit eintauchen.

Eifrig suchte sie nach Anhaltspunkten, die geeignet waren, ihren Verdacht zu zerstreuen. Das Gegenteil passierte jedoch – je länger sie recherchierte und Ergebnisse mit der Aktenlage des Einbruchdezernats abglich, desto mehr passte alles zusammen.

Sie kaute auf ihrem Kugelschreiber. Was ist jetzt zu tun?, überlegte sie und vermisste geeignete Gesprächspartner. Mit Konstanze und Olaf brauche sie sich nicht auszutauschen – die hatten sich festgelegt. Markus kam nicht in Frage, und Franziska? Ihr fiel ein, dass sie noch einen weiteren Grund hatte, im Pressearchiv zu forschen. Sie zog einen Zettel aus der Tasche.

»Das Osterfeuer vor 25 Jahren, richtig«, murmelte sie.

Isabel gähnte herzhaft. Es war spät geworden. In einer funktionierenden Beziehung würde sie jetzt mit dem Partner in den Ostersonnabend gestartet sein. Kino und Essen gehen, oder sich mit Freunden treffen, oder einen ganz privaten Abend zu Hause verbringen. Irgendetwas in dieser Preislage. Aber wegen Markus, diesem auslaufenden Modell, blieb frau an einem solchen Abend allein. Egal, was an diesem Osterfest noch passieren würde, es war Zeit für einen Schlussstrich, schloss sie ihre Überlegungen ab.

Über diesen Gedanken rutschte sie am Arbeitstisch des Archivs in einen Schlummer, aus dem sie erst gegen 21 Uhr aufschreckte. Außer ihr war noch ein älterer Kollege zugegen, der die »Stallwache« übernommen hatte und sie behutsam weckte.

Schuldbewusst kümmerte sie sich nun um Franziskas Auftrag. Zunächst schien das Archiv zu diesem Thema nichts Nennenswertes anzubieten. Dann wurde sie fündig. Nicht erst am Osterdienstag, sondern bereits am Karsamstag des betreffenden Jahres gab es unter der Überschrift eine Meldung:

Schreckliches Ende eines Osterfeuers

Der Bericht informierte über ein Osterfeuer, das in einem Kleingartengebiet des Stadtteils Findorff vorbereitet und einen Tag zu früh entzündet worden war. Der Vorsitzende des verantwortlichen Kleingartenvereins hatte den Stapel mit dem Brennholz bewacht und war bei dem Feuer ums Leben gekommen. Zwei Jugendliche hatte man festgenommen, aber kurz darauf wieder freigelassen. Sie standen im Verdacht, das Feuer gelegt zu haben, hatten aber ein Alibi – mehrere Gäste bestätigten, dass die beiden den gesamten Abend im »Döntjes« verbracht hatten. Das »Döntjes« war ein bekanntes, gutbürgerliches Lokal, das sich an der Neukirchstraße/Am Weidedamm befand.

Weitere Artikel, die sich auf das Unglück bezogen, waren vergleichsweise klein, undramatisch und versandeten schließlich, nachdem sich der Verdacht der Brandstiftung gegen die Jugendlichen nicht hatte halten lassen. Der Grund war einfach – es gab zeitgleich einen Doppelmord in Oberneuland sowie einen politischen Skandal, der sich jedoch erst später als Falschmeldung erwies. Beide Themen überlagerten das tragische Ende des Osterfeuers.

Isabel machte sich ein paar Notizen. Der große Wurf war das sicher nicht, aber immerhin war sie fündig geworden. Franziska hatte die Geschichte dringend gemacht, also sollte sie heute noch Antwort bekommen.

Isabel tippte die Rufnummer in ihr Handy. Dreimal war besetzt. Daraufhin beschloss sie, sich wieder dem Thema »Einbrüche« zuzuwenden. Heute war gewiss kein erbaulicher Tag – aber er war außergewöhnlich gut geeignet, ihren Verdacht zu bestätigen oder zu zerstreuen.

Kapitel 46

Franziska und Andreas waren mit Unterstützung von Franziskas Schwester Johanna am Nachmittag dazu übergegangen, Frühjahrsputz in ihrer Gartenlaube zu betreiben.

»Nach allem, was man so hört, muss man ja hoffen, dass der Kriminalrat recht bald aus seinem Kuraufenthalt zurückkehrt«, verkündete Johanna das Ergebnis ihrer Überlegungen. Ihre Schwester und ihr Schwager hatten sie über den neuesten Stand der Ermittlungen im Kleingartengebiet informiert. Damit hatten sie bei Johanna einen Impuls ausgelöst, die Gesamtsituation zu analysieren. Das Ergebnis hatte sie jetzt in diesem einen Satz zusammengefasst, der nicht unbedingt als Vertrauensvorschuss für das Strelitz-Team gewertet werden konnte.

Johanna rubbelte mit Nachdruck über den Holzfußboden.

»Ich weiß, du missbilligst meine direkte Art, aber wenn etwas miserabel ist, dann muss man auch sagen dürfen, dass es miserabel ist.«

»Ich hab immer ein ungutes Gefühl, wenn man aus der Distanz zu einem schnellen, griffigen Urteil kommt, ohne alle Fakten zu kennen. Das führt allenfalls zu populistischen Sprüchen, die irgendwo zwischen Selbstgefälligkeit und Selbstgerechtigkeit angesiedelt sind«, erwiderte Franziska und klatschte einen feuchten Lappen auf die größere Bank der Sitzecke.

»Ich meine ja nur, dass eine Persönlichkeit mit Erfahrung und persönlicher Ausstrahlung den Ermittlungsarbeiten guttäte«, wehrte sich Johanna. »Sag doch auch mal was, Andreas. Was denkst du?«

»Ich denke, dass du gerade jemanden suchst, auf dessen Rücken euer Disput ausgefochten werden kann. Aber genau dafür stehe ich nicht zur Verfügung.« Er holte tief Luft. »Euer Ehren, ich sehe mich außerstande, die Qualität der Ermittlungsarbeit von Kannengießer und Knispel zu beurteilen.«

* * *

Das sah Karlchen Flottbeck zur gleichen Zeit ganz anders. Er war zu einem Gespräch in die Dienststelle gebeten worden und sah sich jetzt von Konstanze und Olaf mit zahlreichen unangenehmen Fragen konfrontiert.

»Ja, meine Ehefrau war in erster Ehe mit Herrn Rübsam verheiratet. Und ja, mir ist bekannt, dass sie auch nach der Scheidung ein gewisses Verhältnis zu ihm aufrechterhielt, und sie hatte eine Putzstelle im Hause Rübsam, und sie hat den toten Erwin vorgefunden, als sie jetzt saubermachen wollte. Und ja, sie hat einen Schlüssel, weil die Rübsams eigentlich verreist waren. Und nein, meine Frau pflegt keine früheren Ehemänner mit einem Schürhaken zu erschlagen!«, fauchte er.

In diesem Moment schaute Isabel Graf kurz ins Zimmer, aber Konstanze und Olaf wollten dieses Gespräch unter sechs Augen führen. Isabel schloss die Tür, und die beiden Kriminalbeamten feuerten eine zweite Salve an Fragen auf Herrn Flottbeck ab. Er antwortete ungehalten, aber ausführlich. Dabei betonte er, dass er zu den anderen beiden Damen kein Verhältnis unterhalte.

Außerdem bestätigte er, dass die Wettbewerbssituation das freundschaftliche Verhältnis der drei Nachbarfamilien zunehmend beschädigt habe. Das sei durch die jüngsten Ereignisse nicht besser geworden. Schließlich erklärte er, dass ihm die Geschichte um die Münzsammlung durchaus bekannt sei. Gesehen habe er sie aber nie, da sie von seiner Grete schon in die erste Ehe mit Erwin eingebracht worden war.

Bevor die beiden Kripobeamten ein drittes Frage-Feuerwerk abbrennen konnten, schlug Flottbeck zurück.

»Wer leitet eigentlich Ihre Untersuchungen? Und was lässt Sie glauben, dass Erwin Rübsam nicht von einem Einbrecher ermordet wurde? Gehen Sie bei Ihren Schnüffeleien methodisch vor, oder lesen Sie im Kaffeesatz? Und was leitet Sie eigentlich, die drei Damen direkt nach dem schrecklichen Tod von Friedo Bohnekamp in einer Weise zusammenzuführen, die für alle Beteiligten zwangsläufig in einem Fiasko enden musste? Spielen Takt und Psychologie in Ihrer Arbeit überhaupt keine Rolle? Wo haben Sie bloß Ihren Job erlernt? Um es auf den Punkt zu bringen – was machen Sie beide eigentlich hauptberuflich?«

Mit diesen Worten stand der Erzürnte auf und verließ mit knallender Tür den Raum. Er hatte durchaus nicht pöbeln, sondern seine ehrliche Wut über das von ihm empfundene Unvermögen der Ermittler zum Ausdruck bringen wollen. Diese Botschaft war zumindest bei Konstanze angekommen.

Olaf wollte Flottbeck folgen, aber die Oberkommissarin hielt ihn zurück. »Moment, Olaf. Bleib hier. Das können wir nicht gewinnen. Es gibt keine ernsthaften Ansätze, Flottbeck zu verdächtigen. Das war nur der Versuch, bei ihm Schwachstellen zu entdecken oder ihn irgendwie in die Enge zu treiben. Ich denke, seine Empörung war ehrlich, und da gibt es nichts zu wackeln, zumindest so lange nicht, bis wir neue Erkenntnisse haben.«

»Aber es kann nicht sein, dass neuerdings die Befragten bestimmen, wann eine Befragung zu Ende ist.«

»Kein aber, Olaf!« Konstanze senkte ihre Stimme bis auf den Flüsterton. »Wir sind am Ende unserer Weisheiten. Und ich kriege – verdammt noch mal – keinen Kontakt zu Strelitz. Und als ein Kontakt gelang, drückte ich ihn weg, weil es morgens um 2.45 Uhr erfolgte. Kein Wunder, dass er jetzt nicht mehr erreichbar sein will.«

Sie wurde wieder lauter.

»Olaf, wir machen jetzt Feierabend. Morgen ist Ostern. Das Fest werden wir privat verbringen, aber wir bleiben in Kontakt, falls es neue Entwicklungen gibt.«

Ihren Plan, morgen früh doch ihren Lebensgefährten Christian Schwalbach einzuweihen, der als Leiter des Drogendezernats sicher ein guter Ratgeber war, behielt sie für sich. Aber eines war ihr klar: Es war nicht mehr die Zeit für Eigensinn und Stolz – sie musste einräumen, sich mit dem Fall Rübsam verhoben zu haben. Und das war durch das Ableben von Friedo Bohnekamp nicht besser geworden.

* * *

Franziska, Andreas und Johanna verordneten sich nach ihrem Frühjahrsputz ein Feierabendbier bei Rudi. Kaum hatten sie Platz genommen und sich zu einer Käse- und Wurstplatte durchgerungen, kam Olaf in die Gaststube. Er schien heute aber nicht besonders gesprächig zu sein – ein knappes, wenn auch freundliches Grüßen, und dann verschwand er über die Treppe, die von der Gaststube in das Obergeschoss führte.

Gastwirt Rudi brummelte. »Die beiden haben immer noch keinen Frieden geschlossen. Das kann man allenfalls als Waffenstillstand bezeichnen.«

»Eigentlich merkwürdig«, orakelte Franziska und vertrat die Auffassung, dass ein Baby, wie es sich jetzt ankündigte, doch eine größere Nähe der künftigen Elternteile verursachen müsse.

»Erzähl das mal den beiden Kindsköpfen«, klagte Rudi.

Kapitel 47

Isabel stellte ihre Bemühungen, Franziska zu erreichen, einstweilen ein. Sie wollte jetzt wissen, ob sie mit ihrem Verdacht auf dem Holzwege war. Sie verließ das Pressearchiv mit ein paar warmen Worten für den Kollegen, der den Wochenenddienst versah. Dann begab sie sich zur Hochgarage und setzte sich hinter das Steuer ihres Corsas.

Wenn ihre Vermutungen zutreffend sein sollten, dann musste sie zunächst zwei Ziele anfahren. Dabei würde sie, wenn sie richtig lag, zunächst auf dunkle Fenster stoßen, aber beim zweiten Ziel würde vermutlich Licht zu sehen sein.

Ihr Weg führte durch das nächtliche Bremen. Die Großstadtsiedlungen traten zugunsten einer aufgelockerten Wohnbebauung in den Hintergrund. Es wurde schließlich ländlich. Und Isabels erste Vermutung bewahrheitete sich – als sie über einen knirschenden Kiesweg ihr Etappenziel erreichte, empfing sie Dunkelheit. Sie stieg aus ihrem Fahrzeug aus und inspizierte das Haus, vor dem sie angehalten hatte. Es blieb dabei: kein Licht, in keinem der Fenster.

Sie klemmte sich wieder hinter das Steuer ihres Corsa und steuerte ihr zweites Ziel an. Schnell gelangte sie wieder in dichtbebaute Stadtteile, und schließlich erreichte sie ihren Bestimmungsort. Es brannte Licht. Sie fand einen idealen Parkplatz, bekam ihr Auto auf Anhieb in die Lücke, löschte die Scheinwerfer und begann zu warten.

»Wenn es dumm läuft, sitze ich hier längere Zeit. Wenn es ganz dumm läuft, dann habe ich mich geirrt, und wenn es völlig daneben geht, dann taucht eine Fußstreife auf und befragt mich«, überlegte Isabel.

Die Witterung ließ weiterhin zu wünschen übrig. Immer wieder produzierten regendurchsetzte Windstöße kleine Wasserfälle an den Scheiben ihres Autos. Die Kälte durchdrang nach und nach ihre Kleidung. Erste Zweifel meldeten sich zu Wort. Sie schien sich gerade, einer Schnapsidee folgend, eine deftige Erkältung einzuhandeln. Dabei war sie kleidungstechnisch bereits ähnlich wie auf der Spiekeroog-Fähre aufgerüstet. Wollte es in diesem Jahr überhaupt nicht Frühjahr werden? Hatte sie im letzten Jahr die Osterwiese tatsächlich nur mit einem T-Shirt bekleidet aufgesucht? Sie fühlte sich wie die Teilnehmerin einer Himalaya-Expedition.

»Und da kommt auch schon der Yeti!«, murmelte Isabel, die plötzlich wieder hellwach war.

Das Licht in der von ihr beobachteten Wohnanlage war erloschen. Momente später trat eine Gestalt auf den sparsam beleuchteten Bürgersteig, strebte einem abgestellten PKW entgegen und stieg ein.

Isabel startete ihren Corsa und begab sich mit angemessenem Abstand in die Rolle der Verfolgerin.

Zum einen spielte ihr das Wetter in die Karten – die Gefahr, entdeckt zu werden, war relativ gering. Umso größer war jedoch das Risiko, das observierte Fahrzeug zu verlieren. Eines stand schon bald fest: Isabel hatte noch nie so konzentriert hinter dem Steuer eines Autos gesessen. Als die Fahrt durch den berüchtigten Bremer Kreisverkehr »Stern« führte, der von einer Straßenbahnlinie gekreuzt wird, hätte Isabel um ein Haar den Anschluss verloren.

Erst als sie beim Verlassen des Kreisels die Fahrspur behauptete und einen falsch fahrenden Radfahrer recht robust zum Absteigen zwang, kam sie wieder auf Tuchfühlung an das verfolgte Fahrzeug heran. Im Rückspiegel sah sie für Momente den Radler, der die Faust erhoben hatte, sie kräftig schüttelte und offenbar Verwünschungen ausstieß. Ihm war jedoch nichts zugestoßen – er hatte lediglich Isabel zu einem Bremsmanöver genötigt und diesen Machtkampf verloren, mit dem Ergebnis, das er selbst abbremsen und aus dem Sattel steigen musste.

»Also keine Fahrerflucht«, stellte Isabel fest und rückte wieder auf. Die Fahrt bewegte sich noch eine Viertelstunde durch das nächtliche Bremen. »Trotz der miserablen Wetterlage sind doch noch viele Menschen unterwegs«, dachte die unerschrockene Volontärin.

Schließlich bewegte sich die schnitzeljagdähnliche Orientierungsfahrt in eine abgelegene, ruhige Wohnstraße. Isabel fuhr nur noch Schritt und kam nach einigen Metern am Straßenrand zum Stehen. Sie löschte das Licht und stellte fest, dass sie ihren Wagen einfach an dieser Stelle stehen lassen konnte. Sie sah, wie sich die dunkle Gestalt aus dem von ihr verfolgten Auto herausschälte und mit einer Sporttasche in der rechten Hand auf eines der Häuser zubewegte. Es lag komplett im Dunkeln. Der Schatten dieses Wesens verschwand zwischen den hohen Bäumen vor dem Haus.

Isabel folgte vorsichtig. Bislang hatte sie die Expedition mit einem hohen Maß an Gelassenheit abgewickelt. Jetzt beschleunigte sich der Puls. Ihr wurde klar, dass sich die Situation zuspitzte, ohne dass sie für den Fall der Fälle einen Plan hatte. Jetzt stand sie vor der Terrassentür. Eine kleine Scheibe neben der Klinke war eingeschlagen worden. Die Schlüssel hatte der Hauseigentümer von innen stecken lassen. Die Volontärin schüttelte den Kopf: Manche Leute bettelten geradezu um einen Einbruch.

Sie begab sich in das Haus und setzte behutsam Schritt für Schritt durch den dunklen Flur. In ihrem Hinterkopf meldete sich eine Stimme und gab zu bedenken, dass sie derzeit möglicherweise – vorsichtig gesagt – unklug handelte. Nicht lageangepasst, wie es im Polizeideutsch hieß. Sollte sie umkehren und die Polizei informieren? Oder sollte sie den Ablauf der Straftat weiter beobachten? Links schien die Küche zu sein. Es herrschte Vollmond, der in den Lücken zwischen den Regenwolken durch das Fenster und durch die zum Flur geöffnete Küchentür für etwas Restlicht sorgte. Da vorne musste das Wohnzimmer sein. Isabel setzte vorsichtig einen ersten Schritt in den Raum.

Im nächsten Moment ging das Licht an.

Kapitel 48

Ungefähr zur gleichen Zeit saß Rentner Hermann Schilling in seiner Laube und schaute verdrossen durch das Fenster. Es war dunkel, und die Wolken hatten sich zu einer lückenlosen Schicht zusammengeschlossen, die das Licht des Vollmonds aussperrte. Der Regen trommelte aggressiv auf das Terrassenvordach, und der böige Wind meldete sich ebenfalls zu Wort. Hermann lauschte auf das akustische Rahmenprogramm dieser missratenen Wetterlage und grübelte über seine derzeitige Situation.

Sein Leben bestand mit zunehmendem Alter aus einer Reihe von Ritualen, die den Tag in verschiedene kleine Abschnitte einteilten und bei der Bewältigung der Stunden zwischen Aufstehen und Bettruhe behilflich waren. Seitdem aber Andreas die Idee zur Diskussion gestellt hatte, das traditionelle Osterfeuer wiederzubeleben, stand Hermann neben sich. Es war auf jeden Fall ein Ritual zu viel. Das Schlimme war, das er niemandem erklären konnte, warum das Osterfeuer nie wieder reanimiert werden durfte.

Franziska hatte gespürt, dass ihn etwas belastete, und sie hatte ihm schon verschiedentlich zugesetzt. Aber nicht einmal ihr konnte er sich anvertrauen. Und Rudi Klingebiel hatte ihn auch schon mehrfach angesprochen. Im Ergebnis führte das permanente Kreuzverhör jetzt dazu, dass er sein ebenfalls rituelles Bier seltener im Landheim zu sich nahm. Ein Kleines am Vormittag, bis zu drei Kleine am Abend – bislang ohne Beigabe von hochprozentigen Wegbegleitern. Dieses Quantum hatte er sogar mit seinem Hausarzt abgestimmt. »Das ist völlig in Ordnung, Herr Schilling«, hatte der Mediziner ihm versichert. »Und außerdem: Wollen Sie jetzt als Mitsiebziger anfangen, abstinent zu leben? Nur tun Sie sich und mir einen Gefallen: Lassen Sie die Schnäpse weg.«

Das alles war kein Problem gewesen – bis das Osterfeuer auf den Tisch kam. Er hatte sein Bier im Landheim immer gern getrunken, weil es für ihn die selten gewordenen Momente in menschlicher Gesellschaft waren. Keine Verwandten, nur ein psychotischer Dackel – da vereinsamte man mit jedem Monat, jeder Woche und jedem Tag ein bisschen mehr.

Und nun mied er die letzten Freunde, weil er einem Thema ausweichen wollte. Oder musste. Dafür trank er mehr Bier als zuvor, und in seinem kleinen Kühlschrank gab es ein Fläschchen Doppelkorn.

»Wie hieß der Spruch noch? Allein ist man länger einsam«, sinnierte Hermann. Er schraubte den Doppelkorn auf, hielt inne, verschloss ihn wieder und stellte ihn zurück in den Kühlschrank. Es war schon spät, und er würde in seiner Laube übernachten. Ob er doch noch mal ins Landheim gehen sollte? Heute war Karsamstag, und er hatte noch kein Wort gesprochen.

Hermann erhob sich schwerfällig und erstarrte. Er war nicht mehr allein – da stand jemand in seinem Laubeneingang. Mit diesem Besuch hatte er allerdings überhaupt nicht gerechnet. Und warum sein Überraschungsgast in der rechten Hand einen Revolver hielt, verstand er nicht. Hermanns Dackel Friedhelm ließ ein grollendes Knurren hören.

Kapitel 49

Isabel blinzelte in die plötzlich entstandene Helligkeit. Was sie sah, oder, genauer gesagt, wen sie sah, entsprach zu 100 Prozent ihrem Verdacht, den sie anfangs selbst belächelt, dann aber zunehmend ernster genommen hatte.

»Hallo, Markus,. Ist das nicht ein seltsamer Ort, um zum Präsidenten des Golfvereins gewählt zu werden?«, eröffnete sie den Dialog.

»Du spionierst mir also nach?«, stellte er gedehnt fest.

»Sagen wir mal so: Ich wollte über dein Leben auch in den Momenten informiert sein, die du nicht mit mir teilen kannst oder willst.«

»Und deshalb verfolgst du mich?«, beschwerte sich ihr Lebensgefährte, der deutlich spürte, dass seine privaten Verhältnisse im Begriff standen, sich grundsätzlich zu verändern.

»Nun ja, wenn mir etwas an einer Partnerschaft liegt und ich Tendenzen einer zunehmenden Entfremdung feststelle, dann bringe ich die Sache auf den Punkt.«

»Wie wäre es stattdessen mit einem guten Gespräch gewesen?«

»Du Heuchler, außerdem führen wir das jetzt«, gab Isabel bissig zurück.

»Wohl kaum. Aber ich wüsste jetzt ganz gern, wie du auf meine Fährte gekommen bist. Bist du mir schon häufiger nachgefahren?«

»Nein, gar nicht. Aber ich hatte im Rahmen meines Volontariats den Auftrag, mich mit der Einbruchserie zu befassen, die Bremen derzeit erschüttert. Ich habe alle Brüche herausgesucht, die ein vergleichbares Vorgehen aufwiesen. Das war bis dahin recht unspektakulär. Aber dann habe ich meinen Kalender zum Abgleich danebengelegt, um weitere Handlungsmuster herauszuarbeiten. Finden die Straftaten am Wochenende statt, oder an jedem ersten Dienstag im Monat, oder nur an geraden Tagen? Oder bei Vollmond?

Dabei fiel mir auf, dass die Einbrüche immer an Abenden oder in Nächten stattfanden, an denen du unterwegs warst. Die Zahl deiner Terminabsagen hat in den letzten Wochen stetig zugenommen, und die Ausreden wurden immer blumiger. Von da war es nur noch ein kleiner Schritt zur Lösung der letzten Frage: Woher konntest du wissen, dass die Wohnungs- oder Hauseigentümer nicht in Bremen waren? Ich musste nur überlegen, was du beruflich tust.«

»Und zu welchem Ergebnis bist du gekommen?«, fragte Markus fast unbeteiligt. Er war bereits damit beschäftigt, über den Fortgang dieser immer bedrohlicher werdenden Situation nachzudenken.

Isabel konnte sich nicht vorstellen, dass die Geschichte für sie unangenehm enden könnte. Unbefangen plauderte sie weiter.

»Du arbeitest im Vertrieb unserer Zeitung. Über deinen Schreibtisch gehen sämtliche Abmeldungen unserer Abonnenten, wenn die mal ein paar Tage unterwegs sind und keine Zeitung haben möchten. Anhand der Adressen und Berufe kannst du gut einschätzen, ob es da was zu holen gibt. Als du den heutigen Abend mit einer absolut fadenscheinigen Erklärung abgesagt hast …«

»Wieso fadenscheinig?«, wollte Markus wissen.

»Na hör mal! Wenn ein Verein sich einen neuen Vorsitzenden oder Präsidenten wählt, beruft er dazu sicher eine Mitgliederversammlung ein.«

»Ja, und?«

»Aber wird er das am Ostersonnabend tun?«, fragte Isabel spöttisch.

»Ach Sch…«

»Richtig. Und daher bin ich heute Abend erst zu eurem Vereinsheim gefahren. Da war erwartungsgemäß nichts los. Daraufhin bin ich zu deiner Wohnung gefahren und habe darauf gewartet, dass du dich auf den Weg machst. Und so sind wir nun hier.«

Für kurze Zeit herrschte verlegene Stille zwischen beiden.

Dann setzte Isabel nach: »Nur eine Frage habe ich nicht lösen können. Warum machst du das?«

Markus zuckte mit den Achseln. »Langeweile? Vielleicht suche ich den Kick?«

»Nein, mein Lieber. Das kauf ich dir nicht ab. Außerdem gibt es noch eine weitere Frage«, es war ihr anzumerken, dass jetzt der Punkt zu klären war, den sie bislang sorgfältig ausgespart hatten. »Ich will wissen, ob du …«

Markus unterbrach seine Lebensgefährtin ziemlich brüsk. »Ja, hab ich. Ich hab Erwin Rübsam mit dem Schürhaken auf den Kopf geschlagen. War wohl ein bisschen zu kräftig. Ich bin eben ein Golfspieler. Aber was soll ich denn machen? Der Kerl hatte nicht da zu sein. Die ganze Woche war er für Spiekeroog ausgecheckt, und dann steht er auf einmal im Wohnzimmer.«

»So wie ich jetzt.«

»So wie du jetzt«, bestätigte er. »Daraus ergibt sich eine dritte Frage. Was mache ich mit dir?«

»Wie meinst du das jetzt?«, fragte Isabel wachsam.

»Du kannst doch nicht ernsthaft glauben, dass ich dich laufen lasse! Ich hab etliche Einbrüche verübt und dazu einen Menschen erschlagen. Und du bist nach dem Stand der Dinge die Einzige, die von meinen Aktivitäten weiß.«

»Das denkst du aber nur allein«, log Isabel. »Frau Kannengießer und Herr Knispel wissen selbstverständlich Bescheid.«

»Dann wären die beiden hier, du aber nicht.« Markus' Blick wanderte durch den Raum.

Isabel bekam ein mulmiges Gefühl. Hatte sie ihren Lebensgefährten völlig falsch eingeschätzt? Er suchte offenbar nach einem geeigneten Schlaginstrument. Vielleicht war es an der Zeit, sich selber zu bewaffnen.

Verhandeln und Zeit gewinnen, dachte Isabel und schlug vor, dass er sie ja fesseln könne. »Dann hast du einen Vorsprung und kannst die Stadt verlassen.«

»Aber dann erhältst du Gelegenheit, jedem zu erzählen, was ich getan habe und wie ich aussehe, während ich jetzt den Vorteil genieße, dass niemand auf die Idee kommt, mich mit den Einbrüchen in Verbindung zu bringen. Ich frage dich, warum ich diesen Vorteil aus der Hand geben sollte.«

In diesem Moment öffnete sich eine zweite Tür, die von der Wohnstube direkt in das Schlafzimmer führte.

»Und glauben Sie mir, auch ich hätte eine ganze Reihe von Fragen«, informierte der eintretende Karl-Heinz Strelitz, unmittelbar gefolgt von seiner Gattin.

Marga trug einen längsgestreiften Pyjama in dezenten Pastellfarben, ihr Gatte war mit einem Morgenmantel bekleidet, der einen prächtigen asiatischen Drachen zeigte. In der rechten Hand hielt er einen Revolver, der auf Markus gerichtet war.

Markus schüttelte den Kopf und hielt seine Hände abwehrend in Richtung des Kriminalrats. »Das träum ich jetzt. Sie müssen ein Hologramm sein. Nach meinen Unterlagen sind Sie im Schwarzwald und lassen dort die Seele baumeln.« Markus Schneidewind holte tief Luft. »Warum hält sich eigentlich niemand an die Regeln?« Er presste die Fingerspitzen gegen seine Schläfen und spreizte die kleinen Finger ab. »So kann ich nicht arbeiten.«

Isabel Graf litt ebenfalls unter ausgeprägten Orientierungsproblemen. »Wie kommen Sie hierher?«, fragte sie und konnte gerade noch eine despektierliche Bemerkung über die Kleidung vermeiden.

Marga Strelitz erklärte in kühlem Ton, dass sie heute Morgen direkt nach dem Frühstück die Kur abgebrochen hätten und nach Haus gefahren seien, wo sie soeben die Unterbrechung ihrer Nachtruhe zu beklagen hätten.

»Gut, dass ich meine Dienstwaffe immer auf dem Nachtisch liegen habe«, ergänzte Strelitz und gönnte seiner Marga einen triumphierenden Blick. Es war unschwer zu erkennen, dass dieses Thema zwischen den beiden in der Vergangenheit kontrovers diskutiert worden war.

Isabel hielt den Zeitpunkt für gekommen, den formellen Part zu übernehmen: »Darf ich vorstellen – das ist Kriminalrat Strelitz, Leiter des Morddezernats. Herr Strelitz, das ist mein Ex-Lebensgefährte, Herr Schneidewind.«

»Isabel, Sie können die Hände wieder runternehmen ...«

»Herr Kriminalrat«, krähte Schneidewind, »nehmen Sie die Frau fest. Sie hat sich die Einbrüche ausgedacht. Es war ihre Idee! Sie hat auch Herrn Rübsam erschlagen! Ja, sagen Sie mal, hören Sie mir überhaupt zu?«

Strelitz lächelte. »Wir haben uns erlaubt, Ihr Gespräch mit dem Handy meiner Frau aufzunehmen. Einschließlich Ihres Geständnisses, Herrn Rübsam mit dem Schürhaken niedergestreckt zu haben.«

Markus Schneidewinds Antwort war nicht zitierfähig.

»Sie legen sich jetzt auf den Boden – auf den Bauch, wenn ich bitten darf. Die Arme verschränken Sie hinter dem Kopf«, kommandierte Strelitz.

An Marga gewandt, erbat er ihr Telefon. »Dann können die Kollegen vom Einbruch diesen Kandidaten hier abholen. Es reicht, wenn wir als Morddezernat am Osterdienstag einsteigen. Sonst müsste ich jetzt noch Konstanze und Olaf den Abend verderben. Aber vielleicht sollte ich doch dabei bleiben. Der Haftrichter bringt es sonst fertig, Herrn Schneidewind wieder auf freien Fuß zu setzen, nur weil er einen festen Wohnsitz hat.«

Marga schaute ihn an. »Bevor die Kollegen kommen, solltest du entweder den Morgenmantel oder den Revolver ablegen. Beides zusammen geht wirklich nicht. Und du möchtest doch nicht, dass dieses Kleidungsstück noch jahrelang Gesprächsstoff in eurer Kantine bietet?«

Kapitel 50

In Rudis Gaststube wurde es am Karsamstag-Abend gemütlich. Während sich das Wetter draußen absolut eklig aufführte und für ein Allzeit-Einnahme-Tief sorgte, rückte der harte Kern im Landheim noch ein bisschen enger zusammen. Olaf und seine hochschwangere Tatjana, die Tochter des Gastwirts, hatten sich dazugesetzt, und es war Franziska durch eine geschickte Gesprächsführung gelungen, die verhärteten Fronten zwischen den beiden aufzubrechen. Man hörte einander wieder zu, war bereit, sich auf die Argumente und Gedanken der Gegenseite einzulassen, und zeigte sich insgesamt ungewöhnlich versöhnlich. Doch die neu gewonnene Harmonie war einstweilen äußerst fragil.

Franziskas Handy schlug zu später Stunde an. Sie meldete sich, horchte kurz und sagte dann: »Oh, guten Abend Frau Graf!« Dann sagte sie: »Doch, der ist hier. Ich geb mal eben rüber.« Sie reichte Olaf das Handy.

Der meldete sich mit einem sehr distanzierten: »Bei Knispel-Klingebiel?«

Dann hörte er lange zu. Nur gelegentlich gelang es ihm, ein »Aha«, »Soso« oder »Ist nicht möglich« einzustreuen. Tatjanas Gesichtszüge verfinsterten sich zusehends.

Franziska sah nicht ein, dass dieser Anruf, der wirklich zur Unzeit kam, ihre gesamten Bemühungen um eine Versöhnung zwischen den beiden jungen Eheleuten ad absurdum führte. Während Olaf es tunlichst vermied, seine Gesprächspartnerin direkt anzusprechen, und auf diese Weise das Duzen vermied, beugte sich Franziska zu Tatjana, die schmallippig und mit zusammengekniffenen Augen versuchte, das Telefonat zu verfolgen.

»Das ist doch ein gutes Zeichen«, raunte Franziska.

»Ein gutes Zeichen?«, giftete Tatjana zurück.

»Ja doch. Frau Graf kennt nicht mal Olafs Handynummer.«

Über Tatjanas Gesicht huschte ein Lächeln. Das eben noch missmutig wirkende Mienenspiel zeigte jetzt eine Mischung aus Genugtuung, Triumph und Zuversicht.

So sehen Siegerinnen aus, dachte Franziska. Meine Güte, was sind wir doch für simple Wesen. Dann fiel ihr der Streit mit Andreas über ihre aktuellen beruflichen Perspektiven ein, und sie beschloss, erst einmal vor der eigenen Tür zu fegen.

Olaf hatte in diesem Moment das Telefonat beendet.

»Meine Güte, das waren eine Menge Neuigkeiten zu später Stunde«, verkündete er aufgekratzt. »Während wir hier gemütlich zusammensitzen, brennt anderswo die Luft.«

»Ein Brand? Wo?« Rudi kam gerade mit einer neuen Runde auf dem Tablett zum Stammtisch.

»Das war bildhaft gemeint«, erklärte sein Schwiegersohn. »Also, ich versuche mal, die Botschaften von Frau Graf zu sortieren. Zunächst eine Überraschung: Der Kriminalrat ist wieder im Lande …«

»Strelitz hat die Kur abgebrochen?«, rief Andreas. »Na, da wird seine Krankenkasse ihm aber noch ein paar Takte erzählen.«

»Bitte. So werde ich heute nicht mehr fertig«, beschwerte sich Olaf Knispel. »Frau Graf hat im Übrigen aus dem Haus von Strelitz angerufen ...«

»Da musst du dich verhört haben. Was soll die denn überhaupt und um diese Uhrzeit bei Strelitz?« Diesmal ging Rudi dazwischen.

»Nun lasst Olaf doch endlich mal ausreden!«, forderte Tatjana und schlug mit der flachen Hand auf den Tisch.

Noch ein gutes Zeichen, dachte Franziska. Sie tritt wieder für ihren Mann ein.

»Sie hat geholfen, ihren Lebensgefährten, den Schneidewind, zu überführen. Er hatte dort eingebrochen und steckt hinter der Einbruchsserie und hat auch Erwin Rübsam auf dem Gewissen. Der ist geständig«, ergänzte Olaf freudig. »Vorher ist Frau Graf im Pressearchiv gewesen. Dort ist sie auf eine spannende Geschichte gestoßen. Es hat nämlich bis vor 25 Jahren sowohl bei uns im Verein ›Erntedank‹ als auch beim benachbarten Kleingartenverein ›Ackerstolz‹ traditionell ein Osterfeuer gegeben. Damals gab es Rivalitäten zwischen den Vereinen. Hauptsächlich haben das die Jugendlichen untereinander ausgetragen. Manchmal mischte aber auch der Vorstand mit. Gerne zündete man beim gegnerischen Verein das Osterfeuer eine Nacht vorher an – also schon am Karfreitag-Abend. Und das ist auch vor 25 Jahren passiert.

Der Stapel von ›Erntedank‹ wurde angezündet. Dabei ist etwas schiefgegangen. In der Presse sprach man von einem Unglück, denn das vorzeitige Osterfeuer hatte ein Menschenleben gefordert. Zunächst wurde der Brand ziemlich hoch aufgehängt, weil am nächsten Tag zwei Jugendliche verhaftet worden waren. Die hatten aber ein wasserdichtes Alibi – beide waren den Abend im ›Döntjes‹ gewesen, einer bekannten Findorffer Kneipe.«

»Und weiter?«

»Oh, nichts. Nichts weiter. Es war ein Unglück, Schluss, aus. Und den Verein ›Ackerstolz‹ gibt es nicht mehr – der ist im Neubaugebiet untergegangen.«

Franziska grübelte. »Es hat jedenfalls einen Todesfall gegeben. Und Hermann Schilling war regelrecht außer sich, als Andreas das Osterfeuer wieder aufleben lassen wollte. Er ist der Einzige, der den Brand damals miterlebt hat.«

»Aber erst, seitdem Friedo Bohnekamp mitsamt seiner Laube unter den Birnbaum geraten ist«, widersprach Andreas. »Friedo stammte nämlich auch noch aus dieser Zeit, und er war damals im Vorstand aktiv. Das ergibt sich aus den alten Protokollen.«

Franziska stand auf. »Ich hab ein ungutes Gefühl. Hermann hat sich den ganzen Tag nicht sehen lassen. Wir gehen jetzt zu ihm, denn bei dem Wetter ist er sicher nicht mehr nach Hause gegangen. Er soll uns die gesamte Geschichte erzählen. Irgendetwas scheint da wieder hochzukommen, von wem auch immer. Nachdem Friedo tot ist, ist Hermann möglicherweise auch in Gefahr!«

Olaf wurde blass: »Um Himmels Willen! Hoffentlich gibt es keinen Zusammenhang mit dem Verschwinden meiner Dienstwaffe«, stammelte er.

Kapitel 51

Hermann Schilling schaute in einer Mischung aus Angst und Verärgerung auf seinen späten Gast. »Was soll das denn werden? Was haben Sie vor?«

»Eine alte Geschichte zu Ende bringen, das ist der Plan«, erklärte Alexander Weber und zielte auf Friedhelm.

»Lassen Sie das Tier in Ruhe«, schnauzte Hermann.

»Dann legen Sie es an die Leine!«, befahl der Neuparzellist. Hermann kam der Aufforderung nach.

Herr Weber zielte jetzt auf ihn. »Normalerweise wird in einer solchen Situation von einem der Beteiligten ein Bericht abgegeben, aus dem deutlich wird, wer wann was warum getan hat. Das können wir uns in diesem Fall sparen. Sie waren so nett, mir bereits im Landheim alles zu erzählen, als die Zweite Vorsitzende uns für ein paar Minuten allein gelassen hatte. Sie erinnern sich noch? Das war an dem Nachmittag, als sich diese Reisegesellschaft das erste Mal eingefunden hatte und Franziska Morgenstern sich nicht vollends auf uns konzentrieren konnte. Da haben Sie mir alles vorgetragen. Welch außerordentlicher Glücksfall für mich. Ich hatte mich schon auf wochenlange Ermittlungen eingestellt.«

»Das hat man davon, wenn man zu viel redet«, grummelte Hermann. »Aber verstanden haben Sie wohl nicht alles, oder? Ich hatte Ihnen nämlich klargemacht, dass ich an der Geschichte damals nicht beteiligt war!«

»Ich weiß«, winkte Alexander Weber ab. »Aber Sie sind nun mal der Einzige, der weiß, dass ich meine Nase in diese Ereignisse hineingesteckt habe! Und Mitwisser, so leid es mir tut, kann ich mir nicht leisten. Nicht, nachdem Herr Bohnekamp so tragisch ums Leben gekommen ist.«

In diesem Moment bewegte sich ein fester Gegenstand durch Hermann Schillings Laubenfenster.

Kapitel 52

Die kleine Karawane ging trotz widriger Wetterlage entschlossen zu Hermanns Parzelle. Franziska und Andreas hatten sich an die Spitze dieser Expedition gesetzt. Es folgten Johanna, Rudi Klingebiel und Olaf Knispel.

»Da brennt noch Licht!«, rief Franziska gegen den Sturm, der an den Lauben rüttelte, Geäst von den Bäumen brach und manches, das nicht gesichert war, vor sich hertrieb – Terrassenmöbel, Gartengeräte und Dekorationen aller Art und Güte.

Sie betraten die Parzelle und rückten bis zur Laube vor. Ein Blick durch das Fenster reichte, um die Situation als bedrohlich einzustufen. Ort und Zeitpunkt waren für eine filigrane Feinabstimmung von Strategie und Taktik nicht geeignet, Franziska schaltete als Erste: »Wir gehen da jetzt alle schnell und entschlossen rein. Das wird so eng, dass er keine Chance zur Gegenwehr hat.«

Olaf widersprach: »Zumindest für den Ersten, der reingeht, bleibt das aber ein riskantes Unternehmen. Das ist dann mein Job«, entschied er.

»Okay, gehen wir es an«, rief Andreas. »Ich werfe das Fenster ein, und wir nützen die Überraschung und sind drin. Lange diskutieren ist nicht, wir machen das jetzt einfach!« Er bückte sich, hob einen von Hermanns Gartenzwergen auf und warf ihn mit Wucht durch die Fensterscheibe.

Olaf sprang zeitgleich durch die Tür in die Laube, und die anderen drängten nach. Alexander Weber war völlig perplex. Er ließ sich die Waffe von Olaf widerstandslos aus der Hand nehmen.

Hermann sammelte die Bruchstücke des Gartenzwergs auf, betrachtete sie nachdenklich und murmelte: »Ausgerechnet Gustav.«

Kapitel 53

Als sei es noch nicht voll genug in Hermanns kleiner Hütte, ergänzte 20 Minuten später Kriminalrat Strelitz die nächtliche Runde. Der kurze Weg von seinem Auto über die Parzelle bis zur Laube zauste heftig an Strelitz‘ Frisur und Bekleidung. So wirkte er bei seinem Eintritt in das Gartenhäuschen wie ein orientierungsloser Fahrzeughalter, der sein Auto versehentlich beim Passieren der Waschstraße verlassen hat. Strelitz grüßte kurz, schüttelte sich und tropfte dabei alles und jeden voll.

»Meine Güte«, schnaufte er und schaute missmutig in die Runde. Sein Blick blieb an Alexander Weber hängen. »Da ich alle übrigen kenne, denke ich, dass Sie der Grund dieser Vollversammlung sind. Nun mal los, erzählen Sie! Und Olaf, Sie nehmen alles mit ihrem Handy auf. Und wenn der Akku nicht reicht, bitte ich die übrigen Anwesenden, mit ihren Handys einzuspringen. Ungewöhnliche Situationen erfordern ungewöhnliche Maßnahmen«, verkündete er.

Weber nickte kleinlaut und begann, gesprächig zu werden.

»Vor zwei Monaten ist meine Mutter verstorben. In ihren letzten Stunden hat sie mir erklärt, dass mein Vater nicht – wie ich bis dahin annahm – bei einem Autounfall ums Leben gekommen war, sondern auf ganz andere Weise. Bevor ich das jetzt aus zweiter Hand berichte, würde ich Herrn Schilling bitten, uns die Geschichte nahezubringen. Ich steige dann an passender Stelle wieder ein.«

Alles schaute jetzt gespannt auf Hermann Schilling. Und während draußen die Welt unterzugehen schien, saßen hier dicht gedrängt acht erwachsene Personen warm angezogen in der ausgekühlten Gartenlaube. Auf dem Tisch stand eine flackernde Kerze. Für jeden war noch eine Flasche Bier vorrätig.

Hermann räusperte sich. Dann fing er seine Geschichte etwas unbeholfen an.

»Also, wir hatten hier bis vor zehn Jahren oder so zwei Kleingartenvereine, ›Erntedank‹ und ›Ackerstolz‹. Da gab es immer ein paar Rivalitäten. Nix Ernstes, und meistens war das eine Sache, die zwischen den Jugendlichen der beiden Vereine ablief. Aber manchmal hatten auch die Vorstände ihre Hände im Spiel. Vor 25 Jahren hatten wir einen großen Weihnachtsbaum vor dem Landheim. Den haben uns die ›Ackerstolzer‹ angesteckt. Wir waren alle mächtig sauer, zumal wir glaubten, dass der Vorstand der ›Ackerstolzer‹ dahintersteckte. Drei Monate später kam das Osterfest. Beide Vereine hatten jedes Jahr ein Osterfeuer. Und dann kam der Tag, an dem ich abends noch im Landheim saß.

Ich hatte vormittags meine Mutter beerdigt und hab mir noch das eine oder andere Bier gegönnt. Ich hab mich nicht ernsthaft betrunken, aber drei oder vier Biere sind das wohl gewesen. Die übrige Gaststube war leer, bis auf drei Personen: den Ersten Vorsitzenden Hubert Schinkel, unseren damaligen Landheim-Pächter Bertie Schlegelfeld und Friedo Bohnekamp. Der war damals tatsächlich unser Rechnungsführer.

Den ganzen Abend steckten sie die Köpfe zusammen. Ich hab nur gehört, dass es um Revanche ging. Ein Paar Schnäpse später war dann von Rache die Rede. Ich war in Gedanken bei der Beerdigung vom Vormittag. Irgendwann wurden die anderen drei laut. Man hatte eine Lösung gefunden. Soweit ich das mitgekriegt habe, ging es um das Osterfeuer. Das wollten sie den ›Ackerstolzern‹ eine Nacht vorher anzünden. Mich hat das nicht interessiert. Wenn man morgens seine Mutter begräbt, dann hat man abends andere Dinge im Kopf.«

Hermann nahm einen tiefen Zug.

»Tja, und dann haben die drei ein paar Tage später Ernst gemacht. Der Stapel der ›Ackerstolzer‹ hat das Osterfest nicht mehr erlebt.«

Hermann lehnte sich zurück.

»Das kann nicht die ganze Geschichte sein!«, bohrte Strelitz. »Der entscheidende Punkt scheint mir zu fehlen!«

Hermann nahm noch einen Schluck Bier. Dann sagte er: »Richtig, Herr Kriminalrat. Der Erste Vorsitzende der ›Ackerstolzer‹ war Otto Weber, und der hat das Fest auch nicht mehr erlebt. Tja, und Otto Weber war der Vater von diesem Herrn hier, der mich vorhin erschießen wollte.«

»Klären Sie uns auf, Herr Weber«, ermunterte Strelitz den jungen Mann. »Was ist Ihrem Vater passiert?«

Der Angesprochene saß wie ein Häufchen Unglück in der Ecke. »Er hat geahnt, dass der Verein ›Erntedank‹ das Osterfeuer angreifen würde. Also hat der Vorstand der ›Ackerstolzer‹ eine Wache eingeteilt. Leider hat man vorher noch anständig gezecht, und als es soweit war, die Wache anzutreten, war mein Vater allein. Er war allerdings auch stark alkoholisiert. Und so hat er sich in einen Thermoschlafsack direkt am Stapel zur Ruhe gelegt.

Die drei Herren von ›Erntedank‹ waren vermutlich von der anderen Seite an den Stapel geschlichen. Meinen Vater werden sie von der Seite nicht gesehen haben. Um es kurz zu machen: Der Stapel war knochentrocken – es hatte über eine Woche nicht geregnet. Der Stapel dürfte regelrecht explodiert sein, zumal noch einige Weihnachtbäume dringesteckt hatten. Mein Vater hatte keine Chance.«

In Hermanns Laube war es still geworden. Draußen tobten die Elemente. Auf dem Tisch flackerte die Kerze. Otto Webers Geist schien für einen Moment in diesen Kreis zurückgekehrt zu sein.

Schließlich fragte Franziska: »Und diese Geschichte mit allen Details hat Ihnen jetzt Ihre Mutter erzählt? Sozusagen auf dem Sterbebett?«

»Ja«, bestätigte Alexander. »Ich war gerade fünf Jahre alt, als das Unglück passierte. Meine Mutter hat sofort den Garten aufgegeben, und wir sind zu ihrer Schwester nach

Oldenburg gezogen. So kam ich mit niemandem in Kontakt, der die Wahrheit wusste, und meine Wahrheit blieb eben die Geschichte vom Autounfall, den er angeblich gehabt hatte. Man wollte einem Fünfjährigen wohl nicht erzählen, dass der Pappi betrunken im Osterfeuer umgekommen ist.«

Strelitz wandte sich an Hermann. »Wie ist die Geschichte denn beim ›Erntedank e. V.‹ verarbeitet worden?«

»Die haben sich weggeduckt, den Ball flachgehalten und kein Wort darüber verloren. Nur mich haben sie ins Gebet genommen. Vor 25 Jahren haben wir hier an diesem Tisch gesessen, und die drei haben mich zum Schweigen verdonnert. Sie haben gedroht, mich ansonsten mit reinzuziehen. Sie wollten mich sogar als Täter beschuldigen. Da hatte ich keine andere Chance, als die Klappe zu halten. Bis Webers Sohn mich vor ein paar Tagen ansprach. Muss wohl der falsche Moment gewesen sein. Ich war jedenfalls froh, die Geschichte nach so vielen Jahren loswerden zu können.«

Strelitz wollte wissen, wie die Geschichte seinerzeit ermittlungstechnisch abgeschlossen wurde.

Auch da konnte Hermann weiterhelfen. »Es wurden zwei Jugendliche aus dem Stadtteil verdächtigt. Die hatten schon Einiges auf dem Kerbholz. Aber sie hatten ein Alibi – sie waren im ›Döntjes‹ gewesen. Schließlich hat man das Ganze als Unglücksfall zu den Akten gelegt. Otto Weber war ein starker Raucher, und man hat ein Feuerzeug bei ihm gefunden.«

Franziska wechselte sich jetzt mit Strelitz ab. »Was ist aus den Tätern geworden?«

Hermann Schilling gab nochmals Auskunft: »Tja, da wird's ein bisschen unheimlich. Der Erste Vorsitzende hat ein Jahr später beim Arbeitsdienst einen Herzkasper gekriegt. Exitus. Und der Gastwirt hat kurz darauf einen Stromschlag erlitten.«

»Jetzt fehlt noch das Kapitel ›Friedo Bohnekamp‹«, bemerkte Andreas.

Alexander Weber lieferte die Aufklärung. »Nachdem meine Mutter verstorben war, habe ich mir einen Garten beim ›Erntedank e. V.‹ genommen. Ich wollte herausfinden, ob man die Geschichte hier noch kennt und vielleicht sogar Hinweise auf die Täterschaft geben kann. Dazu wollte ich mit den älteren Kleingärtnern ins Gespräch kommen. Sie können sich vorstellen, wie perplex ich war, als sich mein erstes Gespräch gleich als Volltreffer erwies.«

Er berichtete von seinem Zusammentreffen mit Hermann Schilling an dem Tag, als die Reisegruppe das erste Mal bei Rudi Klingebiel zu Gast war.

»Erinnern Sie sich noch?«, fragte Weber Franziska. »Wir hatten zusammengesessen, als es lebhaft wurde und Sie dem Wirt zu Hilfe geeilt sind. Herr Schilling und ich waren zurückgeblieben, und ich habe ihn auf das Osterfeuer angesprochen. Es war, als ob Herr Schilling jahrelang auf dieses Stichwort gewartet hatte. Es sprudelte nur so aus ihm heraus.«

»Und dann kam der Moment der Rache?«

»Ja und nein«, druckste Weber. »Ich wollte dem einzig noch lebenden Täter nicht ans Leben. Aber die Laube wollte ich ihm zerstören. Ich fand, dass ich eine solche Aktion meinem Vater schuldig war. Dazu schien mir die Idee mit der Motorsäge und dem Birnbaum genial zu sein. Der Orkan passte wie gerufen in meinen Plan. Ich konnte doch nicht ahnen, dass Herr Bohnekamp direkt unter dem Dach liegt. Genau da, wo der Baum eingeschlagen ist! Wer übernachtet bei solchen Rahmenbedingungen schon freiwillig auf der Parzelle?«

Strelitz unterbrach ihn: »Damit war Herr Schilling der Einzige, der auf den Gedanken kommen konnte, dass Sie hinter dieser Aktion stecken«, stellte er fest. »Also wollten Sie ihn beseitigen.«

»Ja. Und als sich im Landheim anlässlich des Eklats mit der Reisegruppe die Möglichkeit bot, die Waffe von Herrn Knispel mitzunehmen, habe ich zugegriffen.«

Strelitz schnappte nach Luft. »Olaf, Sie haben Ihre Schusswaffe verloren?«

»Ja, aber jetzt hab ich sie ja wieder«, merkte der Kommissar kleinlaut an und gab für den Kriminalrat exklusiv eine Darstellung des Verlustes.

Rudi Klingebiel schien es jetzt an der Zeit zu sein, die Last von den Schultern seines Schwiegersohns zu nehmen.

»Schuld hatte ich, Herr Kriminalrat«, meldete er sich. »Ich hab die Waffe aufgesammelt und in Sicherheit gebracht. Aber ich war dabei nicht besonders sorgfältig. Herr Weber hat meine Aktion wohl beobachtet und sich das Schießeisen in einem günstigen Moment angeeignet.«

Weber nickte kleinlaut.

Strelitz stöhnte. »Auf jeden Fall, Olaf, seien Sie froh, dass Herr Schilling nicht mit Ihrer Pistole verletzt oder gar erschossen worden ist.« Er wandte sich an Weber. »Und heute wollten Sie den Schlusspunkt setzen?«

Weber schaute auf den Fußboden. »Ja, das hatte ich vor. Aber ich hätte es nicht fertig gebracht. Ich bin kein Mörder. Das haben Sie sicher schon gemerkt, als Sie alle hier eingedrungen sind.«

Kapitel 54

Der Vormittag des Ostersonntags erlebte eine intensive Vernehmungsaktivität des Morddezernats. Zeitweise saßen »die Kollegen vom Einbruch« mit am Verhörtisch. Der Nachmittag sah den Stammtisch bei Rudi Klingebiel eng besetzt.

Kriminalrat Strelitz, der von seiner Frau Marga begleitet wurde, brachte Ordnung und Übersicht in das Geschehen.

»Da wäre zunächst einmal die Einbruch-Serie. Solange es sich nur um ›Einbruch‹ handelte, war das Morddezernat nicht im Geschäft«, erklärte er und lieferte damit auch gleich die Begründung, warum die Aufklärung auf sich warten ließ. »Als dann ein Einbruch, der von den übrigen Merkmalen in die Serie passte, mit dem Tod des Hausbesitzers Erwin Rübsam endete, hatte ich einen Grund, mich in die Aufklärung einzumischen. Ich habe Frau Graf damit beauftragt, die bisherigen ›Einbrüche‹ nach Konstanten und Variablen abzugleichen.«

Strelitz sah, dass sich nicht nur Knispels Gesicht in ein Fragezeichen verwandelte.

»Also, Frau Graf begab sich auf die Suche nach wiederkehrenden und beliebig wechselnden Merkmalen der einzelnen Brüche«, schraubte Strelitz das Niveau seiner Wortwahl auf eine populäre Ebene herunter. Er legte seine Hand auf ihre Schulter. »Möchten Sie berichten, wie es weiterging?«

Während Frau Strelitz die Hand ihres Gatten nicht aus den Augen ließ, trug die Volontärin vor, dass ihr zunächst aufgefallen sei, wie stark die Abwesenheitszeiten von Markus Schneidewind mit den Daten der Einbrüche korrespondierten. Was ihr zunächst absurd vorgekommen sei, habe immer konkretere Konturen erhalten. Der gestrige Tag sei zur Nagelprobe geworden, unterstrich Isabel Graf ihre

Ausführungen und schilderte, wie sie Markus gefolgt war und schließlich mit Markus in einem ihr fremden Wohnzimmer gestanden habe. Dort habe ihr Lebenspartner unangenehm werden wollen.

An dieser Stelle übernahm der Kriminalrat wieder die Rolle des Erzählers.

»Sie dürfen sich vorstellen, dass wir nach dem Frühstück das Kurhaus verlassen hatten, nicht ohne zuvor mit einigen Führungskräften des Kurbetriebes ein sehr unerfreuliches Gespräch geführt zu haben«, begann er.

»Sag's ruhig, wie es war«, bemerkte seine Frau Marga. »Du hast gepöbelt, mein lieber Karl-Eberhard. Gepöbelt hast du wie ein alter Kesselflicker!«

»Ich habe mich nur dem dort vorherrschenden sprachlichen Niveau angepasst«, verwahrte sich Strelitz.

»Du hast den Leiter des Kurhauses als ›alten Gurkenhobel‹ bezeichnet«, erinnerte ihn Marga. »Daraufhin durften wir dann unser Gepäck selbst zum Taxi tragen.«

»Wie dem auch sei«, wischte Strelitz diesen Einwand beiseite, »wir sind jedenfalls zur Abendbrotzeit zu Hause angekommen, entsprechend müde und gerädert. Dann haben wir noch etwas gegessen, ein Glas Wein getrunken und sind in unser Bett – endlich wieder unser eigenes Bett! – gefallen. Das war sehr erholsam, bis wir durch Stimmen aus unserem Wohnzimmer geweckt wurden. Glauben Sie mir, das ist auch für einen gestandenen Kriminalbeamten ein beklemmender Moment – man kommt aus dem Tiefschlaf und hört Personen im Nebenzimmer, die dort definitiv nicht hingehören. Ich hab für solche Situationen meine Dienstwaffe nachts in der obersten Nachttischschublade deponiert, obwohl meine Frau dieses Arrangement immer wieder stark kritisiert. Sie hat mir dann noch ihr Handy zugeschoben …«

»… weil du deines verbummelt hast!«

Strelitz schluckte eine Antwort herunter. »Kurz und gut, ich habe das Gespräch zwischen den beiden mit dem

Handy aufgenommen. Und als es schließlich bedrohlich wurde, bin ich eingeschritten. Ich hatte ja keinen Sichtkontakt und konnte daher nicht einschätzen, ob Waffen im Spiel waren. Als wir Herrn Schneidewind unter Kontrolle hatten, haben wir Verstärkung herbeigerufen …«

»… von meinem Handy! Weil du deines verbummelt …«

Strelitz machte reinen Tisch. »Ich hab's nicht verbummelt, Marga, es ist mir ins Klo gefallen!«

Der Stammtisch hielt die Luft an. Alles sprach dafür, dass man jetzt Zeuge eines formidablen Ehekrachs würde. Doch die Strelitze erwiesen sich als routiniert und gut abgestimmt.

»Na ja«, reagierte Marga, »dann war es doch gut, dass ich ein zweites Gerät zur Hand hatte.«

»Wohl wahr«, bestätigte ihr Ehemann und setzte seinen Bericht fort, als sei nichts passiert. »Wir haben heute Morgen eine Hausdurchsuchung bei Herrn Schneidewind vorgenommen. Dabei sind wir umfangreich fündig geworden. Frau Rübsam und Frau Flottbeck werden allerdings kaum überascht sein, denn von einer Münzsammlung war nichts bekannt geworden.«

Strelitz hielt kurz inne und überlegte.

»Aber ich denke, es wird keinen Frieden geben. Im Gegenteil, man wird sich jetzt trotzdem darum streiten, wer die rechtmäßige Eigentümerin ist. Bei dem Streitwert werden sich vermutlich noch einige Anwälte warm laufen und kassieren wollen.«

»Apropos reich geworden: Was ist eigentlich aus der Lebensversicherung der Rübsams geworden?«, erkundigte sich Franziska.

»Damit ist alles in Ordnung«, berichtete Strelitz. »Zunächst war allein die Existenz dieser Versicherung eine außerordentliche Belastung für Frau Rübsam, denn ein besseres Mordmotiv lässt sich kaum denken, und wir hätten dazu sicher noch einige Fragen gestellt. Aber unsere Überprüfung, soweit sie an den Feiertagen möglich war, zeigt, dass es sich um ein ganz normal zustande gekommenes Versicherungsverhältnis handelt, das jetzt zugunsten von Frau Rübsam abzuwickeln ist.«

Franziskas Neugier war noch nicht befriedigt. »Gibt es schon Erkenntnisse, warum Herr Schneidewind überhaupt auf Abwege geraten ist? Es muss doch Gründe geben, wenn sich jemand wie aus dem Nichts zu einer Art Intensivtäter entwickelt!«

»Da haben Sie Recht«, bestätigte Strelitz. »Das war der Punkt, an dem wir auch etwas zu knacken hatten. Aber er hat schließlich ausgepackt.«

»Und?«

»Herr Schneidewind war Spieler. Er hatte in sämtlichen Spielcasinos im nordwestdeutschen Raum Hausverbot. Dann ist er in illegale Kreise abgerutscht, und schon bald war er dort hochverschuldet. Was Außenstände angeht, ist man dort sehr humorlos, und den Schuldenberg wollte er durch kriminelle Energien kompensieren. Dazu muss man wissen, dass die Herren der Inkasso-Abteilung in diesem Milieu zu rustikalen Umgangsformen neigen«, dozierte der Kriminalrat und setzte seinen Vortrag nach einem Schluck aus dem Bierglas fort: »Also haben wir es mit zwei völlig unterschiedlichen Straftaten zu tun, und beide Todesfälle waren nicht geplant. Weder sollte Herr Rübsam sterben, noch war das Ableben von Herrn Bohnekamp geplant. Vielmehr waren beide zum falschen Zeitpunkt am falschen Ort. Selbst das Osterfeuer, das vor 25 Jahren Otto Weber dahingerafft hat, ist ein Unglücksfall. Herrn Schneidewind wird man allerdings vorhalten, dass er mit bedingtem Tötungsvorsatz gehandelt hat. Wer mit solcher Wucht zuschlägt wie er, der nimmt den Tod billigend in Kauf.

Bei Friedo Bohnekamp und Otto Weber hatten die Täter nicht einmal von deren Anwesenheit gewusst. Und während man bei dem Osterfeuer noch eine Wache hätte vermuten können, kann Alexander Weber geltend machen, dass mit der Übernachtung eines Kleingärtners in dieser Jahreszeit und bei dieser Wetterlage nicht zu rechnen war, zumal das Übernachten gegen die Kleingartenordnung verstößt. Schwerer wiegt Herrn Webers Absicht, Herrn Schilling zu erschießen, zumal zur Vorbereitung dieser Tat eine Polizeiwaffe entwendet wurde.

Auf die juristische Einschätzung der Richter darf man gespannt sein. Herr Schilling dürfte nicht in Bedrängnis kommen, denn das Gericht muss ihm nachweisen, dass er schuldig ist. In den USA wäre seine Position ungleich schwieriger: Dort hätte er seine Unschuld beweisen müssen. Aber nach 25 Jahren wäre es schwierig, noch irgendetwas beweisen zu können.«

Hermann wirkte seit der Aufklärung der Vorgänge um das Osterfeuer wie ausgewechselt. Ihm war eine Zentnerlast von den Schultern genommen worden, die er 25 Jahre allein hatte tragen müssen. Entsprechend entspannt reagierte er jetzt:

»Ach, wenn es wirklich zu einer Verhandlung kommt, nehme ich einfach Friedhelm mit!« Das erste Mal seit langer Zeit breitete sich auf seinen verwitterten Gesichtszügen ein Lächeln aus.

Andreas fand das unbefriedigend.

»Das hieße, für Hermann Schilling kann es nur einen Freispruch zweiter Klasse geben?«

»Gemach, gemach«, beschwichtigte Strelitz die am Stammtisch entstehende Unruhe. »Noch sehe ich niemanden, der eine Klage gegen Herrn Schilling erheben wird. Die Ehefrau von Otto Weber ist verstorben, der Sohn hat jetzt sein eigenes Problem, und die Staatsanwaltschaft wird sich nach 25 Jahren ernsthaft überlegen, ob sie gegen Herrn Schilling noch mit Erfolg einen Schuldnachweis führen kann.«

Der Kriminalrat registrierte mit Genugtuung die um sich greifende allgemeine Erleichterung. Nur Konstanze Kannengießer saß mit finsterem Blick neben ihrem Chef, drehte ihr Bierglas hin und her und zerpflückte einen Bierdeckel. Ihre Stimmung befand sich auf Beerdigungsniveau. Sie hatte die Chance gehabt, in Abwesenheit des Kriminalrates zwei Todesfälle aufzuklären. Strelitz hatte sie mit einem enormen Vertrauensvorschuss ausgestattet, und sie hatte es in ihrem Übereifer verpatzt. Es hatte der Rückkehr des Kriminalrates bedurft, um beide Fälle aufzuklären. Und wie üblich hatte Franziska Morgenstern wieder den entscheidenden Impuls gesetzt, in dem sie die Nachtwanderung zu Hermanns Gartenlaube angezettelt hatte. Zudem hatte Isabel Graf ihren Lebensgefährten zufällig in die Hände von Kriminalrat Strelitz getrieben.

Der beugte sich jetzt zur Oberkommissarin hinüber und begann, fast schon im Flüsterton zu ihr zu sprechen.

»Wie in allen Berufen lernt man auch in unserem Job täglich dazu. Da gibt es Momente, in denen man verzweifeln möchte, weil es überwiegend nicht so klappt, wie wir uns das vorstellen. Wir wissen beide, wie einsam der Job eines Polizisten sein kann – vor allem dann, wenn wir wieder als Reparaturwerkstatt dieser Gesellschaft tätig werden. Wie oft haben Sie mir schon ins Gewissen geredet, wenn ich depressive Momente hatte, weil ein Fall nicht voranging?«

»Fakt ist, dass ich fast alles verkehrt gemacht habe«, haderte die Oberkommissarin mit sich selbst.

»Fakt ist, dass Sie eine sehr gute Kriminalbeamtin sind, auf deren Unterstützung ich nicht verzichten möchte.«

»Fakt ist, dass ich Ihnen heute Morgen mein Versetzungsgesuch auf den Schreibtisch gelegt habe.«

»Und Fakt ist, dass ich einen gut funktionierenden Büro-Schredderer besitze.«

Strelitz fühlte sich in seiner vertrauten Umgebung, im Kreise seines Teams und mit aufmerksam zuhörenden Zeitgenossen, ganz offensichtlich wohl. Er liebte diese Phase einer Falllösung, in der er die Hintergründe aufklären und letzte noch offene Fragen beantworten konnte.

Dabei verstand er es, die Rolle des Dozenten mit einem väterlichen Anstrich zu versehen, ohne in ausufernde Selbstgefälligkeit zu verfallen.

»So, gibt es noch irgendeinen Klärungsbedarf?«, fragte er und gab Rudi Klingebiel tiefenentspannt ein Zeichen, noch ein Bier zu zapfen.

Sein Handy klingelte. »Strelitz?«, meldete er sich wohlwollend, »wer stört?«

Das Telefonat erwies sich als sehr einseitig. Allerdings durchlief der Gesichtsausdruck des zuhörenden Kriminalrates verschiedenste Schattierungen emotionaler Befindlichkeit.

Dann sagte er: »Ja, danke. Vielen Dank«, und deaktivierte sein Handy. Für einen Moment zeigte er einen glasigen, in die Ferne gerichteten Blick. Dann besann er sich der Anwesenheit der übrigen Gäste, schaute in die Runde und räusperte sich ausführlich. Anschließend ergriff er wieder das Wort.

»Das war die Gerichtsmedizin«, teilte er mit brüchiger Stimme mit. »Es gibt neue Erkenntnisse.« Er wirkte wie betäubt. Dann blickte er in die Runde. »Als der Birnbaum auf Friedo Bohnekamp stürzte, war er bereits tot!«

Es war Olaf, der als Erstes seine Gedanken in Worte kleidete. »Das kann doch nicht wahr sein!«

Aber es war seine Frau, die mit dem letzten ruhigen Satz, den sie an diesem Tag noch zustande bekommen sollte, auf die plötzlich einsetzende Wehentätigkeit hinwies.

Kapitel 55

Am Ostermontag saß das Ermittlerteam in Strelitz' Dienstzimmer. Die Stimmung war gedämpft. Allein die Kaffeemaschine Rudolf schien sich angesichts Strelitz' Rückkehr wohlzufühlen und produzierte unternehmungslustig große weiße Dampfwolken.

»Rudolf schult auf Dampflokomotive um«, stellte Konstanze fest. Ihr Blick wanderte heimlich zu Strelitz' Gummibaum, der sehr angegriffen wirkte. Ich hätte diese Pflanze nicht mit dem Kaffee gießen dürfen. Das war einfach zu heiß, dachte sie. Das nennt man auch semi-professionell!, wisperte ihre innere Stimme.

Strelitz folgte Konstanzes Blick. »Er scheint keine gute Pflege genossen zu haben«, stellte er nachdenklich fest. Man konnte glauben, dass der Kriminalrat das Schicksal dieses Gummibaums teilte. Es ist doch erstaunlich, wie verheerend sich ein Mangel an Zuwendung auswirken kann – ob bei Menschen, Tieren oder Pflanzen.

»Ich hab Marga schon informiert. Heute nehme ich die Pflanze nach Feierabend mit nach Hause. Meine Frau betreibt dort eine kleine Intensivstation für Zimmerpflanzen. Bei entsprechender Fürsorge ist vielleicht noch etwas zu retten. Es ist erstaunlich, wie viel todkranke Gewächse Marga bereits ins Leben zurückgeholt hat. Manchmal spricht sie sogar mit ihren stummen Patienten.« Er schaute Konstanze und die Volontärin an. »Haben wir was vom Kollegen Knispel gehört?«

Konstanze Kannengießer schüttelte den Kopf. »Nein. Die letzte Meldung kam vor einer Stunde von Herrn Klingebiel. Das Baby lässt sich noch Zeit.«

»Ein kluges Kind«, meinte Strelitz anerkennend. »So ein Schritt ins Leben will schließlich gut überlegt sein, oder?«

Er blickte auf Konstanze und Isabel und blätterte dann eingehend in der Fallakte. »Wollen wir dann?«

Die beiden Damen schauten ihn fragend an.

»Na, den Fall wieder aufwickeln«, seufzte der leidgeprüfte Kriminalrat. Der Anruf der Gerichtsmedizin hatte Strelitz aus dem behaglichen ›Ich-kam-sah-und-siegte-Gefühl‹ jäh in die harte Wirklichkeit zurückbefördert. Eben war er noch der gütig lächelnde Kriminalrat gewesen, der die jungen Kollegen mit väterlicher Milde an dem reichen Schatz seiner Berufserfahrung teilhaben ließ. Jetzt wusste er nicht mehr ganz sicher, ob er immer noch froh sein sollte, die Kur hinter sich zu haben und sich wieder in vertrautem Fahrwasser zu bewegen.

Er klappte den Aktendeckel zu. »Wer kann ein Interesse haben, Friedo Bohnekamp umzubringen?«, sinnierte er.

»Hermann Schilling«, kam Konstanzes prompte Antwort. »Ohne Bohnekamp gäbe es keinen weiteren Zeitzeugen des Osterfeuerdramas«, überlegte die Oberkommissarin. Seitdem Strelitz wieder ins Geschehen zurückgekehrt war, verfügte Konstanze wieder über ihre gewohnte Form. »Chef, Sie haben uns noch nicht gesagt, wie er zu Tode gekommen ist«, erinnerte sie den Kriminalrat.

»Er ist erstickt worden. Mit einem Sofakissen. Dafür brauchte es nicht viel Kraft«, dozierte Strelitz. »Ein alter Mann erstickt einen anderen alten Mann. Friedo Bohnekamp ist … war zwar zehn Jahre jünger als Hermann Schilling, aber erheblich angetrunken. Ich denke, er hat keine Chance gehabt.«

Isabel Graf mischte sich ein. »Man kann sich das Szenario gut vorstellen – es herrscht ein ekliger Sturm. Hermann verlässt das Landheim und wartet draußen in einer dunklen Ecke darauf, dass Bohnekamp den Heimweg antritt. Der kommt zwar tatsächlich, aber in Begleitung des Wirtes. Rudi begleitet ihn bis zu seiner Parzelle und fährt wieder zurück zum Landheim. Jetzt ist der Weg für Hermann Schilling frei

– er kann mit der Vergangenheit abschließen. Erst später kommt Alexander Weber und lässt – sozusagen als Sahnehäubchen – den Birnbaum auf die Laube fallen.«

»Ein durchaus vorstellbares Szenario«, nickte Strelitz. »Es hat aber zwei Schwächen: Zum einen ist Hermann Schilling überhaupt nicht der Mann, der einen Mord begeht. Außerdem: Warum soll er den Mord jetzt, nach 25 Jahren, begehen? Damals, gleich nachdem der Vorstandsvorsitzende vom ›Ackerstolz e. V.‹ ums Leben kam und man Hermann Schilling mit in den Abgrund ziehen wollte. Aber jetzt ergibt es doch keinen Sinn mehr.«

»Wer weiß, womit Alexander Weber gedroht hat«, gab Konstanze zu bedenken.

»Vielleicht war es auch eine Gemeinschaftsproduktion von Rudi Klingebiel und Hermann Schilling?«, schlug Isabel vor.

Strelitz runzelte die Stirn. »Was haben Sie gegen ältere Herren? Klingebiel und Schilling sind ehrliche, zuverlässige Typen, einfach zugeschnitten, mit einem gesunden Instinkt für Recht und Unrecht ausgestattet und das, was ich als wertvolle Menschen bezeichnen möchte.«

Isabel wollte weitere Argumente liefern, um ihre Theorie zu untermauern, aber Strelitzt winkte ab. »Wir müssen anders denken. Ich bin sicher, wir kennen den Mörder« – er legte eine dramatische Pause ein – »oder Mörderin? Im Umkreis der Wettbewerbsparzellen müssen wir uns gedanklich bewegen. Zwei der drei Herren sind tot, entweder ist der überlebende Flottbeck der Täter, oder es sind die Witwen.«

»Soweit war ich auch schon, Chef«, meldete sich Konstanze.

»Und?«, fragte Strelitz gespannt.

»Nichts!«, erklärte Konstanze frustriert.

Der Kriminalrat lehnte sich zurück. »Ich möchte noch mal alles hören, was man über diese Münzsammlung wissen muss.«

»Das ist eigentlich gar nicht viel«, überlegte Konstanze Kannengießer und begann ihr Referat. »Die heutige Frau Flottbeck war die erste Ehefrau von Erwin Rübsam. Als Mitgift hat sie die Münzsammlung ihres Vaters mit in die Ehe gebracht. Nach der Scheidung hat sie die Sammlung von dem guten Erwin nicht zurückbekommen. Gerichtlich mochte sie ihre Forderung, die Sammlung herauszugeben, nicht durchsetzen – das Finanzamt hätte nämlich unangenehme Fragen gestellt.

Aber dann wird Erwin umgebracht, und es passiert Folgendes: Erwins erste Ehefrau, Grete Flottbeck, wird von Erwins zweiter Ehefrau, Trude Rübsam, beschuldigt, die Münzsammlung gestohlen zu haben, denn die Sammlung ist verschwunden. Da sie bei Rübsams als Putzfrau beschäftigt ist und den erschlagenen Erwin gefunden hat, hätte sie Zeit und Gelegenheit gehabt, die Münzsammlung im Hause Rübsam ungestört zu suchen, zu finden und beiseite zu bringen. Wir hatten sie sogar im Kreis der Tatverdächtigen, was den Mord an Erwin Rübsam betraf. Doch Gretchen Flottbeck kontert und zeigt Frau Rübsam wegen Diebstahl und Unterschlagung an.«

Strelitz dachte nach. »Ist es denn gesichert, dass die Münzsammlung erst nach dem Eindringen von Schneidewind unauffindbar war?«

»Nein. Frau Rübsam hat nach dem Einbruch und dem Mord an ihrem Mann natürlich sofort nachgesehen, ob die Münzen noch vorhanden waren. Es kann durchaus sein, dass der Verlust bereits früher eingetreten ist.«

»Kann man das eingrenzen?«

»Ja.« Konstanze stand gut im Thema. »Frau Rübsam gab zu Protokoll, das sie nach jedem Reinigungseinsatz der Frau Flottbeck nachgeschaut hätte, ob der Schatz noch da war.«

»Also bleibt eine Woche Spielraum.« Der Kriminalrat blätterte in seinem Kalender. Er bevorzugte noch immer die herkömmliche Form – ein kompaktes Taschenbuch mit einer

Seite pro Tag. Gerne und mit großer Genugtuung verfolgte er die Menschen um sich herum, die sich leise fluchend auf einen Zweikampf mit diesen elektronischen Geräten einließen.

»Es kann davon ausgegangen werden, dass Frau Flottbeck durchaus nach den Münzen Ausschau gehalten hat.«

»Und jetzt wird taktiert. Beide Damen behaupten, nicht im Besitz der Münzen zu sein und zeigen die jeweils andere wegen Diebstahls an.«

»Naja«, hielt die Oberkommissarin dagegen. »Das kann Taktik sein, muss es aber nicht. Was ist, wenn Frau Rübsam nach dem Tod ihres Ehemannes erstmals die Münzen vermisste? Dann ergibt die Anzeige doch Sinn. Frau Flottbeck hält das jedoch für ein billiges Manöver und unterstellt, dass Frau Rübsam die Sammlung beiseite gebracht und damit endgültig vollendete Tatsachen geschaffen hätte. Sie zieht die Notbremse, nimmt auch das Einschreiten des Finanzamtes in Kauf und erstattet Anzeige gegen ihre Rivalin. Das alles ist in sich schlüssig.«

»… passt aber nicht zu Ihrer Theorie, wonach die drei Damen gegen ihre Männer ein Komplott schmieden – mit der Folge, dass Herr Flottbeck in ziemlicher Gefahr schwebt«, gab Strelitz zu bedenken. Dabei wirkte er durchaus zufrieden und strahlte seine Oberkommissarin an. »Manchmal ist es ärgerlich, wenn die mühsam zusammengefügten Bausteine im letzten Moment zusammenfallen.« Kein Zweifel, der wackere Kriminalrat genoss es, wieder die Führung zu übernehmen. Dazu gehörte auch die dezente Demonstration geistiger Überlegenheit – durchaus spürbar, aber ohne selbstgefällige Eitelkeit.

Konstanze atmete durch und schaute den Chef unschuldig an. »Haben Sie eigentlich schon ein neues Handy?«

Strelitz' Lächeln erlosch.

»Ich meine, dann wäre es doch klug, wenn ich mir die neue Rufnummer notieren würde, oder?« Konstanze hatte wieder zu alter Form zurückgefunden.

Strelitz räusperte sich. »Sagen wir mal so: Ich hab da zwei oder drei Modelle in der engeren Wahl …«

Konstanze Kannengießer beruhigte ihn. »Das ist doch völlig in Ordnung. Bei dem breiten Angebot ist es unbedingt sinnvoll, die Kaufentscheidung in Ruhe und mit Überlegung zu treffen.«

»Danke, Konstanze«, antwortete Strelitz. »Im Übrigen würde ich mich wohler fühlen, wenn Sie dabei eine beratende Funktion übernehmen würden. Es ist ja kein Geheimnis, dass ich mich in der Welt der Smartphones, Apps und was weiß ich für Zusatzfunktionen nicht so sicher bewege, wie man das von einem modernen Menschen im 21. Jahrhundert vielleicht erwarten dürfte.«

Damit hatten sie wieder die alte, zuverlässig funktionierende Ebene des kollegialen Miteinanders betreten. Nur Isabel Graf, die sich bis dahin auf eine zuhörende Rolle beschränkt hatte, steuerte noch einen Ratschlag bei:

»An Ihrer Stelle würde ich kein schnurloses Telefon nehmen. Mit Schnur sind Sie im Vorteil – zumindest, wenn Ihnen das Gerät wieder ins Klo fallen sollte. Dann können Sie es an der Schnur einfach wieder rausziehen.«

»Danke, vielen Dank«, reagierte Strelitz gelassen. »Ich weiß Ihre Anteilnahme zu schätzen. Aber vielleicht können wir jetzt zu unserem Fall zurückkehren. Gibt es dazu noch Anmerkungen?«

Isabel riskierte es, sich erneut einzumischen. »Vielleicht sind wir zu dicht dran. Vielleicht sollten wir eine externe Meinung heranziehen.«

Strelitz winkte ab. »Wie stellen Sie sich das vor? Sollen wir einen Gutachter-Auftrag vergeben? Oder ein Preisausschreiben ausloben?« Strelitz befand sich auf dem besten Weg, knöterig zu werden.

»Nein«, kam die einfache Antwort. »Ich dachte an ein Gespräch mit Frau Morgenstern.«

»Franziska?« Konstanze wirkte unentschlossen.

Strelitz wollte erst muffelig werden. Aber dann besann er sich.

»Kein Zweifel, sie hat uns in der jüngeren Vergangenheit mehrfach wertvolle Hilfe geleistet. Und wir sind im Moment nicht in der Situation, auf mögliche Unterstützung zu verzichten. Wie wollen wir das Ganze aufzäumen?«

Konstanze zuckte mit den Achseln. »Wollen Sie …?«

»Nein, will ich nicht. Sie haben den Fall intensiver als ich begleitet. Außerdem sind Sie mit Franziska gut befreundet. Machen Sie mit ihr einen Spaziergang, trinken einige Biere zusammen und berichten ihr von dem Fall.« Strelitz hielt kurz inne. »Und dann kommen Sie zurück und erzählen mir, wer der Täter ist.«

Kapitel 56

Ostermontag-Nachmittag – das bedeutet oft stundenlanges Stehen im Stau des Rückreiseverkehrs, oder gemütliche Zweisamkeit zu Hause. Oder dieser Nachmittag ist die Zeitreserve für die zweite Runde familiärer Besuchsprogramme.

Trotzdem gelang es der Oberkommissarin, Franziska und Andreas zu einem Spaziergang durch das Kleingartengebiet zu überreden. Ihr Lebensgefährte Christian Schwalbach, Leiter des Drogen-Dezernats, war ebenfalls im Einsatz. Er hatte eine zeitlich aufwändige Observation in seinem Dienstkalender. Also sprach für sie nichts dagegen, ebenfalls dienstlichen Eifer an den Tag zu legen.

Die Überlegung, dass Andreas und Franziska möglicherweise andere Pläne haben könnten, verwarf sie. Ein Telefonat später war sie etwas klüger: Man habe einen Tisch beim Griechen reserviert, beschied Franziska die befreundete Kriminalbeamtin, aber danach sei gegen einen Verdauungsspaziergang nichts zu sagen. So trafen sich Franziska und Andreas mit Konstanze Kannengießer bei einer zwar regenfreien, aber immer noch windig-kalten Wetterlage zu einem kleinen Orientierungsmarsch durch das menschenleere Kleingartengebiet. Die Beamtin erläuterte nochmals den Fall für ihre beiden Begleiter.

Die Tatsache, dass Friedo Bohnekamp nicht durch einen umstürzenden Birnbaum zu Tode gekommen war, sondern zuvor erstickt worden sei, habe im Ermittlungsteam die Überzeugung wachsen lassen, dass der Täter oder die Täterin im Kreis der drei Wettbewerbs-Parzellen zu suchen sei, erläuterte die Oberkommissarin.

»Du meinst, im Kreis der auf diesen Parzellen bislang Überlebenden«, sagte Andreas bissig. »Wartet ganz einfach noch zwei Wochen und nehmt dann die übriggebliebene Person fest. Der Rest dürfte sich bis dahin gegenseitig umgebracht haben.«

»Wie bist du denn drauf?«, wunderte sich Franziska.

»'Tschuldigung, aber ich finde diesen Rübsam-Flottbeck-Bohnekamp-Cocktail immer unerträglicher. Da ist so viel Unehrlichkeit, da gibt es so viele Brüche. Dazu die Geschichte mit der Münzsammlung, von der niemand weiß, wer sie gerade hatte«, polterte Andreas.

Franziska blieb stehen. »Wir wissen nicht einmal, ob es die Sammlung überhaupt gibt. Gesehen haben wir sie bisher nicht.«

Konstanze unterbrach ebenfalls ihren Spaziergang. »Daran habe ich noch gar nicht gedacht«, räumte sie ein.

»Und das ist noch nicht alles«, stellte Franziska fest. »Wir haben bisher erfahren, dass Frau Flottbeck auch nach ihrer Scheidung von Herrn Rübsam mit ihm ein intimes Verhältnis hatte. Beibehalten hatte, sollte ich vielleicht sagen. Sie haben sich nach ihrer Ehe offenbar nicht völlig losgelassen. Aber wer weiß, ob es nicht noch weitere Verwerfungen gibt. Ich bin eigentlich sogar sicher, dass da mehr ist, als wir ahnen. Nur so erklärt sich für mich der verbitterte Umgang miteinander. Die sind doch längst aus dem Alter raus, in dem man alle Augenblicke aufeinander einprügelt. Trotzdem tun sie es, und noch dazu in aller Öffentlichkeit.«

»Das war für mich der Grund zur Annahme, dass alles inszeniert ist. Ein Ablenkungsmanöver, mit dem irgendetwas verdeckt wird.«

»Vielleicht haben die Oldies in ihrer Jugend einen gemeinsamen Bankraub begangen?«, schlug Andreas vor. Er versuchte sich vorzustellen, wie Grete Flottbeck über einen Bankschalter flankt und Geldscheine an sich rafft.

Sie waren weitergegangen und hatten den Weg zu Friedo Bohnekamps Parzelle eingeschlagen. Der Birnbaum war noch nicht entfernt worden.

Konstanze hielt abrupt an. »Stopp!« sagte sie leise, »dort ist jemand.« Sie sahen noch den Rücken einer Person, die in die Reste der Bohnekampschen Laube schlüpfte.

Die drei rückten vor, sorgfältig jede Deckung ausnutzend. Konstanze hatte ihre Waffe gezogen. Aus dem Inneren der Rest-Laube drang Rumoren. Irgendjemand schien etwas zu suchen, Konstanze zog ihre Pistole und drückte die nur noch an einem Scharnier hängende Tür nach innen.

»Na, das ist ja eine Überraschung!« Konstanze ließ die Dienstwaffe sinken.

»Oh, hallo, Frau Rübsam«, grüßte Franziska. »Ist ihre Parzelle nicht nebenan?«

Kapitel 57

Trude Rübsam erstarrte.

»Langsam umdrehen. Sind Sie bewaffnet?«

Frau Rübsam hatte sich schnell wieder gefangen. »Nein«, meinte sie bissig, »mein Maschinengewehr hab ich verliehen, und die Panzerfaust ist zur Reparatur.«

Oberkommissarin Kannengießer überhörte den Sarkasmus. »Darf ich fragen, was Sie da treiben? Dazu an einem Ostermontag?«

»Nun, ich gehe Frau Bohnekamp ein wenig zur Hand. Sie sehen ja selbst, wie es hier drinnen aussieht. Und außerdem scheine ich nicht die Einzige zu sein, die am Ostermontag nach einer sinnvollen Beschäftigung sucht, oder?«

Frau Rübsam schaute spöttisch auf die Oberkommissarin.

Die blieb beharrlich. »Ich will wissen, was Sie hier zu suchen haben!«, wiederholte sie ihre Frage.

»Aber Frau Kommissarin …«

»Oberkommissarin!«, schnappte Konstanze.

»… auch das. Also, Frau Oberkommissarin, wenn Sie mir unlängst zugehört haben, dann wissen Sie doch, was ich zurzeit bevorzugt suche.«

»Vor allem weiß ich, dass Sie auf der verkehrten Parzelle suchen«, entgegnete die Kriminalbeamtin. »Sie vermuten die Münzsammlung doch bei Frau Flottbeck. Dies ist aber der Garten des Ehepaars Bohnekamp.«

Frau Rübsam stutzte und tat, als bemerke sie ihren Irrtum.

»Richtig, jetzt wo Sie es sagen – wo hatte ich denn nur meine Gedanken?«

»Nun reicht es aber, Frau Rübsam. Sie sprachen eben davon, dass Sie Frau Bohnekamp beim Aufräumen unterstützen wollten. Sie wissen sehr genau, wo sie sich gerade befinden!«

Frau Rübsam schwieg.

Stattdessen hatte Franziska eine Erleuchtung. Sie ergriff die Initiative.

»Natürlich weiß Frau Rübsam, wo sie sich gerade befindet. Und natürlich weiß sie auch, was sie gerade tut. Kann es sein, Frau Rübsam, dass Sie die anhaltende Untreue Ihres Gatten Erwin, der ja nicht von seiner ersten Ehefrau lassen konnte, ebenfalls mit einem außerehelichen Verhältnis kompensiert haben? Und könnte das der gute Herr Bohnekamp gewesen sein, dessen plötzliches Ableben wir alle beklagen?« Sie schaute zum Spitzdach hinauf, das für Friedo Bohnekamp zur tödlichen Falle geworden war.

Frau Rübsam schwieg weiter.

»Und kann es weiterhin sein, dass Sie mit ihm gemeinsame Sache gemacht haben, nachdem Ihr Mann bei dem Einbruch erschlagen wurde?«

»Welche gemeinsame Sache?«, wollte Konstanze wissen und schickte sich an, die Gesprächsführung von Franziska zurückzuerobern.

Die gab ihr ein Zeichen, sich noch einen Moment zurückzuhalten.

»Frau Rübsam erkannte, dass die Gelegenheit günstig war, die Münzen beiseite zu bringen und Frau Flottbeck des Diebstahls zu bezichtigen«, erklärte Franziska. »Sie konnte sich aber ausrechnen, dass es eine polizeiliche Durchsuchung ihrer Wohnung und ihrer Parzelle geben würde. Also brauchte sie ein externes Versteck und dafür auch einen zuverlässigen Komplizen. Konstanze, du hast eben selbst gesagt, dass es in dieser hochexplosiven Nachbarschaft möglicherweise mehr als nur ein außereheliches Verhältnis gegeben haben könnte. Das finde ich sehr einleuchtend. Und wenn man ein bisschen darauf ›rumdenkt‹, kommt man relativ schnell auf die Kombination Frau Rübsam/Herr Bohnekamp.«

»Jetzt bin ich aber gespannt«, ließ sich Frau Rübsam vernehmen.

»Ganz einfach«, erklärte Franziska. »Sie mussten seit vielen Jahren damit leben, dass Ihr Ehemann eine intime Nähe zu seiner ersten Frau unterhielt, obwohl die mittlerweile mit Herrn Flottbeck verheiratet war. Sie sorgten daher für einen körperlichen Ausgleich. Herr Flottbeck kam dafür nicht in Frage – ein Berufsinvalide und Frührentner ist sicher nicht das, was in Ihre Absichten passte. Also blieb nur noch Friedo Bohnekamp.«

»Malen nach Zahlen«, spottete Trude Rübsam. »Finden Sie nicht, dass Ihre Fantasie mit Ihnen durchgeht?« Sie schlug ein gekünsteltes Lachen an.

Franziska blieb entspannt. »Sie haben Ihren Freund und Parzellenachbarn gebeten, beim Verstecken der Münzsammlung behilflich zu sein. Und dann hat Herr Bohnekamp plötzlich nicht mehr mitgespielt, richtig? Er hat die Münzen erneut versteckt und sich geweigert, Ihnen den Ort zu nennen!«

»Und daraufhin habe ich den Birnbaum da draußen abgesägt, ja? Köstlich – Sie hätten Kinderbuchautorin werden sollen!«, spottete Frau Rübsam. Aber ihre Stimme hatte an Festigkeit verloren.

Franziska setzte nach. »Frau Rübsam, die Polizei weiß doch längst, dass Herr Bohnekamp nicht durch den herabstürzenden Baum ums Leben gekommen ist. Der hat ihm zwar auch Verletzungen zugefügt, die tödlich gewesen wären, aber man kann nur einmal sterben. Als Friedo Bohnekamp die Begegnung mit dem Baum hatte, war er bereits tot. Das hatten Sie möglicherweise nicht beabsichtigt, Frau Rübsam, aber es ist passiert. Vermutlich haben Sie seinen alkoholisierten Zustand unterschätzt. Ich denke, Sie haben ihn aufgefordert, das Versteck der Münzen preiszugeben. Er hat sich geweigert. Daraufhin haben sie dem stark angetrunkenen Bohnekamp ein Kissen ins Gesicht gedrückt. Dann haben Sie ihn wieder atmen lassen. Dann wieder das Kissen eingesetzt. Und irgendwann haben Sie ihm die Luftzufuhr zu lange abgeschnitten.«

»Kaffeesatzleserei«, kommentierte Frau Rübsam die Ausführungen von Franziska und wandte sich an Oberkommissarin Kannengießer: »Wer führt jetzt eigentlich die Verhöre? Ist Frau Morgenstern neuerdings Ihre freie Mitarbeiterin?«

Bevor Konstanze sich wieder einschalten konnte, sagte Franziska ganz ruhig: »Nein, das liegt natürlich in den Händen der Oberkommissarin. Ich konnte mich nur so weit vorwagen, weil mir Frau Kannengießer berichtet hat, dass es einen Augenzeugen gibt. Jemand, der bereit ist, zu bezeugen, dass er Sie beim Betreten dieser Parzelle gesehen hat. Haben Sie Herrn Schilling etwa nicht bemerkt?«

»Wenn das so wäre, dann würden Sie mich längst verhaftet haben.«

»Und was, meinen Sie, hat mich hierhergeführt?«, entgegnete jetzt die Oberkommissarin. »Frau Rübsam, ich verhafte Sie wegen des dringenden Tatverdachts, Herrn Bohnekamp erstickt zu haben.« Zu Franziska gewandt, bemerkte die Oberkommissarin: »Also bleibt die Münzsammlung endgültig verschwunden.«

»Da könntest du Recht haben«, meldete sich Andreas mit seinem ersten Wortbeitrag ins Geschehen zurück. »Er hat Frau Rübsam nichts erzählt, und er wird seine Frau ebenfalls nicht ins Vertrauen einbezogen haben.«

Konstanze nickte. »Nein – die Gemeinsamkeiten der Bohnekamps beschränkten sich auf den jährlichen Besuch in Bad Segeberg. Olaf Knispel hat mir erzählt, Friedo Bohnekamp sei großer Karl-May-Leser. Er hat das komplette Werk zu Hause im Wohnzimmer!«

»Lasst mich einige Momente denken und gucken«, bat Franziska. Ihr Blick wanderte durch die Laube, die sich durch das Herabstürzen des Birnbaums in einem abrissreifen Zustand befand.

Zehn Minuten lang bewegte sie sich in der Hausruine, schaute in Ecken und Schubläden und musste gestehen, dass sie ratlos war. Gerade, als sie aufgeben wollte, hielt sie inne. »Meine Güte, das ist ja so offensichtlich!«

Sie ging mit entschlossenen Schritten aus der Laube und begab sich zu Friedos kleinem Gartenteich. Dort kniete sie nieder und fischte mit der linken Hand im nicht allzu tiefen Gewässer.

»Ich hab was!«, verkündete sie Momente später und hielt eine in Wachstuch eingewickelte Schatulle hoch.

»Darf ich fragen, wie du auf dieses Versteck gekommen bist?«, erkundigte sich Andreas mit höflichem Interesse.

»Naja«, strahlte Franziska. »Konstanze hat doch eben berichtet, dass Friedo die Karl-May-Sammlung komplett zu Hause hat. Aber eines der Bücher liegt in seiner Laube mitten auf dem Wohnzimmertisch. Warum wohl?«

»Keine Ahnung. Um welchen Band handelt es sich, wenn ich fragen darf?«

»Der Schatz im Silbersee!«

Kapitel 58

»Friedo ist übrigens schon nach der ersten Kissenattacke weggeblieben. Ich hatte die Aktion einfach falsch eingeschätzt. Ich hatte doch gar kein Interesse daran, dass er stirbt. Er sollte doch reden!« Das war der Schlusssatz im Geständnis von Trude Rübsam, die nach Franziskas Vortrag ihren Widerstand aufgegeben hatte.

Kriminalrat Strelitz hatte es sich nach Konstanze Kannengießers Anruf, dass der Fall geklärt sei, nicht nehmen lassen, seine Mitarbeiterin samt Täterin persönlich aus dem Kleingartenverein abzuholen. Franziska und Andreas hatten vorher den Rückzug angetreten, so dass Konstanze den Ermittlungserfolg für sich verbuchen konnte.

Nachdem Frau Rübsam in eine Zelle des Untersuchungsgefängnisses gebracht worden war, berichtete Konstanze ihrem Chef den tatsächlichen Verlauf des Ortstermins auf der Bohnekampschen Parzelle.

»Diese Franziska hat ein unglaubliches Talent, Chef. Aus dem Stand tischt sie einen Riesen-Bluff mit einem angeblichen Augenzeugen auf, landet einen Volltreffer bei der Spekulation um das Verhältnis mit Herrn Bohnekamp, konstruiert daraus den Konflikt zwischen Frau Rübsam und Herr Bohnekamp um die Münzsammlung, und Frau Rübsam knickt tatsächlich ein. Und dann noch der Geistesblitz mit dem Karl-May-Buch. Es sieht so aus, als wenn Friedo tatsächlich jemandem einen Tipp geben wollte – aber sicher nicht uns.«

»Nein, eher seiner Frau«, mutmaßte Strelitz. »Er hat der Frau Rübsam vermutlich auch nicht allzu weit getraut. Und seine Frau wäre wohl die Einzige, die darüber stolpert, dass er ein Buch des Gesamtwerkes nicht mehr zu Hause, sondern in der Laube hat. Rätselhaft bleibt, wie Frau Morgenstern plötzlich diese Eingebung hat und sie so überzeugend vorträgt, dass selbst eine kernige Person wie Frau Rübsam aufgibt.«

»Dazu hätte ich eine Erklärung«, überlegte Konstanze. »Franziska hat einfach mehr Abstand als wir, und Frau Rübsam war nicht so stabil, wie man denken sollte. Immerhin hatte sie innerhalb von wenigen Tagen ihren Erwin eingebüßt und dann – letztendlich ungewollt – ihren Freund Friedo umgebracht. Und wenn dann eine unbeteiligte Dritte auftritt und aus dem Nichts die ganze unglückliche Geschichte auf den Punkt bringt, dann ist auch bei derart vitalen Damen wie Trude Rübsam die Luft raus.«

In diesem Moment meldete sich das Telefon zu Wort.

»Na, das ist doch hoffentlich nicht die nächste Leiche?«

Es war das Gegenteil. Am anderen Ende meldete sich ein erschöpfter, aber überglücklicher Kommissar Knispel.

»Ein Mädchen, Chef, es ist ein Mädchen!« Es folgte eine ausführliche Schilderung der Geburt von Lisbeth-Elvira. »Wie finden Sie den Namen?«

»Unglaublich«, antwortete Strelitz wahrheitsgemäß.

»Ich auch«, räumte Olaf ein, »aber Tatjana hat darauf bestanden. Dafür herrscht bei uns wieder Frieden.« Er atmete tief durch. »Und wie sieht es bei Ihnen aus?«, erkundigte sich der junge Kommissar zum Schluss seiner Ausführungen. »Gibt es Fortschritte? Und wie geht es unserer Volontärin?«

»Moment, Olaf, ich gebe Ihnen mal Konstanze.«

Epilog

Osterdienstag. Franziska betrat nach kurzem Anklopfen das Zimmer ihres Abteilungsleiters. Der schaute kurz hoch, machte ein Gesicht, als sei er im Gäste-WC unverhofft seiner Schwiegermutter begegnet, und machte eine vage Handbewegung zu einem der beiden Stühle vor seinem Schreibtisch. Diese Geste lud zum Platznehmen ein, wenn man es für unabdingbar notwendig hielt und bereit war, eine Aufenthaltsdauer von maximal fünf Minuten nicht zu überschreiten.

»Oh, Frau … Morgenstern«, rang er sich eine fast herzlich zu nennende Begrüßung ab. Es schien, als habe er sich gerade – wenn auch mühsam – an eine Jugendfreundin aus der Zeit des gemeinsamen Konfirmationsunterrichts erinnert. »Schön, dass Sie persönlich vorbeischauen.« Er sortierte einige Schnellhefter in einen blauen, roten und gelben Stapel. »Aber um die Beurlaubung zu verlängern, wäre das nicht nötig gewesen. Ein Anruf, eine E-Mail oder ein Fax mit einem entsprechenden Satz hätte gereicht. Wir leben im 21. Jahrhundert, wissen Sie?«

»Ja, ich weiß«, entgegnete Franziska lächelnd, lehnte sich zurück und schlug die Beine übereinander.

»Fein, dann hätten wir ja …« Der Abteilungsleiter stutzte, hielt inne und sah von seinen Schnellheftern auf.

Er schob seine Brille von der Nasenspitze zurück in die Ausgangsposition.

»Wollen Sie mir etwa zu verstehen geben, dass Sie zurückkommen möchten?«

»Ja.«

Die Antwort stand einen Moment im Raum.

»Oh. Das ist natürlich Ihr gutes Recht, ich meine, Sie haben einen Rechtsanspruch auf …«

»Das will ich meinen.«

»Das wird für Sie natürlich nicht ganz einfach. Unsere Themen haben sich weiterentwickelt, und die Organisationsstrukturen sind auch …«

»Ich weiß. Ich habe zu den Kolleginnen und Kollegen in den letzten Monaten engen Kontakt gehalten. Sie müssen wissen, dass wir uns regelmäßig privat sehen.«

Der Abteilungsleiter starrte sie böse an und griff zum Hörer. »Bitte den Personalvorgang ›Morgenstern‹«, blaffte er, und seine Vorzimmerkollegin erschien umgehend mit den gewünschten Unterlagen.

»Ich vermute, ich kann Sie nicht umstimmen?«, erkundigte sich der Abteilungsleiter.

»Nein. Es ist einfach nicht die beste Zeit, sich erfolgreich selbstständig zu machen.« Franziska wirkte gelassen.

»Oh, Sie kommen zurück? Das ist doch mal eine gute Nachricht!«, freute sich die Vorzimmerkollegin.

Der Abteilungsleiter gönnte ihr einen vernichtenden Blick.

»Ob diese Nachricht gut ist, liegt vermutlich im Auge des Betrachters. Frau Morgenstern, bitte unterschreiben Sie hier, hier und« – er drehte das letzte Formular – »hier. Danach können Sie es in der Personalabteilung vorbeitragen. Frau Kuczinski wird Ihnen auf dem weiteren Weg durch die Bürokratie gern zur Seite stehen.«

»Dabei möchte ich nicht in Ihre Kompetenzen eingreifen. Mein Dienstantritt ist ja erst im Oktober. Vorher sollte ich mir keine dienstliche Aufgabenwahrnehmung anmaßen. Außerdem wäre das auch versicherungstechnisch bedenklich. Stellen Sie sich vor, ich gleite auf dem Weg zur Personalstelle aus. Ob wir dann Ihre Privathaftpflicht belasten dürften, erscheint mir doch sehr fraglich.«

Franziska stand auf, gönnte dem Abteilungsleiter ein »bis bald« und hakte sich bei der Vorzimmerkollegin unter, um mit aufreizendem Gang den Raum zu verlassen.

»Kommen Sie, wir sollten den Chef jetzt einen Moment allein lassen. Habe ich Ihnen eigentlich schon die Geschichte von unserem Osterfeuer erzählt?«

Franziska suchte im Anschluss ihre Schwester Johanna auf und erklärte, dass sie in wenigen Monaten beruflich wieder getrennte Wege gehen müssten.

»Also, was ich sagen will ... ich meine ... also, das Experiment der Selbstständigkeit ...«

Johannas Antwort kam unerwartet.

»Mach dir keinen Kopf darum, Schwesterherz. Ich überlege schon seit vier Wochen, wie ich dir meine Kündigung beibringen kann. Ich habe ab Mai neue Perspektiven. Als Erwachsenenbildnerin bei einem anerkannten Träger.«

Abends saß man bei Hackepeterbrötchen mit Spreewaldgurken und Bier zusammen. Julia und Paul hatten sich danach zurückgezogen, Johannes ebenfalls.

Franziska und Andreas machten es sich zunächst auf dem Sofa bequem und verkeilten sich später im Schlafzimmer ineinander. Anschließend bemerkte Andreas:

»Ach ja, heute habe ich den Job beim Bildungssenator abgesagt, ich bleib lieber in meiner alten Schule. Und was gibt es bei dir Neues?«

Band 10 kommt!

Franziska und das furiose Finale

Franziska ist zufrieden. In ihren alten Job als Stadtplanerin hat sie schnell zurückgefunden. Nur ihr Chef Dr. Strünzel macht ihr das Leben schwer. Während ihrer vergnüglichen Geburtstagsparty überrascht Ehemann Andreas sie mit Eintrittskarten für den Zirkus »Mangoldini«. Doch als die beiden die Vorstellung genießen wollen, passiert etwas Schockierendes: Eine Hochseilartistin verunglückt unter mysteriösen Umständen.
Als Franziska dann noch über die Leiche eines Mannes stolpert, der ihr durchaus bekannt ist, gerät sie selbst unter Tatverdacht. Ein dramatischer Abschluss der Findorff-Krimis. Mit überraschenden Wendungen und unterhaltsamen Dialogen!

Mehr Franziska-Krimis

Hans-Peter Mester

Die Franziska-Reihe

Der Autor, ehemaliger Leiter des Ortsamtes West, kannte sich wie kein Zweiter mit menschlichen Eigenheiten und dem Leben »auf Parzelle« aus. Das merkt man auch seiner spannenden Krimi-Reihe an, die sich rund um Roman-Heldin Franziska Morgenstern dreht. Mit viel Witz und einzigartigem Charme!

Lesen Sie in den ersten Bänden, wie alles begann. Und verpassen Sie nicht das furiose Finale der Franzika-Reihe.

***Franziska und das furiose Finale (Bd. 10)* erscheint Herbst 2018**

***Band 1:* Franziska und die Findorffer**
216 Seiten, 12,5 x 20 cm, ISBN 978-3-95651-038-0, **€ 9,90**

***Band 2:* Franziska und der Geldkoffer**
216 Seiten, 12,5 x 20 cm, ISBN 978-3-95651-052-6, **€ 9,90**

***Band 3:* Franziska und der Senator**
248 Seiten, 12,5 x 20 cm, ISBN 978-3-95651-065-6, **€ 9,90**

***Band 4:* Franziska und van Gogh**
240 Seiten, 12,5 x 20 cm, ISBN 978-3-95651-066-3, **€ 9,90**

***Band 5:* Franziska und das Klassentreffen**
240 Seiten, 12,5 x 20 cm, ISBN 978-3-95651-096-0, **€ 9,90**

***Band 6:* Franziska und der Fall Ikarus**
240 Seiten, 12,5 x 20 cm, ISBN 978-3-95651-122-6, **€ 9,90**

***Band 7:* Franziska und die Bürgerwehr**
280 Seiten, 12,5 x 20 cm, ISBN 978-3-95651-138-7, **€ 9,90**

***Band 8:* Franziska und das Drogenkartell**
272 Seiten, 12,5 x 20 cm, ISBN 978-3-95651-160-8, **€ 9,90**

Sämtliche Titel auch als E-Books erhältlich: 7,50 €

Weitere Krimireihen beim KellnerVerlag

Roland Bühs lebt seit fast sechzig Jahren in Bremen. Er veröffentlichte mehrere Bücher, viele Illustrationen und Cartoons. Weitere Bände über die ›Wall-Wache‹ werden folgen.

Roland Bühs

Warmabbruch *Wall-Wache Band I*

Die noch rauchende Ruine eines abgebrannten Kaufhauses stellen Kommissare Schilling und Dunker vor ein Rätsel. Wer hat das Feuer gelegt und wer ist verantwortlich für den Tod der beiden Männer im Dachgeschoss? Die Kommissare der Wall-Wache tappen im Dunkeln – bis eine der Spuren sie in den Bremer Westen führt. Ein weiterer Mord lässt Böses ahnen, und der Fall entwickelt sich zu einem rasanten Kampf gegen Gewalt, Betrug, Lügen und Habgier. Wer gewinnt?

192 Seiten, 12,5 x 20 cm, ISBN 978-3-95651-118-9, ***9,90 Euro***
Auch als E-Book: *ISBN 978-3-95651-129-5*

Roland Bühs

Tödliche Entsorgung *Wall-Wache Band II*

Eine schwere Explosion in einer Chemiefabrik in Ritterhude, deren Ursache nicht geklärt werden kann, bringt das eingespielte Kommissaren-Duo Dunker und Schilling in Schwierigkeiten. Gemeinsam ermitteln sie wegen dringender Verdachtsfälle bezüglich Bestechlichkeit sowie Versäumnissen bei Aufsichtsbehörden und sind bemüht, mögliche Ursachen für die Explosion aufzudecken. Ein packender Krimi voller Spannung und überraschenden Erkenntnissen.

307 Seiten, 12,5 x 20 cm, ISBN 978-3-95651-132-5, ***9,90 Euro***
Auch als E-Book: *ISBN 978-3-95651-136-3*

Roland Bühs

Mördergrube *Wall-Wache Band III*

Eine nächtliche Verabredung lockt Kommissar Schilling zum Bremer Bahnhof, wo er seinen Nachbarn Siegfried Poppe treffen soll. Diesen findet er nach einer missglückten Verfolgungsjagd tot in der Baugrube auf dem Bahnhofsvorplatz. Was enthielten die gestohlenen Dokumente? Korruption in der Bauverwaltung? Sind Politiker und Polizeibeamte beteiligt?

248 S., 12,5 x 20 cm, ISBN 978-3-95651-161-5, ***9,90 Euro***

Mehr Krimis aus dem KellnerVerlag

Band 3

Martha Bull:

Frau Friese und die tödliche Einladung

Waltraud Friese, Rentnerin aus Bremen, trifft eine alte Schulfreundin wieder. 60 Jahre sind seit dem Schulabschluss vergangen. Das soll mit einem Klassentreffen gefeiert werden. Aber es scheint ein Treffen mit dem Tod zu werden, denn eine Freundin wird ermordet. Und dann die nächste ...

216 Seiten, 12,5 x 20 cm, ISBN 978-3-95651-089-2, ***€ 9,90***
Auch als E-Book: *ISBN 978-3-95651-091-5*

Martha Bull:

Band 4

Frau Friese und die finstere Verwandtschaft

Waltraud Friese erlebt unerwarteten Familienzuwachs. Es meldet sich ihre kleine Schwester bei ihr, von der sie nichts wusste. Sieglinde, in der ehemaligen DDR aufgewachsen, konfrontiert Frau Friese mit Familienumständen, die bisher unerwähnt geblieben sind und überraschend weit zurückreichen ... Als ein Mord in der Nachbarschaft passiert, muss sie alles riskieren. Wird es diesmal ein Happy End für Frau Friese?

240 Seiten, 12,5 x 20 cm, ISBN 978-3-95651-100-4, ***€ 9,90***
Auch als E-Book: *ISBN 978-3-95651-091-5*

Band 5

Martha Bull:

Frau Friese und der Tiermörder

Alles begann damit, dass Rentnerin Waltraud Friese einen verdächtig stinkenden Müllsack in ihrer Tonne findet. Ein totes Haustier? Derartige Funde häufen sich bald. Und dann verschwindet die kleine Enkelin ihrer Freundin mitsamt Hund. Nun hält Frau Friese nichts mehr in ihrer Wohnung. Unermüdlich streift sie durch die Nachbarschaft und kommt dabei dem Täter gefährlich nahe.

240 Seiten, 12,5 x 20 cm, ISBN 978-3-95651-159-2, ***€ 9,90***

Band 6 erscheint im Herbst 2018:
Frau Friese und das blutige Strandgut

Erhältlich im Buchhandel (auf Bestellung) oder direkt beim:

30 Kellner Verlag
Bremen Boston

KellnerVerlag
St.-Pauli-Deich 3, 28199 Bremen
Tel.: 04 21-77 8 66 Fax: 04 21-70 40 58
buchservice@kellnerverlag.de • www.kellnerverlag.de